무엇이 삶을 부유하게 만드는가

무엇이 삶을 부유하게 만드는가

돈이 전부인 시대의 도스토옙스키 읽기

FYODOR MIKHAILOVICH DOSTOEVSKY

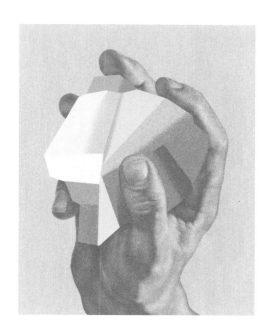

석영중 지음

위즈덤하우스

진정으로 부유한 삶

문학 연구자가 받을 수 있는 최고의 보상 중 하나는 아마도 과거에 그가 쓴 책이 개정판으로 거듭나는 '사건'이 될 것이다. 이 책『무엇이 삶을 부유하게 만드는가: 돈이 전부인 시대의 도스토옙스키 읽기』는 2008년에 출간된 『도스토예프스키, 돈을 위해 펜을 들다』의 개정판으로, 위즈덤하우스에서 재출간 의사를 타진해왔을 때 나는 눈물이 날 만큼 기뻤다. 이 책은 내가 단독으로 쓴 최초의 도스토옙스키 단행본이자, 내가 처음으로 학술서적의 경계를 벗어나 쓴 책이자, 나로 하여금 고전문학을 통해 일반 독자와 소통할 수 있게 해준 최초의 책이다. 그만큼 연구자로서의 내 삶에 중요한 변곡점이 된 책이기 때문에 이 책의 재출간 소식은 나에게 특별한 기쁨을 선사해주었다.

초판과 개정판의 내용은 대동소이하지만 제목의 변화는 많은 것을 시사한다. 초판 제목이 그토록 심오한 대문호 도스토옙스키가 그토록 긴밀하게 돈과 얽혀 있었다는 사실에 초점을 맞추었다면 개정판의 제목은 그러한 사실이 오늘의 우리에게 무엇을 의미하는가에 초점을 맞춘다. 돈이 전부라는 것은 어제오늘의 일이 아니다. 인류 역사가 시작된 이래 돈이 전부가 아니었던 시대가 과연 있기나 했을지 궁금하다. 돈은 인간이 겪는 대부분의 고통과 갈등을 해소하고 수없이 많은 문제를 해결하는 데 도움을 준다. 도스토옙스키 소설의 매력은 돈이 전부인 세상을 직시하고 돈의 중요성을 인정하고 돈의 의미를 제대로 읽어내는 동시에 돈을 넘어서는 절대 불변의 가치를 보여준다는 데 있다. 돈이 전부라면 돈만이 과연 인간을 부유하게 만들어주는 것일까. 만일 그렇지 않다면 도대체 무엇이 인간을 진정으로 부유하게 만들어주는 것일까. 모든 사람을 만족시키는 정답은 쉽게 주어지지 않는다. 그러나 독자는 도스토옙스키를 읽는 동안 서서히 자신에게 가장 적절한 답을 찾게 될 것이다.

오래전에 쓴 책의 재출간을 앞두니 고전의 위력에 새삼 고개가 숙여진다. 힘차게 솟구쳤다가 흔적도 없이 흘러가버리는 이른바 '콘텐츠'의 물결 속에서 고고하게 살아남아 여전히 우리를 사유의 길로 인도하는 대문호의 소설에 경의를 표하지 않을 수 없다.

개정판 출간을 결정해주신 위즈덤하우스의 한수미 본부장님, 그리고 제목부터 참고 문헌에 이르기까지 텍스트의 모든 것을 꼼꼼하게 챙겨주신 곽지희 편집자님에게 깊은 감사의 마음을 전한다.

2024년 9월
석영중

천재와 돈

이 남자.

유난히 창백한 안색, 움푹 꺼진 볼, 높은 광대뼈, 벗어진 이마, 그렇지만 눈매만은 어딘지 심상치가 않다. 잔인한 천재, 대문호, 영혼의 선견자, 예언자 등등 어마한 수식어와 함께 알려진 표도르 미하일로비치 도스토옙스키.

그 수식어 때문일까. 서점에 가서도 그의 소설에는 선뜻 손이 가지 않는다. 책장을 넘기기도 전에 예상되는 심오함이 먹구름처럼 몰려온다. 게다가 두껍기는 왜 그리도 두꺼운지. 무슨 '스키'로 끝나는 괴상하고 엄청나게 긴 이름들은 참아준다 해도, 도대체가 한 등장인물이 5쪽에 걸쳐 혼자 지껄여대는 소설 같은 건 말만 들어도 정나미가 뚝 떨어진다. 19세기 작가가 쓴 1,500쪽짜리 소설? 점잖게 사양하고 싶다.

그런데 이 대문호가 평생토록 가장 관심을 가졌던 것이 돈이라는 사실을 알면 이야기가 조금 달라진다. 간단히 말해서 그는 청소년 시절부터 세상을 하직하는 그 순간까지 지겹도록 돈 생각만 하며 살았다!

그는 돈을, 그것도 아주 큰돈을 벌고 싶었다. 단숨에 일확천금을 거머쥐어 돈 걱정에서 확실하게 헤어나고 싶었다. 대부분의 우리 모두처럼……. 러시아 민중을 교화하고, 인류에게 신의 섭리를 전달하고, 예술의 전당에 불후의 명작을 헌정하고……. 다 그럴싸하게 들리는 말이지만 대부분의 경우 그는 당장 입에 풀칠을 하기 위해 글을 썼다. 아니, 좀 더 정확하게 말하자면 그의 마음속에 반드시 있었음에 틀림없는, 그리고 반드시 있어야만 하는 거룩한 작가적 소명과 돈의 현실은 기묘하게 뒤얽혀 전대미문의 걸작을 창조해냈다.

도스토옙스키는 언제나 돈이 부족했다. 투르게네프, 톨스토이, 곤차로프는 모두 넉넉한 지주계급 출신이었다. 성공을 원하는 마음이야 동서고금을 막론하고 어떤 작가든 다 마찬가지겠지만, 그래도 그들은 돈 문제로 전전긍긍하지 않으면서도 집필을 할 수 있었다. 그러나 도스토옙스키의 경우는 사정이 달랐다. 중산층 부모에게 물려받은 약간의 재산은 일찌감치 다 써버린지라 달랑 펜 하나만 들고서 돈을 향한 고달픈 경주에 뛰어들어야 했다.

그는 날마다 줄기차게 써댔다. 단 한 푼의 원고료라도 더 받으려고 벗어진 머리를 굴려가며 열심히 펜을 휘둘렀다. 집필이라기보다는 노동에 가까웠다. 돈이 걸려 있었기 때문에 비가 오나 눈이 오나, 기쁠 때나 슬플 때나 글을 썼다. 러시아에서건 유럽에서건. 좌우간 언제 어떤 상황에서건 글을 썼다. 전천후 작가란 괜한 말이 아니다. 그러나 놀라운 필력이니 작가적 역량이니 하는 꿈같은 이야기는 하지 말자. 그는 생존을 위해 써야만 했다. 그는 밥을 먹기 위해, 자식들에게 옷을 사주기 위해, 빚을 갚기 위해, 채무자 감옥에서 여생을 보내지 않기 위해 써야만 했다.

그런데도 돈이 모이기는커녕 빚만 눈덩이처럼 불어났다(그 이유는 이 책에서 자세하게 설명할 것이다). 빚을 불리는 데 천재적인 수완을 타고난 건지 어쩐 건지, 좌우지간 빚은 더 큰 빚을 부르고 선불과 가불은 또 다른 빚이 되어 그를 옥죄었다. 소설만 써가지고는 이 부채의 고리에서 벗어날 수 없다는 것이 명백했다. 그래서 제2의 업, 때때로 본업보다 더 많은 에너지를 요구하는 직업, 요컨대 도박에 과감하게 도전했다.

그러나 이 흥미진진한 아르바이트 덕분에 빚의 액수는 더욱 눈부시게 성장했다. 결국 그는 한 여성의 도움으로 간신히 빈곤의 늪에서 빠져나왔지만 죽을 때까지 가난뱅이 신세를 면하지 못했다. 겨우겨우 빚에서 헤어나 세끼 먹고사는 데 지장이 없을 정도에서 생을 마감했다.

그렇다면 그의 소설들은 어떤가. 그의 소설들은 작가의 돈에 대한 집착을 고스란히 반영한다. 그저 도스토옙스키의 아무 소설이나 집어 들고 아무 쪽이나 펼쳐보라. 거기에는 반드시 돈 이야기가 나올 것이다. 돈도 그냥 돈이 아니다. 돈의 개념이나 부와 빈곤에 관한 윤리적인 진술도 물론 있지만, 그보다도 그의 소설을 흥미진진하게 만들어주는 것은 아주 노골적이고 구체적이고 때로는 소름 끼치도록 적나라한 몇 루블, 몇 코페이카까지 액수가 정확하게 밝혀지는 돈이다. 심지어 살인범이 여자를 죽이는 데 사용한 칼조차도 그냥 칼이 아니라 '얼마짜리' 칼이다. 얼마나 돈에 사무쳤으면 그렇게 돈타령만 했을까.

　그러니 도스토옙스키의 소설이 무작정 형이상학적일 것이라고 지레짐작할 필요는 없다. 그의 소설은 믿기지 않을 정도로 통속적이다. 그가 즐겨 다룬 가장 주된 소재는 돈, 치정, 그리고 살인을 정점으로 하는 폭력이다. 돈이 있는 곳에 여자가 있고 돈과 여자가 있는 곳에는 폭력이 따르기 마련이다. 주간지 기사나 대중적인 추리소설의 기본 골격을 충실하게 따른 그의 소설은 일단 재미있다(돈, 치정, 살인을 소재로 재미없는 소설을 쓴다는 것이 과연 가능할까?). 도스토옙스키의 위대함은 이토록 통속적인 소재로부터 세기를 뛰어넘는 철학과 사상과 예술을 빚어냈다는 것에 기인할 것이다. 아니, 그건 돈이라는 소재 자체가 가장 통속적인 동시에 가장 철학적일 수 있기 때문인지도 모른다.

돈의 코드로 도스토옙스키의 일생을 풀어나가다 보면 어느 순간 불현듯 발칙한 의심이 들기 시작한다. 이 위대한 작가의 저 쑥 들어간 눈과 볼은 빈곤의 기호가 아닐까. 저 심각해 보이는 인상은 그냥 생계형 외모에 불과한 것이 아닐까. 우리는 그동안 이 작가의 모든 것을, 심지어 그 배고픈 표정까지도 너무나 정신적으로만 해석해온 것이 아닐까.

그러면 도스토옙스키는 소설 속에서 돈에 관해 무슨 말을 하려고 했을까?

첫째, 돈은 자유다. 도스토옙스키는 『죽음의 집의 기록』에서 "돈은 주조된 자유다. 그래서 자유를 완전히 박탈당한 사람들에게 돈은 열 배나 더 소중한 것이다"라고 말했다. 그렇다, 돈은 자유다. 돈은 '잘 먹고 잘사는' 삶을 제공해주기에 앞서 심리적·육체적 자유를 보장해준다. 돈으로 고통당하는 사람들은 그 어떤 사회적·정치적 자유보다 더 절실하게 돈의 자유를 추구한다. 도스토옙스키가 돈에 집착했던 가장 근본적인 이유도 바로 이 자유를 향한 갈망 때문이었을 것이다. 그의 인물들 역시 부자유에서 벗어나기 위해 부를 꿈꾼다. 그러면 돈이 보장해주는 자유는 무한한 걸까? 그 자유의 한계는 무엇인가? 도스토옙스키는 이 문제에 관해 명쾌한 답을 주지 않는다. 그러나 그의 소설들을 읽다 보면 독자는 저절로 답을 발견하게 될 것이다.

둘째, 돈은 시간이다. 벤저민 프랭클린의 유명한 말, '시간은 돈이다'가 도스토옙스키에게서는 뒤집힌다. 시간은 돈이고 또 돈은 시간이다. 그의 소설에서 주인공들은 돈을 위해 시간을 제공하고, 또 돈을 주고 시간을 산다. 인간이 누리는 시간의 양과 질은 인간이 가진 돈의 양에 비례한다. 그러므로 돈에 대한 추구는 곧 보다 좋은 시간을 보다 많이 누리려는 욕구로 바꿔 말할 수 있다. 도스토옙스키는 돈과 시간의 등식을 섬뜩할 정도의 극단으로 밀어붙인다. 돈이 정말로 무서운 것이라는 사실은 '돈 = 시간'의 등식에서 가장 선명하게 드러난다.

셋째, 돈은 인간관계의 기본적인 고리다. 도스토옙스키의 친지 중 어떤 식으로든 돈을 통해 그와 관계를 맺지 않은 사람은 찾아보기 어렵다. 그가 지인들에게 보낸 수백 수천 통의 편지는 반드시 돈 문제를 언급한다. 그의 등장인물들도 마찬가지다. 그들은 예외 없이 돈으로 연결되고 돈으로 맺어진다. 그들에게 돈은 의사소통의 일차적인 수단이다. '돈이 말한다Money talks'라는 표현도 있지만, 도스토옙스키의 인물들에게서 돈은 문자 그대로 인간의 언어를 대신하여 말을 한다. 인물들은 돈을 통해 사랑과 증오와 우정과 동정심을 소통하고 돈 때문에 죽고 죽이고 결혼하고 헤어지고 궁극적으로 돈 덕분에 서로를 이해하게 된다.

넷째, 돈은 힘이다. 돈은 많은 것을, 아니 거의 모든 것을 의미한다. 『도박꾼』에서 여주인공이 주인공에게 왜 돈이 그렇게 필요하냐고 묻자 주인공은 참 별 이상한 질문도 다 있다는 듯이 되묻는다. "왜 돈이 필요하냐고 물으셨나요? 왜라니요? 돈이 전부 아닙니까?" 도스토옙스키는 자본주의사회에서 돈이 갖는 위력을 정확하게 집어냈다. 20세기 러시아 시인 마야코프스키는 매우 시인답게 "나는 말語의 위력을 안다"고 노래했다. 19세기 작가 도스토옙스키는 소설에서 "나는 돈의 위력을 안다"고 노래했다. 돈은 지상에서 가장 강력한 힘처럼 보인다. 돈이 있음으로 해서 인간은 타인을 지배하고, 자신의 의지를 관철하고, 세상을 변하게 한다.

그런데 정말 그럴까? 도스토옙스키는 소설에서 이 가장 강력한 힘의 위력과 한계를 풀어나가는 가운데 이 문제에 대한 해답을 모색한다.

지난 몇 년간 고려대학교에서 내 강의를 수강한 학생들은 대부분 도스토옙스키가 무척 재미있다고 했다. 심오하다든가, 커다란 의미를 주었다든가, 인생에 도움이 됐다든가, 뭐 그런 이야기가 아니라 재미있다는 것이다! 참으로 의외였다. '요즘 세상'에 그 길고 깊은 고전이 재미있다니. 나는 학생들의 그 재미있었다는 평가에 너무나도 신바람이 나서 당장 이 책을 쓰기 시작했다. 러시아 문학 전공자뿐만 아니라 일반 독자에게도 흥미진진한 도스토옙스키의 삶과 작품을 보여주고 싶었다.

도스토옙스키를 읽을 때마다 느끼는 것이지만 그는 참 현대적이다. 모든 고전이 다 현대적인 것은 아니다. 가령 그와 같은 시대를 살았던 톨스토이만 해도 돈에 관한 한 도스토옙스키와는 전혀 다른 시각을, 어찌 보면 '전근대적인' 시각을 고수했다. 그는 돈이라면 덮어놓고 증오했다. 준엄하게 돈을 꾸짖었다. 돈은 한마디로 노예제이며 노예주와 노예 모두를 타락시킨다는 것이다. 「두 형제와 황금」이라는 그의 우화를 보면 길가에 떨어진 황금을 주워 가난한 사람들을 위해 쓴 사람까지도 하느님한테 혼이 난다고 되어 있다. 요컨대 돈은 더럽고 사악한 것이므로 아예 멀리해야 한다는 뜻이다. 그야말로 "황금 보기를 돌같이 하라"는 뜻이다. 톨스토이는 가난한 사람과 부자가 있을 때 언제나 가난한 사람의 손을 들어준다.

그러나 도스토옙스키는 부자와 빈자를 반드시 악한 자와 선한 자로 나누어 보지는 않는다. 돈을 꼭 더러운 것으로 취급하지도 않는다. 그렇다고 얼마 전부터 쏟아져 나오는 일부 재테크 관련 책들처럼 부와 똑똑함을, 그리고 가난과 어리석음을 동일시하지도 않는다. 그는 놀라운 혜안으로 당대에서, 그리고 미래의 인류 사회에서 돈이 수행하는 막강한 역할을 꿰뚫어 보았다. 돈에 대한 도덕적 판단은 독자에게 맡긴 채 그는 돈을 해부하고 돈의 심리학과 돈의 철학을 탐구했다. 그는 부자가 되는 법, 투자에 성공하는 법, 혹은 반대로 돈에 초연해지는 법을 가르쳐주는 대신 돈에 관해 생각할 기회를, 돈과 관련하여 우리가 선택할 수 있는 다양한 삶의 모델들을 제공해준다.

도스토옙스키는 돈을 이해한 사람이었다. 돈을 정확하게 읽어낸 사람이었다. 사람을 읽고 사회를 읽어내는 데 천재적이었던 이 작가는 사람의 삶에서 가장 중요한 요소 중의 하나인 돈도 정확하게 읽어냈다. 그리고 그는 무엇보다도 돈을 필요로 했다.

나는 이 책에서 오늘날의 독자가 보는 눈으로 도스토옙스키의 소설들을 읽고자 했다. 불멸의 명작에서 지금 우리의 현재, 우리의 일상적인 삶과 직결된 문제를 찾아내는 것은 매우 즐거운 일이었다. 내가 도스토옙스키를 읽으며 느꼈던 즐거움을 이 책의 독자와 나눌 수 있길 바란다. 무슨 거창한 의미를 찾아내길 바라는 것은 아니다. 그저 심오하기만 한 것처럼 보이는 작가에게 이런 일면도 있었구나, 철학적이고 예술적인 그의 작품에 이런 상투적인 스토리가 얽혀 있었구나 하는 것을 발견하고 재미있어하면 그걸로 족할 것 같다. 무슨 책을 읽건 거기서 어떤 식으로든 교훈을 찾아내야 직성이 풀리는 독자라면, 어쩌면 '도스토옙스키처럼 살면 망한다'는 교훈을 찾아내게 될지도 모르지만……

차례

1장

낭비가로 태어나다

2장

가난뱅이도 사람이다
『가난한 사람들』

3장

돈이 말한다

『미성년』

4장

인생 역전, 그 백일몽

『도박꾼』

5장

돈에 죽고, 돈에 또 죽고

『죄와 벌』

6장

돈이 정말 원수인가

『백치』

7장

나눔에의 희망
『악령』

8장

돈을 넘어서
『카라마조프가의 형제들』

낭비가로
태어나다

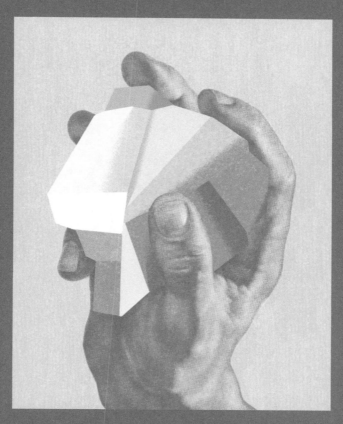

FYODOR MIKHAILOVICH DOSTOEVSKY

나는 모든 것을 꾹 참았습니다.

여기저기서 돈을 빌려가면서 살았습니다.

수치심과 비애를 찾아가며 지내야만 했습니다.

질병과 배고픔, 추위를 이겨냈습니다.

이제 나의 인내심은 끝이 났습니다.

FYODOR MIKHAILOVICH DOSTOEVSKY

절약하는 아버지

아이들은 알게 모르게 부모를 닮는다고 한다. 그러나 도스토옙스키의 경우를 보면 꼭 그렇지만도 않은 것 같다. 그는 아버지와 정반대의 생활 방식으로 아버지와 정반대되는 삶을 살았다. 그런 아버지한테서 어찌 그런 자식이 생겨났을까.

표도르 도스토옙스키는 전형적인 중산층 가정에서 태어났다. 아버지는 리투아니아 성직자의 아들이었는데 신학교를 졸업한 뒤 성직의 꿈을 접고 모스크바로 올라와 황실 의학 아카데미에 입학했다. 그는 1812년 전쟁 때 군의관으로 복무한 것을 계기로 전후에는 마린스키 빈민 구제 병원에 자리를 잡았다. 가진 것 없는 비러시아계 청년으로서 그만하면 성공했다고 볼 수 있겠지만 아버지는 거기에 만족하지 않았다.

당시 의사는 오늘날과 전혀 다른 계층에 속했다. 어느 정도의 수입은 보장됐지만 소위 '상류층'과는 거리가 멀었다. 아버지는 정규 진료 시간 외에 개인 진료를 해서 돈을 모으기 시작했다. 자수성가한 대부분의 사람들처럼 그 역시 내핍 생활이 몸에 밴 사람이었다. 마침 그가 아내로 선택한 여성은 모스크바 상인 가문의 딸이었다. 이재에 밝은 아내는 남편의 근검절약에 군소리 없이 동참했다. 아이들이 줄줄이 태어났지만 도스토옙스키 가족은 비좁은 병원 관사에 그대로 머물면서 여분의 돈을 저축하는 생활을 지속했다.

마침내 아버지는 둘째 아들 표도르가 아홉 살 되던 해에 훌륭한 근무 성적 덕택에 훈장을 받고 8등 문관으로 승진했다. 당시 관리는 8등 문관부터 귀족으로 간주됐다. 오랫동안 성실하게 일한 대가였다. 아버지는 공식적으로 귀족 명부에 이름을 올리자마자 그동안 모은 돈에 상당액의 빚을 더해 툴라 지방의 토지를 구입했다.

부동산 투자의 측면에서 볼 때 그것은 별로 합리적인 선택이 아니었다. 지질은 형편없었고 농부들은 거칠었다. 토지에서 나오는 수익은 대부분 이자를 지불하는 데 충당됐다. 그러나 아버지는 토지 구매야말로 자신이 명실상부하게 귀족임을 입증해주는 증거라고 생각했다. 땅은 신분 상승의 기호였다. 그래서 아버지는 계속해서 토지 구매에 열을 올렸다. 땅에 대한 아버지의 애착을 아들이 완전히 이해하게 되는 것은 훨씬 훗날의 일이다.

안타깝게도 표도르는 아버지의 절약 정신도, 어머니의 경제 마인드도 이어받지 못했다. 그가 이어받은 것은 오로지 가까스로 획득한 새로운 신분에 대한 다소 지나친 기대감뿐이었다. 어린 시절부터 부모에게 강요당한 절약에 대해 그는 남모르는 반항 정신을 키워나갔지만, 동시에 그 절약의 열매인 자산을 흩뿌리는 데는 괴력을 발휘했다.

아버지는 건전한 정신의 소유자였다. 일부 전기 작가들은 아버지가 인색했다는 둥, 포악했다는 둥, 병적일 정도로 의심이 많았다는 둥, 어울리기 어려운 사람이었다는 둥 여러 가지 말을 많이 하지만, 오늘날 경제의 측면에서 냉정하게 판단해볼 때 그를 비난하고 싶은 생각은 들지 않는다. 그는 나름대로 현실에 충실했고, 가족에 대한 투철한 책임 의식을 가지고 있었다. 하인들이 물건이나 돈을 훔쳐갈지도 모른다고 끊임없이 의심했다지만(글쎄, 그걸 가지고 편집증이라고 하는 학자도 있다), 그 의심이 전혀 근거가 없었다고 말할 수 있는 사람은 아무도 없을 것이다. 실제로 당시에는 요리사나 유모가 주인집의 물건을 슬쩍하는 일이 비일비재했다.

또 아버지는 성질이 급하고 가혹할 정도로 규율을 중시했다고 그것이 마치 무슨 큰 결점인 양 비난들을 하지만, 중산층 가장에게 절제와 규율은 부자가 되기 위한 필수 조건이었음을 부인할 수 없다. 그는 사교육비를 줄이기 위해 아이들에게 라틴어를 직접 가르쳤고 그 과정에서 규율을 중시했을 뿐이다. 자식을 가르쳐본 부모라면 알 것이다. 제 자식 가르치기가 어디 쉬운 일인가.

도스토옙스키의 아버지는 부자 아빠의 꿈을 품고 바지 바람을 불러일으킨 요즘의 아버지들과 크게 다를 바 없는 사람이었다. 그는 오히려 19세기 귀족 사회보다는 20세기 자본주의사회에 더 어울리는 사람이었고, 어떻게 보면 미래를 내다본 사람이었다. 아이들에게 공부할 것을 강요한 아버지는 귀족 아버지와 사뭇 달랐다. 귀족들은 공부하라며 자제들을 들볶을 필요가 없었다. 아이들에게 라틴어를 직접 가르친 아버지, '새어나가는 돈'을 막기 위해 하인들을 철저하게 감독한 아버지를 어찌 욕할 수 있을까. 오히려 아버지의 의심 많은 성격과 절제를 이어받지 못한 것이 아들에게는 크나큰 불행이었다.

어쨌든 도스토옙스키가는 서류상으로는 귀족에 속했지만 표도르가 성장한 가정환경은 19세기 귀족의 환경이 아니었다. 거기에는 언제나 책임감, 의무, 미래에 대한 불안 같은 것들이 기분 나쁘게 소용돌이치고 있었다. 부를 확보하기 위한 눈물겨운 노력과 절망과 좌절과 비애가 있었다. 아버지는 언제나 불안했다. 가까스로 얻은 것이나마 잃을까 봐 늘 노심초사했다. 그런데 나중에 이야기하겠지만 아들이란 녀석은 이 가진 것을 단숨에 잃으려고 작심하고 달려들었던 것이다!

아버지는 인생에서 요행이라는 것을 믿지 않았다. 자수성가한 사람들이 대부분 그러했듯이 근면과 절약과 성실만이 남보다 나은 삶에 대한 보증서라고 굳건하게 믿었다. 그는 아들들을 위해서도 20세기 중산층 아버지가 설계할 법한 삶을 디자인했다. 열심히 일하고 많이 저축하고, 그래서 어느 정도 시간이 지나면 좀 더 넉넉한 생활을 영위하는 것. 그 이상은 욕심이었다.

아버지가 표도르와 그의 형 미하일을 위해 공병학교를 지목한 것은 모든 점에서 매우 현명한 결정이었다. 아버지는 자신의 입지를 잘 이해하고 있었다. 물론 땅은 있었다. 그러나 진짜 귀족, 진짜 명문대가와 비교해볼 때 문서상 귀족인 도스토옙스키가는 초라했다. 자산이 부족했다. 흥청거릴 돈도, 재투자할 돈도 없었다. 허리띠 졸라매고 얻은 땅뙈기가 재산의 전부였다. 아버지의 유일한 자랑거리는 절약이었다.

그러므로 아들들에게 필요한 것은 허황된 꿈이 아니라 지극히 실리적인 미래의 계획이었다. 이 점에서 공병학교는 안성맞춤이었다. 무엇보다도 공병학교를 일단 졸업하면 취업이 보장됐다. 졸업생들 앞에는 화려하진 않지만 탄탄한 미래가 펼쳐져 있었다. 그러나 표도르는 공병학교를 무사히 마친 뒤 아버지가 정해준 이 탄탄한 미래를 헌신짝처럼 내팽개치고 의기양양하게 작가의 길로 들어섰다. 이유는 딱 한 가지, 적성에 안 맞는다는 것이었다. 이 시점에 그가 자신의 작가적 소양에 대해 얼마만큼 자신감을 가지고 있었는지는 확실치 않지만, 어쨌든 그 용기만큼은 가상하다 할 만하다.

부자처럼 보이고 싶은 아이

공병학교 시절 표도르의 모습은 아무리 좋게 보려야 좋게 볼 수가 없다. 책 읽기를 좋아하는 조숙한 소년이었다는 사실만큼은 의심의 여지가 없지만, 그 밖의 면모는 미래의 위대한 작가상과 어딘지 어울리지 않는다.

사실 열일곱 살의 사색적이고 문학적인 소년에게 공병학교는 상상력을 발휘하기에 적당한 교육기관이 아니었다. 소년은 엄격한 규율과 틀에 박힌 교육과정에 넌덜머리를 내면서도 그럭저럭 적응해나갔지만, 그의 꿈꾸는 듯한 푸른 눈은 늘 어딘가 저 먼 곳을 향해 고정되어 있었다. 그의 눈에 평범한 동년배 학생들은 어딘지 유치해 보였을 것이다. 생각의 폭과 깊이, 그리고 독서의 양에서 그는 친구들과 비교가 되지 않았을 것이다.

그러나 돈과 관련해서는 표도르는 전혀 조숙하지 않았다. 문제는 그가 경멸하던 친구들이 부자 부모를 두었다는 점이다. 그는 철딱서니 없는 초등학생처럼 친구들의 세련된 매너와 값비싼 소지품을 시샘했고, 행여 그들보다 가난하게 보일까 봐 매사에 전전긍긍했다.

조셉 프랭크, 에드워드 카, 콘스탄틴 모출스키 등 도스토옙스키의 전기 작가들에 의하면, 그는 끊임없이 아버지에게 돈을 요구하는 편지를 써댔다. 거의 모든 편지는 '그의 생각에' 인색한 아버지(그러나 '우리의 생각에는' 정상적인 아비지)한테서 돈을 우려내기 위한 각종 묘책으로 가득 차 있다. 그는 그동안 읽은 소설책들의 문체와 레토릭을 사용하여 자신의 불행한 처지를 비관하고, 아버지를 향한 존경과 효심을 확인시키고, 아버지의 속 깊은 관대함에 호소했다. 그의 울먹이는 문체에 아버지가 진정 감동을 받았는지, 아니면 속아주기로 굳게 결심한 건지는 잘 모르겠지만, 어쨌든 그 '인색한' 아버지는 구시렁거리면서도 아들이 달라는 대로 돈을 부쳐주었다.

그러면 그는 왜 돈이 필요했을까? 전기 작가들이 지적하듯이 우리는 여기서 소년 도스토옙스키가 이미 경제학에서 말하는 '과시용 소비'의 한 행태를 보이고 있다는 사실에 주목할 필요가 있다.

그가 1838년 6월에 아버지에게 쓴 편지는 "새 깃털 달린 모자"가 필요하므로 돈을 보내달라고 요구한다. 친구들은 "모두" 새 모자를 샀다는 것이다. 그는 이어지는 편지에서 군 지급품 외에 새 장화가 필요하다, 학교 급식 외에 따로 차를 마실 돈이 필요하다, 책을 보관할 트렁크가 필요하다 등등의 이유로 돈을 졸라댔다. 그러나 이 모든 물건들은 전혀 필수적인 것이 아니었으며 대부분의 학생들은, 심지어 부유한 가문의 학생들까지도 그런 것 없이 잘 지냈다. 소년은 부자처럼 보이고 싶었을 뿐이다.

이듬해 아버지에게 보낸 편지들도 편지라기보다는 지불 청구서에 가까웠다. 그는 벌써부터 빚을 얻어 쓰기 시작했으며, 빚의 용도에 관해서는 일체 함구한 채 아버지에게 빚 갚을 돈을 요구했다. 아버지는 당시 병원에서 은퇴하여 영지에 칩거하고 있었는데, 가뭄이 계속되어 영지에서 나오는 소득은 형편없었다. 그러나 어쨌든 아버지는 아들이 요구한 액수보다 약간 많은 돈을 부쳐주었다. "아껴 쓰라"는 편지와 함께. 이 편지를 쓰고서 보름쯤 후에 아버지는 영지의 농노들에게 살해됐다. 따라서 "아껴 쓰라"는 말은 아버지의 유언이 된 셈이었다.[1]

죽음을 앞둔 아버지의 직감이었을까. 이후 소년에게 가장 절실하게 요구되는 인생 지침은 바로 이 "돈을 아껴 써야 한다"는 사실이었다. 그러나 소년은 매사에 이와는 반대되는 길, 철저하게 돈을 낭비하고 돈과 관련하여 바보처럼 남을 믿는 삶을 택했다. 어쩌면 소년의 무의식에는 하인을 의심하는 아버지, 근검절약하는 아버지에 대한 증오가 서려 있었는지도 모른다. 아니, 근검절약이라는 것 자체에 대한 증오가 서려 있었는지도 모른다.

공식적인 전기에 따르면, 좌우간 아버지는 그 편지를 마지막으로 소년의 인생에서 퇴장한다. 그러나 실제로 이 꼼꼼한 아버지는 천국에서도 편히 쉬지 못하고 이후 몇 차례 정신없이 살아가는 아들의 꿈에 등장하여 이들의 낭비하는 삶을 질타하고 아들에게 닥칠 재앙을 예고한다. 소설 같은 이야기다.

낭비와 결핍

도스토옙스키의 첫 번째 소설은 제목부터 돈 문제를 예고한다. 『가난한 사람들』, 이 소설을 쓸 무렵 도스토옙스키는 실제로 극도의 '가난'을 체험하고 있었다. 그가 매제에게 보낸 편지를 읽어보자.

나는 아파트가 없습니다. 무일푼 신세로 당장 살고 있던 아파트에서 떠나야 하기에 거리에서 살거나, 아니면 카잔 성당의 들보 밑에서 잠을 자야 하는 처지가 되었습니다. (…) 나는 모든 것을 꾹 참았습니다. 여기저기서 돈을 빌려가면서 살았습니다. 수치심과 비애를 찾아가며 지내야만 했습니다. 질병과 배고픔, 추위를 이겨냈습니다. 이제 나의 인내심은 끝이 났습니다.[2]

어쩌다가 중산층 출신의, 공병학교를 졸업한 어엿한 청년이 이런 극빈의 생활을 하게 되었을까. 그의 딸이 쓴 전기를 읽으면 이 모든 빈곤은 조부(즉 도스토옙스키의 아버지)의 인색함에서 비롯된 것으로 쓰여 있다. 그러나 딸의 전기는 앞으로도 한두 번 더 언급하겠지만 황당하고 신빙성이 없는 기록으로 악명이 높다.

한마디로 이 모든 추위와 배고픔과 모멸감은 그가 자초한 것이다. 부모도 사회도 제도도 아닌, 오로지 도스토옙스키 혼자만이 이 가난에 책임이 있다.

그는 공병학교를 우수한 성적까지는 아니더라도 꽤 괜찮은 성적으로 졸업하고 육군 소위로 임관했다. 그에게는 일정액의 근무 수당이 주어졌으며, 게다가 아버지가 사망한 후 영지에서 나오는 소득이 매달 송금됐다. 유언 집행인은 큰누이동생의 남편 카레핀이었는데, 그는 나이 지긋한 모스크바 상인으로 매우 현명하고 상식적인 사람이었다. 그는 꼼꼼하게 장인의 유산을 관리하면서 처남들에게 공평하게 유산이 돌아가도록 배려해주었다.

그러나 도스토옙스키의 과시용 소비는 모든 것을 엉망으로 만들어놓았다. 그는 돈을 보기가 무섭게 썼다. 또 돈이 실제로 안 보여도 앞으로 들어올 돈을 상상하면서 당겨썼다. 혹시 미래에 들어올 돈이 상상의 영역 밖에 있을 경우 그는 운명과 주변 사람들을 저주했다. 그래서 또 돈을 빌릴 수밖에 없었다.

그는 최상류층 자제들처럼 돈을 써댔다. 오페라와 샴페인과 카드 게임. 그리고 주위 사람들에게 기분이 좋아서 혹은 기분이 나빠서, 혹은 아무 이유도 없이 턱턱 쓰는 돈. 아쉬운 것 없이 자라난 공작 가문, 백작 가문 청년들도 그처럼 돈을 흥청망청 쓰지는 않았다. 유산의 지분은 도착하는 즉시 바닥이 났고 그는 이후 몇 주간을 "배고픔과 추위"에 시달리며 지내야 했다. 그는 뜯어말리는 유산 관리인에게 온갖 공갈 협박을 다 해서 결국 유산의 지분을 일시불로 받아냈다. 그리고 물론 순식간에 다 써버렸다. 그것도 모자라 빚까지 졌다. 그 많은 돈을 그토록 빠른 시간 안에 흔적도 없이 다 쓴다는 것 또한 대단한 능력임에 틀림없다.

정신분석학자들은 이런 그의 성향을 일종의 강박증으로 설명하기도 한다. 나는 개인적으로 정신분석학적인 분석에 별 관심이 없지만, 도스토옙스키의 낭비벽을 설명하는 무수한 스토리 중의 하나이므로 소개해볼까 한다.

그 이론에 따르면, 어린 시절 사랑하는 모친을 여읜 상실감, 독재적인 아버지의 지배욕에서 비롯된 강박증이 합쳐져 일종의 보상 심리가 생겼다는 것이다. 항상 '가난한 사람'의 위치에 있고 싶다는 욕구는 일종의 마조히즘이며, 무의식에 깔려 있는 죄의식은 손에 들어온 돈을 지키는 것을 늘 방해한다는 것이다. 그의 소설에 등장할 모든 '모욕당한 사람들', 모든 '가난한 사람들', 모든 '돈을 구걸하는 사람들'은 작가의 형상에서 비롯된다는 것이다. 이런 분석이 어느 정도 타당한지는 여기서 굳이 논하고 싶지 않지만 한 가지, 그의 낭비가 일종의 고질병 수준이라는 것에는 공감이 간다.

모든 전기 작가들이 입을 모아 지적하는 말이지만, 그는 정말이지 미련 없이 돈을 뿌렸다. 돈이 수중에 들어오면 즉시 한턱을 거하게 썼다. 한번은 1,000루블을 송금받은 당일 즉시 호화 레스토랑에서 식사를 하고 당구 게임을 하느라 900루블을 우아하게 소비했다. 그는 주위 사람들에게 불필요하게, 그리고 부적절하게 관대했으며 돈에 대해 다른 사람을 의심할 줄 몰랐다.

그와 같은 시대를 살았던 오레스트 밀레르의 회고에 의하면 그는 공병학교를 졸업한 직후 연봉 5,000루블을 받던 시절에 월세 1,200루블의 호화 아파트에 세 들어 살았는데, 그 이유는 집주인이 예술을 사랑하는 너무 괜찮은 사람이어서 그랬다는 것이다. 그리고 하인도 몹시 좋아해서 그가 몰래 돈을 슬쩍하는 것을 알고도 묵인했는데, 그 이유는 오로지 하인의 순박한 얼굴 생김이 마음에 들어서였다는 것이다.

그는 육군 소위직도 호기롭게 던져버렸다. 낭만적인 몽상과 현실적인 욕망이 결합된 결과였다. 그는 사표를 던짐과 동시에 자신이 자유를 찾았다고 확신했다. 그리하여 마음껏 특기와 적성에 맞는 문필업에 종사할 것이라고 생각했다. 어떻게 보면 다분히 미래지향적이고 용감한 결정처럼 들리지만, 그 이면에는 보다 더 현실적인, 그리고 보다 더 타당한 다른 이유가 있었음을 부인하기 어렵다.

요컨대 앞으로 물려받을 재산이 전혀 없는 상태에서 육군소위의 월급만으로 살아가야 한다는 것은 생각만 해도 끔찍했다. 그는 이름을 날려 막대한 자금을 한꺼번에 쥐고 싶었다. 그는 문필가의 길을 택함으로써 인생에 가장 큰 승부사가 된 것이다. 그가 전 생애를 통해 이긴 유일한 도박은 바로 이것이다.

도스토옙스키가 이렇게 되기까지 그에게 가장 큰 영감을 불어넣은 사람은 프랑스 소설가 오노레 드 발자크였다. 발자크 역시 낭비벽으로 몸살을 앓던 작가였고 평생을 빚의 늪에서 허우적대던 사람이었다. 그리고 궁핍을 모면하기 위해 무지막지하게 써낸 위대한 작가였다. 도스토옙스키는 발자크에게 매료됐다. 그의 문체, 그의 삶, 심지어 그의 빚까지도 문학 지망생에게는 역할 모델이었다. 어쩌면 멋진 발자크는 청년 도스토옙스키의 낭비벽을 정당화해주었는지도 모른다.

발자크가 1843년에 러시아를 방문했을 때 그의 인기는 절정에 이르렀다. 청년 도스토옙스키는 발자크의 작품 『외제니 그랑데』를 번역했다. 발자크의 인기가 그에게 큰돈을 벌게 해주리라고 생각했던 것 같다. 그러나 번역의 대가는 시시했다. 도스토옙스키는 백만장자가 되는 여러 가지 사업 계획으로 들떠 있었다. 출판업에 대한 계획, 창작 계획, 번역 계획, 좌우간 돈이 될 만한 것은 모조리 그의 머릿속에 기획안의 형태로 요란스럽게 들어왔다가 소리 없이 사라졌다.

『외제니 그랑데』의 번역으로 큰 재미를 못 본 도스토옙스키는 이번에는 발자크의 창작 기법을 토대로 소설을 쓰기 시작했다. 그는 장래에 들어오게 될지도 모를, 아니 꼭 들어와야만 할 돈의 액수를 머릿속으로 계산해가며 창작에 몰입했다. 그래서 완성된 것이 『가난한 사람들』이다.

『가난한 사람들』이 청년 도스토옙스키에게 가져다준 명성에 관해서는 모든 도스토옙스키의 전기에 자세하게, 어쩌면 약간의 과장과 함께 기술되어 있다. 그는 그야말로 혜성처럼 등단하여 순식간에 문단의 총아가 되었다. 속된 표현으로 '대박'을 터뜨린 것이다. 그의 소원은 이루어졌다.

이 소설은 극도의 낭비와 극도의 결핍 사이를 오가며 살아온 청년의 돈에 대한 사색을 반영한다. 이 소설에서 그는 돈을 단순히 부와 가난이 아닌 심리적 고찰의 대상으로 파악한다. 가난의 경제학, 가난의 사회학이 여론의 주목을 받고 있던 시기에 도스토옙스키는 가난의 심리학을 가지고 위풍당당하게 문단에 등장했다.

2장

가난뱅이도
사람이다

『가난한 사람들』

FYODOR MIKHAILOVICH DOSTOEVSKY

도스토옙스키는 평생 가난한 사람들,
학대받는 사람들, 소외당한 사람들에 대한
지고한 연민을 품고 살았다.
그러나 그 연민을 직접 표현하지는 않았다.
가난한 사람을 착한 사람으로도,
순수한 사람으로도 만들지 않았다.
가난한 사람을 미화하지 않음으로써
오히려 그들이 '인간'임을 보여줄 수 있었다.

FYODOR MIKHAILOVICH DOSTOEVSKY

『가난한 사람들』 줄거리

마카르 제부슈킨은 마흔 살 정도의 하급 관리다. 그가 직장에서 하는 일은 정서正書다. 복사기가 없던 시절이라 관청에는 늘 서류 복사 전담반이 있었는데 하급 관리들이 그 일을 도맡아 했다. 찢어지게 가난한 그에게 유일한 삶의 낙은 비슷하게 가난한 옆집 처녀 바르바라와 편지를 주고받고 그녀에게 자질구레한 선물을 사 주는 일이다. 마카르는 자기보다 스무 살이나 어린 처녀를 진심으로 사랑하여 순정을 다바치지만, 그녀는 결국 돈 많은 시골 지주 비코프의 청혼을 받아들여 마카르의 곁을 떠난다. 스토리만 두고 보면 아주 상투적인 소설이다.

가난의 심리학

　『가난한 사람들』은 청년 도스토옙스키가 이미 가난의 심리학을 속속들이 꿰뚫어 보고 있다는 사실을 입증해주는 소설이다. 그는 현실에서 가난을 체험했을 뿐 아니라 그 가난의 고통을 심리적 사실로 고착시켰다. 주인공 마카르는 그야말로 찢어지게 가난한 하급 관리다. 제정러시아에서 하급 관리라 하면 말이 관리이지 사회 최하층에 속하는 계급이었다. 그들은 쥐꼬리만 한 월급을 받으며 상사로부터 온갖 모욕과 멸시를 받기 일쑤였다. 19세기 중엽 러시아 문단에서는 이들 하급 관리를 주인공으로 하여 사회의 어두운 측면을 고발하는 작품들이 쏟아져 나왔다. 고골의 『외투』는 가난한 하급 관리를 주인공으로 하는 대표적인 작품이다.

　마카르 역시 그런 소설들의 주인공처럼 지지리 궁상맞은 생활을 한다. 그의 하숙집은 누추하기 짝이 없다. 고약한 냄새를 풍기는 더럽고 낡은 건물, 좁고 어두운 층계, 그리고 온갖 군상들이 모여 살며 만들어내는 각종 소음, 삐걱거리는 침대, 낡아빠진 제복. 겨울에는 추위에 떨며 촛불에 언 손을 녹여야 한다. 굳은 빵과 멀건 차로 식사하는 일이 허다하다.

　그러나 마카르는 이 모든 가난의 기호를 심리적으로 해석한다는 점에서 다른 가난한 하급 관리들과 구별되며, 바로 그 점에서 우리의 도스토옙스키는 가히 '가난 전문가'라 할 만큼 놀라운 통찰력을 보여준다.

마카르의 이야기를 들어보자. "도대체 무엇이 나를 파멸시키는 걸까요? 나를 파멸시키는 것은 돈이 아니라 삶의 이 모든 불안, 이 모든 쑥덕거림, 냉소, 농지거리입니다."

즉 마카르에게 돈이 없다는 것은 절대적인 부족의 상태가 아니라 상대적인 부족의 상태인 것이다. 잘 못 먹고 잘 못 입고 잘 못 사는 것 자체는 불편함이지만, 진짜로 그를 힘들게 하는 것은 이런 불편함이 아니라 타인의 시선, 타인과 자신의 비교에서 오는 좌절감이다.

빈곤에는 절대적 빈곤과 상대적 빈곤이 있다. 양자의 차이가 지대하다는 것은 누구나 알고 있을 것이다. 19세기 중엽 러시아와 유럽에서 문제가 되고 있었던 것은 절대적 빈곤이었다. 경제학자들과 사회 평론가들은 입을 모아 절대적 빈곤의 퇴치를 촉구했다. 당시 빈곤은 절대적인 개념 이외의 어떤 것도 될 수 없었다. 우리나라에서도 상대적 빈곤의 문제가 사회적 이슈로 떠오른 것은 채 50년도 안 된다. 그러나 마카르가 이야기하고 있는 것은 다름 아닌 이 상대적 빈곤이다.

그는 물론 절대적으로도 빈곤하다. 이를테면 그는 극빈자인 것이다. 그러나 그를 불행하게 만들고 그를 정말로 힘들게 하는 것은 절대적인 극빈이 아니라 상대적인 박탈감, 소외감이다. 그는 끊임없이 타인의 시선을 의식하고, 혹시라도 누군가 자기에게 가난뱅이라고 손가락질할까 봐 신경을 곤두세우고, 외부의 자극에 극도로 방어적이며, 그의 말투는 언제나 변명조다. 그를 불쌍하게 만드는 것은 그의 누추한 의복보다 이런 가난에 대한 의식과 자의식이다. 그러나 다른 한편으로 바로 이 자의식 때문에 그는 '인간'이기도 하다.

러시아의 유명한 문학 이론가이자 철학자인 미하일 바흐친은 도스토옙스키의 주인공이 갖는 자의식을 간파한 최초의 연구자다. 그의 이론에 따르면, 주인공의 말은 자의식 때문에 언제나 이중적이라는 것인데, 구태여 그의 어려운 이론을 참조하지 않는다 해도 다음 마카르의 말을 보면 그가 얼마나 첨예하게 자신의 가난을 의식하고 있는지 알 수 있다.

"물론 더 좋은 아파트, 아마 훨씬 더 좋은 아파트도 있겠죠. 그러나 중요한 것은 편리함입니다. 내가 여기에서 사는 것은 편리하다는 이유 때문이니 무슨 다른 이유가 있지 않나 생각하지는 마세요. (⋯) 내가 이런 방을 빌렸다고 해서 나에 대해 다른 생각을 한다거나 의심하지 말아주세요. 정말이지 편리함 때문에 이 방에 세 들었고 편리하다는 그 점이 나를 유혹했으니까요. 나는 돈을 모아 저금까지 하고 있고 약간의 돈도 가지고 있답니다. (⋯) 나도 그리 만만한 사람은 아니지요."

누가 물어보았나?

그가 이토록 간곡하게 부정하는 "다른 이유"가 돈이 없기 때문이라는 것은 그 자신도 알고 상대방도 알고 독자도 안다. 그러나 그는 지레짐작으로 상대방이 자기를 무시할까 봐 훤히 들여다보이는 방어벽을 친다. 만일 이 심리적 방어벽이 허물어진다면 그의 생존 또한 허물어질 것이다. 그는 계속해서 자신의 하잘것없는 직업을 정당화하고 방어한다.

"나도 서류를 베껴 쓰는 일이 대단치 않다는 걸 잘 알고 있지만 나는 이 일에 긍지를 느낀답니다. 나는 땀을 흘리며 일하고 있으니까요. 그리고 실제 서류를 정서하는 일이 뭐가 어떻다는 말입니까?"

물론 그는 정서 하는 일에 긍지를 느끼지 않는다. 창피해서 죽을 지경이지만 그 수치스러움을 감추기 위해 이렇게 허세를 부릴 뿐이다. 그러나 그는 한 걸음 더 나아가 이런 자신의 복잡한 심리를 분석까지 한다. 이런 점에서 마카르는 단순히 못 배우고 가진 것 없는 하급 관리가 아니라 누구보다도 예리한 심리 분석가가 된다.

"가난한 사람들은 변덕스러운데, 이건 나면서부터 정해진 겁니다. 나는 이걸 이전에도 느꼈지만 이제 더욱 잘 느끼게 되었습니다. 가난한 사람이란 성격이 까다롭지요. 그는 하느님이 만든 세상도 달리 보고, 지나가는 사람들 모두를 곁눈질해 보고, 당황한 시선으로 자기 주변을 보고, 혹시 누가 자신에 대해 말하는가 해서 말 한마디 한마디에 귀를 곤두세웁니다."

인간은 참으로 복잡한 존재다. 아무리 배가 고파 굶어 죽을 지경이 되어도 인간에게는 언제나 자의식이라는 것이 있다. 또 자신의 자의식을 분석할 수 있는 심리적인 눈이 있다. 때로는 그 자의식 때문에, 그리고 그 분석하는 눈 때문에 더욱 우스꽝스러워지기도 하는 것이 인간이다. 19세기 경제학자들과 박애주의자들이 간과한 이 자의식은 도스토옙스키의 소설에서 가난을 심리학적 고찰의 대상으로 변모시켰다.

도스토옙스키는 평생 가난한 사람들, 학대받는 사람들, 소외당한 사람들에 대한 지고한 연민을 품고 살았다. 그러나 그 연민을 직접 표현하지는 않았다. 가난한 사람을 착한 사람으로도, 순수한 사람으로도 만들지 않았다. 그들은 때로 범죄를 저지르기도 하고 거짓말을 하기도 한다. 그들은 어떤 때는 너무 불쌍해서 지긋지긋하다는 생각까지 든다. 그러나 도스토옙스키는 가난한 사람을 미화하지 않음으로써 오히려 그들이 '인간'임을 보여줄 수 있었다. 연민을 표현하는 방식에는 대놓고 '아이고 불쌍해라' 하는 것 외에도 여러 가지가 있다.

인간은 베푸는 동물이다

가난한 사람과 관련하여 19세기 정제학자들이 간과한 또 다른 측면은 바로 베풂의 메커니즘이다. 궁핍한 인간은 타인의 베풂으로 인해 궁핍이 충족되기만 하면 행복해질 것인가? 마카르의 눈을 통해 조망되는 베풂은 우리에게 전혀 그렇지 않다는 대답을 한다.

우리는 흔히 우리보다 가진 것 없는 사람들에게 뭔가를 베풀고 나면 그들이 고마워할 것이라 기대한다. 그리고 그 고마워하는 걸 보는 것이 베풂의 큰 기쁨이기도 하다. 그러나 다음과 같은 마카르의 지적은 이런 베풂의 허상을 너무도 정확하게 꿰뚫어 보아 공연히 마음이 뜨끔해진다. 매우 궁핍한 처지에 놓인 어떤 이를 위해 사람들이 모금한 에피소드를 예로 들면서 마카르는 이렇게 말한다.

"사람들이 어딘가에서 그를 위해 모금을 했는데 일종의 공식적인 심사를 해서 각각 10코페이카씩 그에게 건네주었다고 합니다. 그들은 그에게 돈을 거저 주었다고 생각하지만, 절대로 그게 아니지요. 그들은 자신에게 가난한 사람을 보여주었기 때문에 돈을 지불한 겁니다."

그렇다. 가난은 '볼거리'가 될 수 있고 적선은 볼거리에 대한 입장료가 될 수 있다. 때로 자선은 잔인하고 모멸적인 도락이 될 수도 있다. 이것은 박애주의와는 거리가 멀다. 휴머니즘도 아니다. 받는 사람이 자신이 볼거리가 되었다고 느끼는 그런 적선이라면 그것은 베풂이 아니다.

　오래전에 텔레비전에서 본 장면이 생각난다. 몇몇 얼굴이 널리 알려진 유명 인사들이 고아원 아이들에게 여러 가지 선물을 사 가지고 가서 나누어주는 과정이 화면에 펼쳐지고 있었다. 이 '가난한 눈물까지 글썽이면서 자기네 '은인들'에게 "고맙습니다"를 반복했고, 누군가 써주었을 법한 "이담에 커서 꼭 훌륭한 사람이 되어 은혜를 갚겠습니다"라는 대사를 뇌까렸다. 카메라는 물론 기다렸다는 듯이 그 장면을 클로즈업했고 시청자들은 눈시울을 적셨다.

　그런데 딱 꼬집어 말할 수는 없지만 뭔가 불쾌했다. 좀 경악스럽기까지 했다. 저 철부지 꼬마들이 훗날 자신의 가난이 전국 시청자들에게 감동적인 볼거리를 제공해주었다는 것을 회상하면 기분이 어떨까. 과연 저 아이들이 선물을 받아서 기쁘기만 할까. 물론 저 아이들에게 자선을 베푼 사람들은 만족스러울 것이다. 뭔가 대단한 일을 한 것 같아 뿌듯할 것이다. 그러나 받는 사람 역시 언제까지나 뿌듯하기만 할까.

　도스토옙스키는 베풂의 메커니즘을 역으로 가난한 사람에게 적용한다. 간단히 말해서 가난한 사람도 역시 베풀어야 직성이 풀린다는 것이다. 참으로 이상하게도 인간은 돈이 없어도, 아니 없기 때문에 더욱더 남에게 돈을 쓰고 싶은 욕망에 시달린다. 인간은 베푸는 동물이다. 베풂은 그의 가난을 포장해준다. 베풂은 일시적이나마 없음을 잊도록 도와준다.

마카르에게 돈은 타인에게 베풀 수 있는 능력이다. 이웃집 처녀 바르바라와의 관계는 그가 그녀에게 꽃이나 사탕 등을 사 주는 것에서 출발한다. 사랑하는 여인에게 돈을 소비하는 행위는 그에게 생존과 직결된 문제다. 그녀에게 아무것도 사 줄 수 없을 때 그는 이미 죽은 목숨이나 마찬가지다. 그래서 그는 끼니를 걸러가면서도, 그리고 그녀가 한사코 거부하는데도 끊임없이 그녀를 위해 돈을 쓴다. 그에게 돈은 스스로를 위한 고대광실이나 기름진 음식, 비단옷을 의미하는 것이 아니라 바로 타인에게 기쁨을 주고 타인에게서 고마운 마음(이 경우 바르바라의 사랑)을 얻는 행위를 의미한다.

물론 사랑하는 여성에게 뭔가 사 주고 싶어 하는 마음을 가난한 사람의 심리에 국한할 필요는 있다. 사실 베풂에 대한 마카르의 갈증은 오히려 같은 집에 세 들어 사는 고르시코프라는 남자와의 관계에서 더 여실히 드러난다. 고르시코프는 실직당한 관리로 무슨 사기 사건 같은 데 연루되어 동전 한 푼 못 벌고 있는 신세다. 게다가 그에게는 처자까지 줄줄이 딸려 있어 사실상 마카르만도 훨씬 못한 처지라 할 수 있다.

어느 날 고르시코프가 마카르를 찾아온다. 마지막 한 푼마저 다 써버린 그에게 돈을 빌릴 데라고는 마카르밖에 없다. 마카르는 자기도 극빈자이면서 고르시코프에게 끝없는 동정과 연민을 느낀다. 동병상련이라고나 할까. 어쨌든 마카르는 고르시코프가 10코페이카를 빌려달라고 했는데도 20코페이카를 빌려준다.

확실히 마카르의 베풂에는 뭔가 처절한 것이 있다. 그것은 극빈자가 다른 극빈자에게 느끼는 동질감이라고 할 수도 있다. 아니면 좀 더 그리스도교적인 해석을 내릴 수도 있다. 만일 어느 부자가 고르시코프에게 수백 루블을 빌려준다 해도 그건 마카르의 구멍 뚫린 주머니에서 나온 10코페이카짜리 동전보다 덜 감동적일 것이다. 마카르는 성서에 나오는 가난한 과부처럼 자신의 전 재산을 털어 불쌍한 사람을 돕고 있기 때문이다.

그러나 다른 한편으로, 마카르의 심리에는 자기보다 더 가난한 다른 인간을 보면서 느끼는 일종의 위안이 도사리고 있는 것은 아닐까? 어쩌면 고르시코프를 보면서, 그의 처지를 동정하면서 마카르는 잠시나마 자신의 극빈을 잊을 수 있었던 것은 아닐까? 마카르의 동정심을 폄하하려는 짓은 아니다. 그러나 마카르가 고르시코프를 가리켜 "정말로 불쌍하고 불행한 사람이다"라고 절규하는 대목이 어딘지 모르게 아이러니하게 느껴지는 것은 어쩔 수가 없다.

일부 독자는 그 대목에서 눈시울을 적실지도 모르겠으나, 그렇다 하더라도 그것은 그리스도교적인 자비심이 아닌 심리학의 맥락에서 해석되는 것이 좀 더 타당할 것 같다. 부자에게 베풂이 과시이자 욕망의 실현이라면 빈자에게 그것은 존재 의의다.

도스토옙스키는 자신이 창조한 최초의 문학적 인물에다가 스스로의 미래를 투영해놓았다. 마카르는 다소 구차한 방식으로 미래의 대문호를 예견해준다. 실제로 도스토옙스키는 거의 언제나 남에게 '퍼 주는' 것을 낙으로 삼았던 사람으로 알려져 있다. 그가 정말로 성인군자여서 죽은 형님의 가족들, 전처가 데려온 의붓자식, 길 가는 거지들에게 마음껏 자비를 베풀었던 걸까.

이 책에서 앞으로 소상히 다루겠지만 그의 궁핍은 어느 정도 무절제한 베풂에 기인한다. 그가 남에게 너무 베풀어서 가난해진 건지, 아니면 가난했기 때문에 남에게 자꾸 주려고 했던 건지, 그것은 알 수가 없다. 좌우간 도스토옙스키의 이후 삶을 훑어볼 때면 고르시코프에게 전 재산을 털어 주는 마카르의 모습이 가끔씩 중첩되곤 한다.

돈과 자존심 1

　부자는 자존심을 내세울 필요가 없다. 돈이 모든 것을 알아서 해결해주기 때문이다. 그러나 가난한 사람은 유독 자존심을 중시한다. 도스토옙스키는 『가난한 사람들』뿐 아니라 이후에 쓰인 많은 소설에서 가난한 사람의 자존심을 여러 각도로 고찰한다. 가난한 사람의 자존심은 조금 전에 살펴본 베풂의 메커니즘과 짝을 이루면서 경제학이 다룰 수 없는 인간 심리의 깊이를 드러내 보인다.

　마카르는 확실히 전문가라 할 수 있을 만큼 가난한 사람의 모든 심리적 굴곡을 두루두루 겸비하고 있다. 여기 그의 에피소드를 들어보자.

　어느 날 마카르는 서류를 잘못 쓰는 바람에 '각하'께 불려가 호되게 꾸지람을 듣는다. 하필이면 이런 송구스러운 자리에서 마카르의 낡아빠진 제복에 간당간당 붙어 있던 단추가 떨어져 또르르 굴러간다. 그제야 각하는 마카르의 험악한 꼬락서니에 눈을 주며 불같이 화를 낸다. "아니, 저 사람 꼴이 저게 뭔가? 저 사람 누구야? 돈 좀 가불해줘"라고 각하는 호통을 친다. 마카르는 너무도 민망하고 두려워 실신할 지경이다. 그러나 이렇게 무서운 각하는 다른 사람들이 다 나가고 마카르와 단둘이 남게 되자 지갑에서 100루블짜리 빳빳한 지폐를 꺼내 슬며시 건네준다.

여기까지는 그냥 감동적인 장면이라 치부할 수 있다. 문제는 그다음이다. 감읍한 마카르는 몸을 부르르 떨며 각하의 손을 잡고 거기에 입맞춤을 하려 한다. 이를테면 19세기식 충성과 감사의 표시다. 그런데 각하가 오히려 먼저 마카르의 손을 덥석 잡으며 "마치 동등한 사람끼리처럼" 흔들어준다. 이 대목에서 마카르는 감동의 경지를 넘어 완전히 몰아지경이 된다.

우리는 각하의 사람 됨됨이라든가 각하의 의중 같은 것을 알 도리가 없다. 도스토옙스키는 그 부분을 과감하게 생략하고 마카르의 반응만 클로즈업한다. 마카르는 소리친다. "내게는 그 100루블짜리 지폐보다 각하가 내 손을 친히 잡아주신 것이 더 가치가 있습니다!" "만약에 내게 아이가 생긴다면 널 낳아준 아버지를 위해서는 기도를 안 해도 좋으나 각하를 위해서는 기도를 하라고 가르칠 겁니다!"

만약 각하가 그에게 돈을 주며 생색을 내거나 훈계를 했다면, 그리고 그의 비굴한 감사의 표현을 당연하게 받아들였다면 마카르는 이렇게 반응하지 않았을 것이다. 요컨대 마카르는 돈을 거저 받았음에도, 즉 타인의 적선을 받았음에도 자존심에 상처를 입지 않을 수 있었고, 그것이 돈 100루블보다 더 고마웠다는 이야기다.

그렇다고 마카르가 돈과 자존심의 유지 중 하나를 선택해야 하는 상황에 처했을 경우 꼭 후자를 택할 것이라고 말할 수 있을까? 글쎄. 그는 두 가지를 다 가지고 싶어 할 것이다. 아니, 돈보다 자존심이 더 중요하다고 말함으로써 그는 자존심을 지키려고 할 것이다. 이 문제는 나중에 『카라마조프가의 형제들』에서 다시 한번 살펴보게 될 것이다.

그럼 이번에는 고르시코프의 이야기로 넘어가자. 고르시코프는 결국 소송이 잘 마무리되어 실추됐던 명예도 회복하고 금전적인 보상도 받게 된다. 그는 이 소식을 접하자 "나의 명예, 좋은 평판, 나의 아이들"이라고 외치며 눈물을 흘린다. 옆에 있던 이웃 남자가 이 말을 듣고는 기가 막힌다는 듯 "이봐요, 먹을 게 아무것도 없을 때 명예가 다 뭐요. 돈, 돈이 중요한 거지요. 자, 이제 돈을 받게 되었으니 하느님에게 감사하세요"라고 핀잔을 준다.

고르시코프는 심한 모욕감을 느낀다. 10코페이카도 없어 가난뱅이 이웃에게 빌려 쓰던 사람이 '돈이 중요하다'는 말에 모욕을 느낀 것이다! 아니, 바로 그런 극빈자였기에 더 모욕을 느꼈을 것이다. 고르시코프는 매우 이상한 눈으로 이웃 남자를 응시하다가 좀 쉬겠다고 누우러 가더니 얼마 후 누운 채로 숨을 거둔다.

돈을 받게 된 마당에, 하필이면 모든 사정이 좋아진 마당에 이 불쌍한 사내는 이웃 남자의 지나가는 말에 극도의 상처를 받고 죽어버리는 것이다. 그는 정말 돈이 얼마나 중요한 것인지 몰랐을까? 그에게 정말로 명예 회복이 가장 기쁜 소식이었을까? 아마 아니었을 것이다. 그러나 자존심 때문에 그걸 인정할 수 없었을 것이다. 돈보다 명예가 중요하다고 고집함으로써 그는 자존심을 지키려 했던 것이다.

부자에게는 모든 것이 허용된다

'가진 자의 횡포'라는 말이 있다. 사실이다. 도스토옙스키는 『미성년』에 삽입된 아주 작은 이야기를 통해 이 횡포를 보여준다. 모스크바의 어느 음식점에서 노래하는 휘파람새를 기른다. 부자 상인이 들어와서 새가 얼마냐고 묻는다. 주인이 100루블이라고 대답하자 상인은 그걸 잡아 구워달라고 한다. 주인이 새를 잡아 구워 오자 상인은 말한다. "좋아, 10코페이카어치만 잘라줘."

가진 자의 변덕을 꼭 '횡포'라고 부를 필요는 없겠지만, 어쨌든 가진 자는 자신감이 있다. 그것은 힘에서 오는 자신감이다. 돈은 힘이자 권력이므로 이것을 가진 사람은 휘두를 수 있다. 휘둘러지지 않는 권력, 과시되지 않는 돈이라 할지라도 대단히 중요한 의미를 지니지만, 그 부분은 잠시 후에 다시 이야기할 것이다. 좌우간 도스토옙스키의 소설에는 힘을 휘두르는 사람들이 수없이 많이 등장한다. 그런 가장 초기의 모델이라 할 수 있는 인물이 바로 바르바라에게 청혼하는 비코프다.

비코프 이야기를 해보자. 사실 비코프는 엄청난 부자는 아니다. 어마어마한 부자들은 나중에 원숙기 도스토옙스키의 소설에서 등장하게 된다. 비코프는 한심하기 짝이 없는 부자다. 책은 한 자도 읽지 않고, 문학이란 다 쓸데없는 것으로 여기고, 오로지 물질적인 풍요만을 중시한다. 무식한 배불뚝이 자본가의 모습 그대로다. 그렇지만 도스토옙스키는 부자 비코프를 가난뱅이 마카르보다 더 우습게, 더 짜증나게 묘사하지는 않는다. 추악한 부자와 꽤 괜찮은 가난뱅이의 이분법은 이 소설에 존재하지 않는다.

말이 나온 김에 한마디 하자면, 우리의 마카르는 이상하게도 즉각적인 동정심을 불러일으키지 않는다. 참 가엾다, 이해가 된다, 이런 생각은 들지만 쉽게 호감이 가지 않는다.

나와 함께 이 책을 읽었던 학생들 중 많은 수가 마카르에게 혐오감까지 느꼈다고 했다. 어떤 예민한 여학생은 별로 필요하지도 않은 자질구레한 물건들을 사 주어가며 자기보다 훨씬 젊은 아가씨에게 질리도록 사랑의 편지를 써대는 마카르를 징그러운 스토커라 부르며 몸서리를 쳤다.

게다가 마카르의 문학적 소양이라는 것도 사실은 매우 유치하다. 하찮은 소설 나부랭이나 읽으며 감동하고 그것들 중 일부를 발췌하여 바르바라에게 읽어주기까지 한다. 그러니 좀 더 과감한 학생들이 '마카르보다는 차라리 비코프가 더 낫다'고 하는데, 반박하고 싶은 마음이 생기지 않는다.

어찌 되었든 비코프와 관련하여 우리가 알게 되는 것은 돈의 위력이다. 이 변덕스러운 부자는 돈 덕분에 무엇이든 자기 마음대로 할 수 있다. 아무도 그의 자의적인 말과 행위에 토를 달지 않는다. 그가 무슨 이야기를 하든, 그것이 아무리 몰지각한 이야기라도 사람들은 일단 그것을 받아들인다. 돈은 참 위대한 것이다.

비코프 자신도 돈이 얼마나 위대한지 잘 알고 있다. 그는 가난한 처녀 바르바라에게 청혼을 하면서 그녀의 처지가 얼마나 궁상맞은지, 그리고 자신의 청혼이 그녀에게 얼마나 도움이 될 것인지 한바탕 설교를 한다.

바르바라는 그가 함부로 그런 말을 하는 것이 너무나 서러워 울음을 터뜨린다. 그러나 비코프는 그녀의 울음이 자기 자선에 대한 감동이라고 제멋대로 생각하고 흐뭇해한다. 그에게 가난한 사람의 자존심은 존재하지 않는다. 결혼을 통한 신분 상승, 그리고 그것의 즐거운 결과만이 그녀에게 중요하다고 생각하기 때문이다. 그는 단 한순간도 자신의 청혼이 가난하지만 교양 있고 아름다운 한 처녀의 자존심을 무참히 짓밟을 수 있다는 사실을 의심하지 않는다.

비코프의 횡포는 결혼 준비 과정에서 여실히 드러난다. 처음에 청혼할 당시 그는 마음껏 부를 과시한다. 돈은 얼마든지 대줄 테니 고급 혼수품을 장만하라고 부추긴다. 비단 레이스니 네덜란드제 블라우스니, 신혼부부가 가서 살게 될 영지에서 "시골 지주 마누라들의 코를 납작하게 해주도록" 호사스러운 옷가지와 보석을 고르라고 강권한다. 그의 부는 바르바라를 기쁘게 해주기보다는 당혹스럽게 한다. 그녀가 이제까지 입고 다니던 옷이 얼마나 촌스럽고 시시한 것인가가 상대적으로 강조되기 때문이다.

그러나 처녀가 호사품을 구입하는 데 어느 정도 익숙해지고 일말의 만족감까지 느낄 무렵 비코프는 이번에는 버럭 화를 낸다. 돈이 너무 많이 든다는 것이다. 처녀는 지금까지 비코프가 하라는 대로 하고 사라는 대로 산 것뿐인데 그녀가 "너무 사치스럽다"는 것이다. 그는 이럴 줄 알았으면 그녀와 관계를 맺지 않을 걸 그랬다며 분통을 터뜨린다. 과시의 단계가 지나가자 본전 생각이 들기 시작한 것이라는 건 쉽게 짐작할 만하다.

그런데 여기서 가장 중요한 것은 모욕을 당한 처녀 자신이 그에게 아무런 이의를 제기하지 않는다는 것이다. 그녀는 아무 소리 없이 속으로 눈물만 흘리다가 그 청혼을 수락한다. 그리고 비코프가 돈이 많이 든다고 길길이 뛰어도 말대꾸 한 번 안 하고 담담하게 받아들인다. 현실적으로 그 길만이 살길이기 때문이다. 결국 가진 자가 옳은 것이다. 돈은 옳은 것이다. 가진 자는 언제 어떤 상황에서도 상처받지 않는다. 가진 자는 아무리 변덕스러워도 받아들여진다. 만일 바르바라가 그의 교만과 허세와 무지를 요목조목 지적한 후 청혼을 딱 잘라 거절했다면, 그는 또 다른 가난하고 아름다운 처녀를 찾아냈을 것이다.

돈과 사람 읽기

그럼 여기서 한 가지 질문을 해보자. 가난하지만 선량한 마카르와 돈은 많지만 무식하고 심술궂은 비코프 중 누가 더 옳을까? 아니, '옳고 그름'이란 말은 약간 어폐가 있다. 다른 말로, 누가 더 정확하게 바르바라의 속내를 읽어내고 있는 걸까? 사랑스럽고 교양 있고 돈만 없는 이 처녀는 무슨 생각을 하고 있는 걸까? 그녀가 원하는 것은 무엇일까?

만일 마카르와 비코프가 모든 점에서 상반되는 자질을 가지고 있다면 문제는 다른 각도에서 고찰할 수 있을 것이다. 그러나 두 남자는 돈이 있고 없고의 문제를 제외한 나머지 점에서는 첨예하게 대립하지 않는다. 외모를 보자. 비코프가 투실투실하다면 마카르는 비쩍 말랐을 거라 예상된다. 제대로 못 먹었으니 그럴 수밖에 없을 것이다. 둘 다 미남과는 거리가 멀어도 한참 멀다. 번듯하기로 치면 오히려 비코프가 좀 앞설 것 같다. 나이? 둘다 40대로 바르바라에게는 아버지뻘이다.

교양? 글쎄…… 마카르가 좀 앞서기는 한다. 비코프는 문학이란 것 자체를 무시한다. 한마디로 책은 백해무익하다는 것이다. 일기건 편지건 평생 단 한 줄도 안 쓴 그에게 글이라면 차용증서나 회계장부가 전부랄 수 있다. 반면 마카르는 끊임없이 뭔가 읽고 끊임없이 꼼지락거리며 편지를 쓴다. 시도 읽고 소설도 읽는다.

그런데 문제는 그가 읽는 문학작품의 수준이다. 마카르의 제한적인 교양은 문학작품과 삼류 소설을 구별하지 못한다. 그의 문학적 빈곤은 물질적 빈곤 못지않게 그를 초라하게 만든다. 특히 어린 시절부터 수준 높은 독서를 해온 바르바라와 비교해볼 때 그의 빈곤은 한층 더 두드러진다. 그의 저급한 독서 취향을 보다 못한 바르바라는 그런 쓰레기 좀 그만 읽고 고골이나 푸슈킨을 읽으라고 권한다.

또 마카르의 편지 글을 보면 그의 지적 소양이 얼마나 제한적인지 알 수 있다. 물론 숫제 글이라는 것을 안 쓰는 비코프보다는 낫겠지만, 그의 편지는 길기만 할 뿐 도무지 횡설수설 두서가 없다. 그의 직업이 정서, 즉 남의 글 베껴 쓰기인 만큼 그에게서 창조적 글쓰기를 기대하긴 어렵다. 반면에 바르바라는 아름답고 요령 있게 글을 쓸 줄 안다. 그녀가 과거에 미칠 듯이 사랑했던 남자는 대학생이었다. 그와 연애를 하면서 지적으로 한층 성장한 그녀에게 마카르는 형편없는 무식쟁이다. 그래서 그런지 바르바라는 그에게 편지를 쓸 때 짧고 간결하고 차갑게 쓴다. 게다가 한번은 마카르에게 "문체가 엉망이니" 좀 잘 쓰라는 충고까지 한다(참 잔인한 여자다!).

이런 형편이고 보니 마카르는 비코프와 비교해서 나을 게 아무것도 없다. 바르바라를 이해하는 측면에서도 마카르는 오히려 비코프에게 뒤진다. 바르바라가 진정 원하는 것이 무엇인가? 몰락한 중산층 출신의 가엾은 고아 처녀에게 정말로 필요한 것은 무엇일까?

마카르의 생각:

"당신에게는 사랑이나 한숨을 노래한 시가 필요합니다."

한숨? 시? 헉! 틀려도 한참 틀린 말이다. 그녀에게 절대로 필요치 않은 것이 바로 "사랑과 한숨과 시"다. 그녀에게 절실히 요구되는 것은 구질구질한 가난에서 벗어날 수 있는 돈, 돈이다. 그녀는 소설 전체를 통틀어 단 한 번도 가난의 심리, 돈의 철학에 대해 피력한 적이 없다. 단지 돈을 원할 뿐이다. 그녀에게 돈은 절대적인 어떤 것이다.

비코프의 생각:

"이런 누추한 곳에서 살다가는 죽을 것이오."

비코프는 비록 교양은 없지만 나름대로 현실적인 눈을 가지고 있다. 그의 말이 옳다. 그녀는 어쩌면 폐병에 걸려 죽을지도 모른다. 그래서 그녀는 그의 청혼을 받아들인다. 다른 선택의 여지가 없다. 그녀에게 필요한 건 돈이라는 것이 소설의 말미로 갈수록 분명해진다. 그녀는 혼수 장만에 정신이 없다. 마카르가 보낸 편지에 실을 감아두기도 한다. 너무한다 싶기도 하지만, 그렇다고 마카르를 두고 떠나는 그녀를 욕할 마음은 안 생긴다. 소설은 바르바라가 비코프와 함께 그의 시골 영지로 떠나고 마카르는 떠나간 그녀를 향해 절규하는 것으로 끝난다.

이후 바르바라의 삶을 상상해보자. 정신적으로는 행복하지 않겠지만, 그래도 폐병에 걸려 죽지 않고 시골 지주의 아내로 잘 살 것이다. 어쩌면 통통하게 살이 오를지도 모른다. 자식이 생길지도 모른다. 아니면 통나무 같은 남편에게 오만 정이 떨어져서 젊고 잘생긴 이웃집 청년과 사랑을 하게 될지도 모른다.

만일 바르바라가 마카르와 결혼을 한다면 어떻게 될까? 상상이 잘 안 된다. 돈도 없고 정신적인 교감도 없으니 사는 낙이 없을 것이다. 어쩌면 쭈글쭈글한 얼굴로 허구한 날 사랑 타령만 하는 남편 때문에 복장이 터질지도 모른다. 아니면 영양실조로 시름시름 앓다가 일찌감치 죽을지도 모른다. 여주인공이 죽으면 별로 이야기할 거리가 없다.

그런데 정말 신기하게도 이 보잘것없고 아는 것 없고 가진 것 없는 마카르는 그럼에도 기라성 같은 문학적 주인공의 대열에서 조금도 빠지지 않는다. 그에 비하면 오히려 예쁘고 똑똑한 바르바라가 많이 처지는 듯한 느낌이 든다.

왜 그럴까? 도스토옙스키가 마카르를 '살아 있는' 인간으로 그렸기 때문인 것 같다. 그는 소설이 진행되는 동안 성숙해간다. 바르바라가 가난 때문에 교양이니 문학이니 다 뒤로하고 팔려가다시피 비코프를 따라가는 것과는 달리, 그는 가난해도 점진적으로 인생의 많은 것에 눈뜨게 된다.

교양이 높아졌다고까지는 말하기 어렵지만, 좌우간 그는 푸슈킨의 소설을 읽고 진심으로 공감한다. 심지어 바르바라가 그토록 무시했던 그의 '문체'조차 소설의 후반부에서는 강력한 호소력을 지니게 된다. 그가 떠나가는 여인을 향해 절규하는 마지막 대목은 지극히 신파조이지만 그걸 읽다 보면 이상하게 가슴이 미어진다. 무척 슬퍼진다. 그리고 가난이란 것에 대해 다시 생각하게 된다. 마카르를 징그러운 스토커라고 생각했던 여학생도 결국은 그에 대해 가슴 깊은 곳에서 우러나오는 연민을 느끼며 책장을 덮게 된다.

문학도 결국 돈이다

러시아에서 문학과 돈의 관계는 푸슈킨 시대부터 주목받기 시작했다. 서구 문학은 르네상스 이후부터 상당히 개방적으로 돈에 관해 말했다. 그러나 르네상스라는 것 자체가 없었고 자본주의도 상대적으로 늦게 시작된 러시아에서는 근대문학의 아버지인 푸슈킨에 이르러서야 비로소 돈 이야기가 표면화된다.[3]

낭만주의 시대의 시인이라면 누구나 그러했듯이 푸슈킨은 문학(시)의 고상함과 시인의 소명에 대해 엄청난 자부심을 가지고 있었다. 그래서 그는 「시인과 군중」이라는 시에서 물질에 얽매여 사는 군중을 준엄하게 나무란다.

우매한 군중아, 입을 다물라.
먹고사는 데만 급급한 품팔이 노예들아!
너희의 뻔뻔한 불평 참을 수 없다.
너희는 땅 위의 버러지들, 천상의 아들이 아니어서
만사를 그저 손익으로 따져
올림푸스 산정의 조각상도 근으로 평가하니
그 안에 담긴 이익 보지도 못하는구나.
(…)
번잡한 세상사 위해서가 아니라

탐욕과 다툼을 위해서가 아니라
영감과 달콤한 음향과 기도를 위해서
우리는 태어났도다.

그러나 이런 푸슈킨도 예술가의 삶에서 돈이 수행하는 역할
을 과소평가할 수는 없었다. 하늘을 위해 시를 쓰는 시대는 이상
속에서만 존재한다. 시인도 역시 먹고살아야만 했다.
「시인과 서적상」이라는 대화체 시는 그의 딜레마를 보여준다.
서적상은 시인을 유혹한다. 원고를 주면 돈을 준다는 것이다.

들자 하니 서사시를 쓰셨는데
절묘한 구상의 새로운 결실이라더군요.
어서 마음을 정하십시오.
부르는 대로 드릴 테니 알아서 값을 부르시죠.
뮤즈와 그레이스의 총아가 쓴 시를
우리는 당장에 루블로 교환하고
원고 한 장 한 장을
빳빳한 지폐로 바꿔드리죠.

그러나 시인의 마음은 저 높은 곳에 가 있다. 물질적 보상이
니 돈이니 하는 것이 아닌 가장 숭고한 자유를 갈구하고 있다.

서적상은 이런 그에게 일침을 놓는다.

우리 시대는 장사꾼의 시대
이 강철의 시대에 돈이 없으면 자유도 없습니다.
가수의 해묵은 누더기에 대한 찬란한 보수이지요.
우리에게는 돈, 돈, 돈이 필요합니다.
악착같이 돈을 모으십시오!
(…)
솔직히 말씀드림을 용서하십시오.
영감은 팔 수 없지만
원고는 팔 수 있습니다.
어째 망설이십니까?

서적상의 말에 시인은 결국 수긍하고 이렇게 말한다.

당신 말이 전적으로 맞소.
여기 내 원고가 있소. 계약을 체결합시다.

서적상의 지적에 실제로 시인은 대답할 말이 없다. 그의 천
박함을 꾸짖기에 현실은 너무도 냉엄하다. 좌우간 입에 풀칠이
라도 해야 글을 쓸 것 아닌가. 서머싯 몸은 『인간의 굴레』에서

이렇게 말한다. "저는 돈을 무시하는 사람들에 대해서는 경멸감 밖에 못 느낍니다. (…) 저는 작가건 화가건 먹고살기 위해 오로지 자기 예술에만 의존해야 하는 예술가들을 진심으로 동정합니다."[4]

도스토옙스키는 『가난한 사람들』에서 문학과 돈의 피할 수 없는 관계를 마카르의 입을 통해 지적한다. 마카르는 이웃집에 사는 삼류 작가 라타자예프의 돈 버는 수완에 혀를 내두르며 감탄한다.

"그가 인쇄 전지(200자 원고지 200매 정도) 한 장을 어떻게 쓰는지 아세요? 어떤 날에는 인쇄 전지 다섯 장씩이나 써서 한 장에 300루블을 받는다고 해요. (…) 그는 시를 쓴 자그마한 노트를 가지고 있고, 시라야 모두 짤막한 것들뿐인데 그걸 7,000루블이나 받겠다고 하니, 바렌카, 생각해보세요. 정말로 괜찮은 부동산이자 커다란 집 한 채 값이죠!"

이 대목은 물론 통속 작가들이 상업주의와 결탁하는 세태를 비난하려는 의도를 담은 것으로 해석될 수 있다. 그러나 과연 그렇기만 할까? 오히려 바로 이 대목이야말로 청년 도스토옙스키의 비밀스러운 욕망과 선망을 그대로 노출해주는 것이 아닐까?

사실 도스토옙스키야말로 그럴싸한 소설을 한 권 써서 집 한

채를 장만하는 꿈에 사로잡혀 있었다. 두 권이면 집이 두 채, 세 권이면 집이 세 채…… 이런 식으로 계산을 하고 있었을 것이다. 그가 원고지 여백에 써놓은 자그마한 숫자들은 모두 돈의 액수였다고 한다. 인쇄 전지 한 장당 얼마를 받으면 부를 이룰까 하는 것은 씀씀이 헤픈 이 청년의 뇌리에 항상 눌어붙어 있었다. 부러움에 가득 찬 마카르의 발언은 청년 작가의 부러움을 그대로 반영한다.

　문학을 돈으로 환산하는 것은 천박하게 느껴진다. 그러나 스스로도 인정했듯이 도스토옙스키는 소설 속에서, 그리고 실생활에서 거의 무의식중에 글쓰기를 돈으로 바꾸어 계산했다. 문학이 돈은 아닐지 모르지만 원고는 확실히 돈이다.

　그가 아직 유배지에 있을 때 형에게 보낸 편지들은 돈으로 환산되는 원고 이야기로 가득 차 있다. "2,000부를 찍으면 1,500루블. 그 이상은 아니야. 권당 3루블에 팔릴 수 있어. 그러므로 내가 1년 반 동안 장편을 쓰면 계속 책이 팔리는 한 나는 먹고살 수 있고 돈도 가지게 된다는 이야기이지."(1859년 5월 9일) "독자는 게걸스럽게 내 책을 읽을 거야. 1년 내에(아니, 어쩌면 6개월 이내에 그렇게 될 거라는 확신이 들어) 2,000부는 팔릴 거야. 권당 1루블 25코페이카로 치면 1년에 2,000루블이야. 생전 처음으로 돈, 절대적으로 확실한 돈이 생기는 거라고!"(1859년 10월 9일)

　그러니 라타자예프는 이 작가의 돈에 대한 욕망을 우회적으로 반영한다고 볼 수도 있을 것 같다. 그는 어쩌면 라타자예프처럼 소설 한 권을 써서 돈방석에 올라앉는 꿈을 꾸고 있었는지도 모른다. 청년기 도스토옙스키에게 그것은 허황된 몽상이었을지 모르지만, 훗날 중년의 고개에 접어들 무렵 문학으로 돈을 번다는 것은 생존과 직결된 문제였으므로 거기에는 천박한 망상 같은 것이 끼어들 여지가 없었다.

톨스토이, 곤차로프, 투르게네프에게 위대한 작가가 된다는 것은 곧 지고의 명예를 의미했다. 그러므로 그들이 소설에서 라타자예프 같은 인간을 그렸다면 그건 분명 물질 만능주의를 비난하기 위해서였을 것이다. 그러나 도스토옙스키의 경우 사정은 훨씬 복잡하다. 그에게는 글쓰기가 반드시 돈과 연결돼야 했다. 책이 나오면 반드시 돈이 뒤따라야만 했다. 그의 말을 들어보자. "많은 것을 느꼈고 많은 것을 생각해냈습니다. 하지만 지금까지 종이에 옮긴 것은 많지 않습니다. 글로 쓴 것만이 결정적인 것이고, 그것만이 돈을 지불받는 법입니다."⁵

실제로 그는 생전에 이미 러시아 최고의 작가였다. 평생 대중의 냉대 속에 묻혀 살다가 죽고 난 후에야 빛을 본 가난한 예술가는 아니었던 것이다. 그는 소위 '잘나가는' 전업 작가였다. 그러나 늘 빚이 문제였다. 그리고 소비 패턴이 문제였다.

빚만 아니었더라면, 그리고 좀 더 규모 있게 소비를 했더라면 도스토옙스키도 살아생전 소설 덕분에 집 몇 채쯤은 충분히 장만했을 것이다. 그러나 그는 빚을 모두 청산한 정도에서 생을 마감했다.

빚은 원고료를 받는 데도 악재로 작용했다. 다음은 부인의 회고록에서 발췌한 것이다.

> 잡지사들이 앞 다투어 자신의 소설을 얻으려고 경쟁한다는 것을 알고 있던 유복한 작가들, 투르게네프, 톨스토이, 곤차로프 등은 인쇄용지 한 장당 500루블씩 받았던 반면, 어려운 형편의 도스토옙스키는 스스로 잡지사들에 기고해야겠다고 제안을 해야 했으며, 손을 내미는 측이 밑지고 들어가는 법이므로 그 잡지사들에서 현저히 적은 액수를 받아야 했다. 그는 소설 『죄와 벌』, 『백치』, 『악령』의 원고료로 장당 50루블을 받았고 『미성년』은 205~210루블을 받았으며 마지막 소설인 『카라마조프가의 형제들』에 이르러서야 겨우 300루블을 받게 되었다.[6]

잔인한 운명이다. 데뷔 당시부터 문학으로 돈을 벌 결심을 했던 작가, 당대에 러시아에서 가장 많이 팔린 작가 중의 한 사람, 문학도 결국 돈임을 소싯적에 이미 간파한 이 명민한 작가는 결국 어마어마한 명성과 명예를 얻은 대신 돈은 한 푼도 저축하지 못한 채 세상을 하직했다.

『가난한 사람들』의 가난한 작가

처녀작 『가난한 사람들』이 청년 도스토옙스키에게 상당한 명성을 가져다주었다는 이야기는 이미 앞에서 했다. 그럼 경제적인 측면에서 이 문학적 성공을 분석해보자. 그것은 정말로 고무적인 사건이었지만 부를 향한 출발점은 결코 아니었다. 오히려 이 문학적 성공을 시점으로 작가의 구질구질한 인생이 시작됐다고 보는 편이 더 정확할 것이다. 요컨대 『가난한 사람들』을 창조한 작가 자신도 평생 '가난한 사람들' 중의 하나로 남아 있었다. 첫 소설의 제목이 작가의 미래를 거의 예언해주고 있다시피 하니 '창조의 신비'라는 말이 나올 법도 하다.

당대 최고의 비평가들에게 찬사를 들은 풋내기 작가는 어느 정도 기고만장하게 된다. 그는 자신의 성공에 도취되어 한동안 이성과 판단력을 상실했다. 소년기의 허영심은 이 작은 성공으로 한껏 부풀려졌다. 뭐, 그 정도야 이해해줄 수 있다.

문제는 그의 부풀려진 허영심이 다름 아닌 돈 문제에 적용됐다는 사실이다. 전기 작가들이 대부분 즐겨 인용하는 그의 편지를 우리도 한번 읽어보자. "형, 크라예프스키 씨는 내가 돈이 없다는 이야기를 듣고는 너무도 공손하게 500루블을 빌려드리겠노라고 부탁했어." 진짜로 돈을 빌려주는 사람이 '부탁을 한다'고 믿을 정도로 순진한 건지, 아니면 성공에 너무 취하여 사태

파악을 할 수 없게 된 건지, 아니면 그냥 돌려서 한 이야기인지 그것은 잘 모르겠으나, 어쨌든 감수성은 풍부하고 문재도 뛰어나지만 물정 모르는 이 어수룩한 청년은 크라예프스키의 '공손한 부탁'을 덥석 받아들였다.

그러면 이 관대하고 이해심 많은 크라예프스키 씨는 어떤 인물인가. 그는 『조국의 기록』이라는 잡지의 편집자로, 가난한 작가를 등쳐먹는 데 이골이 난 사람이었다. 돈에 쪼들리는 작가에게 선금을 준 후 혹독하게 부려먹는 사내로, 그의 수법은 고리대금업자 저리 가라 할 정도로 악랄했다. 그러나 멋모르는 청년 작가는 크라예프스키의 선금이 자신의 명성에 대한 존경이라고 받아들였다. 그리고 물론 선금은 신나게 써버렸다.

크라예프스키에게서 받은 돈, 신나게 순식간에 써버린 그 500루블은 평생 지속될 선불 인생을 예고하는 화려한 신호탄이었다. 그리고 다른 점에서는 명성과 전혀 인연이 없는 크라예프스키 씨는 도스토옙스키의 선불 창작을 출범시킨 사람으로 러시아 문학사에 길이길이 이름을 남기게 되었다. 먼 훗날 도스토옙스키는 어딘지 모르게 자부심까지 느껴지는 괴상한 어조로 "나는 이제까지 선불을 받지 않고는 단 한 권의 책도 판 적이 없었다"라고 회고했다. 이쯤 되면 뭐라 대꾸할 말이 없다.

좌우간 크라예프스키의 '공손한 부탁'을 받아들인 청년은 이후 그 돈에 상응하는, 아니 그보다 훨씬 강도 높은 대가를 치르기 위해 미친 듯이 써대야 했다. 『조국의 기록』은 그에게 형편 없는 보수를 주었지만 선불을 토해낼 수 없는 처지이다 보니 찍소리 못하고 크라예프스키가 시키는 대로 쓰는 수밖에 없었다. 돈 때문에 그는 늘 허둥대야 했다. 작품의 완성도 같은 것은 따질 겨를이 없었다. 『가난한 사람들』 이후 1849년 겨울, 반정부 활동에 가담했다는 이유로 체포되어 시베리아 유형 길에 오르기까지 그는 『조국의 기록』을 위해 무수한 중·단편을 썼다. 『분신』, 「프로하르친 씨」, 「여주인」, 「남의 아내」 등등. 그러나 어느 것 하나 『가난한 사람들』이 불러일으킨 호평을 유지할 만큼 훌륭한 성과는 거두지 못했다. 오늘날 문학비평의 시각에서 보면 이 작품들도 모두 나름대로 중요한 가치를 지니지만, 당대 비평가나 독자의 눈에 그것들은 죄다 덜 다듬어진 작품이었다.

또 도스토옙스키는 여분의 돈을 벌기 위해, 아니 좀 더 정확하게 말하면 '위대한 작가의 반열'에 든 사람에 걸맞은 품위를 유지하기 위해 돈이 될 만한 일이 있으면 무엇이고 마다하지 않았다. 그래서 그는 혹시라도 돈이 될 만한 일이 있나 해서 항상 시장에 촉각을 곤두세우고 살았다. 백과사전 작업도 하고 『상트페테르부르크 통보』 같은 신문에 잡문을 기고하기도 했다.[7]

그는 광적인 신문 애독가로 알려져 있다. 시사 문제에 대한 그의 첨예한 관심은 사회 평론이나 칼럼, 그리고 소설 속에 뚜렷이 반영된다. 그런데 나중에 다시 이야기하겠지만 그의 시사성이란 것도 사실은 애초부터 돈에서 비롯된 것이 아닌가 하는 생각이 든다.

　작품이 아직 머릿속에 있을 때부터 그것을 담보로 돈을 받아서 쓰는 생활, 선불 때문에 졸속으로 작품을 완성하는 창작 습관은 작가로 첫발을 내미는 시점에서 이미 도스토옙스키의 삶에 확실하게 둥지를 틀었다. 이는 그의 인생과 창작을 논할 때 언제나 언급되는 부분이다.

3장

돈이
말한다

『미성년』

FYODOR MIKHAILOVICH DOSTOEVSKY

돈은 절대적인 위력을 지닌다.
한편 돈은 모든 인간을 평등하게 만드는
강력한 힘을 지니고 있기도 하다.
돈의 주요한 위력은 바로 그 점에 있다.
돈은 모든 불평등을 평등하게 한다.

FYODOR MIKHAILOVICH DOSTOEVSKY

『미성년』 줄거리

『미성년』은 도스토옙스키의 모든 소설 가운데서 가장 문학적 질이 떨어진다는 평가를 받아온 작품이고 실제로 그 평판에 걸맞게 무척이나 산만하다. 여기에는 살인 사건이 등장하지 않아서 재미가 덜하다는 지적까지 나오고 있다. 좌우간 인물의 대화도 종잡을 수 없고 플롯도 어수선하고 도대체 뭐가 뭔지 파악하기가 어렵다. 도스토옙스키를 알고 싶어 하는 독자에게 절대로 추천하고 싶지 않은 소설이다.

아주 간단하게 플롯만을 정리해보자. 주인공 아르카디는 귀족 베르실로프와 농노 출신의 하녀 소피야의 내연 관계에서 태어난 아이인데, 그의 법적인 아버지는 소피야의 법적인 남편인 하인 마카르로 되어 있다. 그는 백만장자가 되려는 꿈을 가지고 상트페테르부르크로 온다. 거기에서 그는 일종의 사건에 휘말리게 되는데, 이 사건이 곧 『미성년』의 가장 큰 줄거리이며 모든 등장인물은 이 사건과 직접적, 간접적으로 관련을 맺는다.

여기 아주 부유한 노공작이 있다. 그의 딸인 카테리나는 과거에 어느 장군과 결혼했는데 그 장군이 지참금을 다 날려버리고 죽어서 현재 완전 무일푼이다. 그녀가 기대할 수 있는 것은 아버지의 유산뿐이다. 그런데 이 아버지가 발작을 일으킨 후 정신 상태가 약간 불안한 가운데 돈을 마구 써대고 아무 데나 막 기부금을 희사하고 심지어 젊은 여자와의 재혼까지 생각하고 있다. 아버지를 간호하던 딸은 부쩍 걱정이 된다. 그래서 변호사에게 아버지를 금치산자로 몰아 격리하고 자신이 전 재산을 관리할 수 있는 합법적인 경로에 대해 문의하는 편지를 쓴다.

그런데 아버지는 건강을 회복하고 변호사는 죽어버린다. 죽은 변호사의 유품 중에 만일 그 편지가 남아 있다가 아버지의 손에 들어가게 될 경우, 아버지는 딸의 불순한 의도를 알게 될 것이고 상속권을 박탈할 것이 분명하다. 그러니까 그녀는 그 편지를 회수해서 없애버려야만 한다. 그런데 그 편지가 베르실로프의 수중에 있을 것으로 추정되어 그녀와 베르실로프 사이에는 심리적인 줄다리기가 계속되는데, 사실은 그 편지가 아르카디의 수중에 있다. 아르카디 역시 미망인에게 연정을 품게 되면서 사태는 걷잡을 수 없이 복잡해지고, 그 와중에 그 편지를 빼앗아 돈을 갈취하려는 사기꾼들, 공갈 협박꾼들, 그리고 노공작과 결혼하려는 아가씨 등이 등장하면서 점입가경이 된다. 너무 복잡해서 더 이상은 정리할 수가 없다.

돈, 보고만 있어도 즐거운 것

돈이 힘이라는 것은 앞에서도 말한 바 있다. 그 힘을 반드시 휘두를 필요는 없다. 어떤 경우, 아니 아주 많은 경우 인간은 돈이 있다는 사실만으로도 지극한 행복감을 느낀다. 어떤 사람들은 돈을 쓰는 데서 행복을 느끼고 어떤 사람들은 돈을 모으는 데서 행복을 느낀다. 어떤 사람은 쓰기 위해 돈을 모으고 어떤 사람은 모으기 위해 돈을 모은다.

푸슈킨은 『인색한 기사』에서 돈의 존재가 주는 정신적인 만족감을 문학적으로 표현한다. 이 작은 드라마에 등장하는 늙은 남작은 굳은 빵과 물만 먹으면서 돈을 모은다. 그의 자산은 나날이 불어가지만 그는 돈 불어나는 재미에 푹 빠져 도무지 쓸 줄을 모른다. 비록 육신은 헐벗고 굶주리지만 그의 영혼은 세상을 지배하는 힘을 느낀다. 지하 광 궤짝에 황금을 쌓아두고 수시로 바라보면서 그는 언설로는 형용하기 어려운 희열을 느낀다. 그는 행복한 것이다. 도스토옙스키와 돈을 논할 때 연구자들이 종종 인용하는 그의 독백을 우리도 한번 들어보자.

나는 하루 종일 기다린다
내 은밀한 지하 광의 궤짝에 내려갈 순간을.
행복한 날이로다!

(⋯)

이 지하 광에 공물을 바쳐

나의 언덕이 솟아나게 했지. 그 꼭대기에서

내게 예속된 모든 것을 내려다볼 수 있지.

내 지배를 받지 않는 게 이 세상에 어디 있을까? 악마라도 된 듯

나는 여기서 세상을 지배할 수 있지.

원하기만 하면 대궐이 솟아오르고

내 화려한 정원으로는

요정들이 발랄하게 떼 지어 몰려오겠지.

뮤즈들은 공물을 내게 가져다 바치고

자유로운 천재는 내 앞에 고개 숙이고

선행과 밤낮 없는 노고는

공손하게 나의 보상을 기다리겠지

내가 휘파람 한 번 휙 불면

흉악한 도적도 슬금슬금 기어와

내 손을 핥으며 내 눈을 올려다보겠지

내 눈 속에 담긴 나의 뜻을 놓칠세라.

모두가 내게 예속돼도 나를 구속할 자 없네.

나는 모든 욕망을 넘어서 초연히 있네.

나는 내 위력을 알고 이 안다는 것 자체만으로

만족한다네.

(……)

궤짝을 열 때면

언제나 흥분과 선율이 느껴지지.

어떤 알지 못할 감정이 복받쳐

가슴이 미어지듯 한다네…….

오, 여기 나의 지극한 행복이 있다!

(……)

오늘은 나만의 향연을 베풀리라.

모든 궤짝 앞에 촛불을 켜고

모든 궤짝을 열어젖히고 그 사이에

빛나는 돈더미를 바라보며 서 있으리라.

나는 지배한다……! 이 얼마나 마술 같은 광휘냐!

나의 강력한 왕국은 내게 복종한다.

그 안에 행복이 있고 그 안에 나의 명예, 영광이 있도다!

나는 지배한다.

푸슈킨은 남작의 독백을 통해 돈의 속성을 매우 단적으로 보여준다. 돈을 사랑하려면 이 정도는 되어야 할 듯싶다.

도스토옙스키가 평생 동안 작품 속에서 탐구한 돈의 의미도 상당 부분 바로 이 '보고만 있어도 즐거운 돈'의 철학과 연관된다.

그는 1861년에 쓴 에세이 「시와 산문으로 쓴 상트페테르부르크의 꿈」에서 푸슈킨의 남작과 아주 유사한 실제 인물 솔로비요프에 주목한다. 이 남자는 완전히 거지처럼 살다가 죽었는데, 죽은 후에 보니 은화 16만 9,022루블을 가지고 있었다는 사실이 밝혀진다. 실은 엄청난 재력가였던 것이다. 도스토옙스키는 거지처럼 산 백만장자의 모순적인 현상을 돈이 주는 비밀스러운 힘으로 해석한다.

즉 이 백만장자가 거지처럼 산 것은 부가 주는 물질적인 풍요를 초월해서 그 비밀스러운, 형언하기 어려운 기쁨을 향유할 수 있었기 때문이라는 것이다. "그런 사람은 아무것도 필요로 하지 않는다. 그는 모든 욕망에서 초월해 있다."

만년에 쓴 작품인 『미성년』에서 주인공 아르카디도 역시 부가 주는 정신적인 만족을 피력한다. 이 청년은 어린 시절부터 푸슈킨의 『인색한 기사』를 암송했으며 이 작품이야말로 주제적 관점에서 푸슈킨 최고의 작품이라고 상찬한다. 아르카디는 자기가 로스차일드* 같은 거부가 되더라도 허름한 옷을 입고 다닐 것이라 주장한다.

---

* 프랑크푸르트의 게토에서 환전상을 하여 돈을 긁어모아 거부가 된 유대인 메이어 로스차일드. 그의 자손들은 이후 지속적으로 부를 쌓아 올려 전설적인 로스차일드가를 이룩했다. 무일푼에서 거부가 된 신화를 창조한 이 가문은 오늘날까지 국제 금융계를 휘어잡고 있다. 19세기 사람들에게 로스차일드는 오늘날의 빌 게이츠나 워런 버핏과 같은 의미를 지녔다고 보면 된다.

만일 내가 로스차일드라면 나는 눈은 외투를 입고 우산을 짚고 다닐 것이다. (…) 어느 순간에도 누구에게 내 존재를 알리고 대접받으려 하기보다 나 자신이 '나는 바로 로스차일드다'라는 의식만 가지고 있으면 되고, 바로 그 의식만으로 나는 스스로를 자존할 수 있지 않겠는가. 집에 돌아가면 이 세상에서 제일가는 요리사가 준비한 식사가 나를 기다린다는 걸 알고 있는 것만으로도 나는 충만감을 느낄 것이다. 그런 자긍심을 가지고 있다면 한 조각의 빵과 햄을 먹는 것만으로도 항상 행복감을 느낄 것이다. 나는 지금도 그렇게 생각하고 있다.

그는 계속 말한다.

만일 내가 백만장자라면 아마 나는 가장 낡은 옷을 입고 다닐 것이다. 사람들이 나를 너무도 가난해서 타인의 동정을 청해야 할 비참한 인간이라 생각하고 나를 구박하고 멸시하는 바로 그런 상황에서 나는 틀림없이 만족감을 찾을 것이다. 왜냐하면 백만장자라는 그 사실 하나만으로도 충분한 행복감을 느낄 수 있기 때문이다.

『미성년』은 거부가 되기로 결심한 청년의 이야기다. 그에게 돈을 모으는 것은 단순히 목표가 아니라 그의 전 존재를 휘어잡은 '이념'이다. 이 소설에서 도스토옙스키는 돈에 관해, 돈을 모아 부자가 되는 방법에 관해 아주 노골적으로 이야기하길 즐기고 있다. 다른 소설에서와 같은 예술적인 절차탁마 없이 다소 거칠 정도로 직접 돈 이야기가 술술 쏟아져 나오는 것이다. 이 소설에서 돈과 관련된 모든 문제들은 주인공 청년의 사색과 말을 통해 제기되는데, 그건 아마도 중년을 훌쩍 넘기고 이제는 노년을 앞둔 이 작가의 평생에 걸친 돈과의 사투에서 내려진 결론일지도 모른다.

부자가 되는 첫걸음, 열망과 의지

『미성년』에 의하면 부자가 되는 첫걸음은 열망과 의지다. 뚜렷한 열망을 가지고 굳은 의지로 실천하려 노력하면 성공이 보장된다는 것이다. 아르카디의 '이론'을 살펴보자.

몇 년 전에 나는 신문에서 흥미로운 기사를 하나 읽은 적이 있다. 불가 강을 따라 항해하던 증기선에서 구걸하던 거지 한 명이 죽었다. 누더기를 입고 구걸했기 때문에 그 주변에서는 누구나 잘 알고 있는 사람이었다. 그런데 그의 시신을 수습하던 중 누더기 옷 속에 3,000루블이나 되는 지폐가 꿰매져 있는 것이 드러났다. 어느 날 나는 또 고급 레스토랑 같은 곳을 돌아다니며 구걸하던 좀 '고급

스러운' 거지에 관한 기사도 읽었다. 그런데 그 사람을 체포하여 몸수색해보았더니 5,000루블이나 되는 돈을 가지고 있더라는 것이다. 이런 사항에 근거하면 곧바로 두 가지 결론이 나온다. 첫째는 1코페이카짜리 동전이라도 '굳은 의지'를 가지고 꾸준히 모으면 결국에는 엄청난 성과를 올릴 수 있다는 사실이며, 둘째는 돈을 모으는 방법이 다소 능숙하지 못할지라도 '억센 인내심'을 가지고 계속하기만 한다면 분명한 성공이 수학적으로 보장되어 있다는 사실이다.

이 억센 인내심의 배경이 되는 것은 돈에 대한 열망이다. 반드시 돈을 모으겠다는 의지는 돈에 대한 극도의 열망과 결합되어 "수학적인 성공"을 보장한다는 것이다. 다시 아르카디의 말을 들어보자.

하지만 현명하고 자제력도 있으며 다른 사람들의 존경을 받고 있는 이들 중에, 비록 자신이 그것을 간절히 원한다 해도 5,000루블은 고사하고 3,000루블의 돈도 (아무리 안달을 할지라도) 만져보지 못한 사람이 부지기수일 것이다. 그 이유가 무엇일까? 대답은 간단명료하다. 그들은 내심으로는 너나 할 것 없이 돈을 원하면서도 딱히 돈을 벌 방법이 생각나지 않을 때 남에게 구걸해서라도 그 돈을 만들려는 열망을 가지고 있지 못하기 때문이다. 또한 그들에게는 구걸해서 얻은 돈을, 자신을 위해서나 가족을 위해서나 여분의 빵 조각을 위해서 낭비하지 않겠다는 굳센 의지가 깃들어 있지 않기 때문이다. 그리고 그 정도의 큰돈을 모으기 위해서는 설사 구걸과 같은 방법으로 돈을 모은다고 해도 빵과 소금만으로 버텨낼 각오를 다져야만 한다.

위 두 거지는 물론 거부가 되기 위해 돈을 모은 것이 아닐지도 모른다. 그러나 "그들과 전혀 다른, 보다 세련된 방식으로 돈을 벌어 로스차일드와 같은 인물이 되려는 사람들에게는 이 두 걸인의 경우에서 보는 강철 같은 의지가 절실하게 요구되는 덕목이다."

아르카디는 이 강철 같은 의지를 수도사의 금욕과 극기에 비유한다. 그는 자신에게 그런 극기가 있는지 시험하기 위해 두 가지 실험을 한다. 돈을 벌겠다는 목표를 달성할 의지가 자신에게 있는지 알기 위해 그는 1년 가까이 빵과 물, 약간의 수프와 약간의 차만 먹으면서 버텼다. 그동안에 그는 먹을거리에 별 불편함을 느끼지 못했고, 오히려 정신적으로는 도취감과 남모르는 희열까지 만끽했다. 그에게는 어떤 열악한 식사도 견뎌낼 수 있다는 자신감이 생겼던 것이다.

두 번째 실험은 한 달 용돈 5루블을 절반만 쓰면서 버텨보기로 한 것이다. 2년 동안 그런 생활을 한 뒤 그에게는 내핍에 대한 의지가 생겼고 호주머니에는 별도로 70루블의 저축한 돈이 들어 있게 되었다. 그의 의지는 시험을 통과했으며, 그뿐 아니라 그에게는 사업을 시작할 수 있는 '종잣돈'이 생긴 것이다.

이 종잣돈을 가지고 수도 상트페테르부르크에 온 청년은 사업을 구상하며 내핍 생활을 하는데, 여기에서 그는 돈을 절약할 수 있는 여러 가지 아이디어까지 우리에게 소상히 가르쳐준다.

첫째, 식생활. 하루에 15코페이카로 식비를 정함. 처음 이틀간은 빵과 소금을 먹고 사흘째에는 그동안 아낀 돈으로 제대로된 식사하기. 안 그러면 건강을 해치니까.

둘째, 거처. 비바람만 피할 수 있으면 되는 곳. 필요할 경우 노숙도 고려할 것. 걸인 구호소도 고려할 것. 그곳에서는 잠을 재워줄 뿐 아니라 빵과 차를 주기도 한다.

셋째, 의상. 평상복과 외출복 두 벌. 옷을 해지지 않게 하는 법을 연구한 결과 하루에 5, 6회 솔질을 하면 언제나 단정하게 보인다는 사실을 발견함. 구두. 걸을 때 신발 바닥 전체를 동시에 땅에 닿게 하고 발을 옆으로 기울이지 않으면 평균 착용 기간보다 3분의 1은 더 신을 수 있다.

이런 주인공의 내핍 생활은 도스토옙스키의 소비성 삶과 너무 대조적이어서 말이 안 나온다. 사실 도스토옙스키는 작품에서 절약의 미덕을 인정한 적이 거의 없다. 그의 주인공들은 대부분 돈을 팍팍 쓰는 사람이다. 오로지 『미성년』의 주인공만이 절

약을 실행하는데 그것에 관해 작가의 조소나 경멸은 느껴지지
않는다. 물론 이 주인공도 절약 생활을 끝까지 실천하지도, 부자
가 되지도 않는다. 그의 인생은 여러 가지 사건과 충돌하는 가운
데 점점 돈의 이념으로부터 멀어진다. 그렇지만 어쨌든 주인공
이 소설 초반에서 말하는 돈과 관련된 이야기들은 작가의 '가지
않은 길'을 말해주는 것 같아 무척이나 재미있다. 그러니 좀 더
그의 이야기를 들어보자.

투자보다는 저축이다

아르카디는 이렇게 '짠돌이' 생활을 하면서 나름대로 사업을
구상했는데 적은 돈으로 시작할 수 있는 것은 경매와 중고품 중
간 상인 정도다. 헌 물건을 싸게 사서 약간의 이익을 얹어 되파
는 것이다. 소위 '길거리 사업'이다.

그런데 여기서 그가 강조하는 것은 종잣돈을 불리는 사업 초
창기에는 절대로 무리수를 두지 말라는 것이다. "어떤 상황에서
도 내가 지켜야 할 규칙은 우선 절대 무모한 투자를 하지 않을
것과 둘째, 매일 지출하는 최소한의 생활비보다 더 많은 돈을 벌
어 날마다 꾸준하게 저축을 하는 것이다. (…) 절대로 단번에 최
대한의 이익을 보려 하지 않고 항상 침착하게 마음을 다스리는

일이다. 그렇게 해서 앞으로 1,000루블이나 2,000루블 정도의 큰돈을 벌게 되면 자연스럽게 중개인 노릇이나 거리의 사업은 중단할 것이다."

이런 규칙을 엄수하기 위해 요구되는 것은 무슨 어마어마한 지혜나 지식이 아니다. "필요한 것은 솔로몬의 지혜가 아니라 일관된 확신이다. 그것만 있으면 된다. 수완이나 기교, 필요한 지식도 때가 되면 다 갖추어진다. 진정 중요한 것은 어떤 일을 성취해내려는 '의욕'이다."

그러면서 그는 저축 혹은 사소한 액수의 돈을 꾸준히 확보하는 일이 얼마나 중요한 일인가에 대해 한 가지 에피소드를 들려준다.

상트페테르부르크에 철도 주식의 거래가 있었다. 처음에 거래에 참여했던 사람들은 큰돈을 벌었다. 그리고 얼마 동안 주가는 계속 올라가기만 했다. 그런데 여기서 이런 가정을 해보자. 예를 들어, 미처 그 주식을 사지 못했거나 욕심이 많은 사람들이 내 수중에 주식이 있는 것을 보고 몇 퍼센트의 프리미엄을 붙여줄 테니 팔라고 제안했다고 치자. 그런 경우에 틀림없이 나는 그 자리에서 그것을 팔아버릴 것이다. 그러면 사람들은 아마도 조금만 더 기다리면 열 배쯤은 더 이익을 낼 수 있을 거라면서 나를 비웃을 것이다. 물론 그들의 말은 일리가 있다. 그러나 내가 받은 프리미엄은 내 호주머니 속에 있다는 점에서 안전하지만 그 사람들의 것은 아직 허공에 떠 있는 불안전한 것이다. 그렇게 해서는 큰돈을 벌 수 있다고 사람들은 말할 것이다. 그러나 바로 거기에 그 사람들의 약점이 있다. 결과적으로 그 주식의 이상 붐은 코코료프, 폴랴코프, 구보닌 같은 사람들이 일반 투자자들을 한탕주의에 빠져들도록 오도했기 때문인 것으로 밝혀졌다. 여기서 내가 터득한 진리를 말하겠다. 돈을 버는 데 중요한 것은 부단한 노력과 굳은 의지, 그리고 무엇보다도 계속적인 저축이다. 한 번에 두 배의 이익을 얻는 것보다도 저축이 중요한 이유는 그것이 훨씬 더 안정적이고 확실한 투자이기 때문이다.

이런 주인공의 주장은 오늘날 재테크 서적들의 요지에서 크게 벗어나지 않는다. 즉 돈을 버는 가장 기본적인 방법은 돈을 잃지 않는 것이라는 유명한 투자가의 말과 일맥상통한다. 여기서도 주인공의 말은 아이러니의 냄새를 풍기지도, 역설의 은근한 기미를 띠지도 않는다. 오히려 왠지 모르게 작가의 진솔함이 그대로 묻어난다는 느낌이 든다. 평생 돈을 잃거나 쓰기만 했던 인간, 은행에 단 한 푼의 저축도 없이 산 인간이 중년 고개를 넘어 깨달은 씁쓸한 진리라고까지 거창하게 말할 것은 없겠지만 그래도 어딘지 의미심장하다.

뭐니 뭐니 해도 현금이다

현금의 중요성은 아무리 강조해도 지나치지 않는다. 아르카디도 이 점을 특히 강조한다.

프랑스에 혁명이 일어나기 얼마 전, 파리에 로라는 이름을 가진 사람이 나타나서 이론상으로는 그야말로 눈부신 사업 계획을 발표했다(나중에 그의 사업은 실제적 운용 단계에서 완전히 실패했다). 그러자 온 파리가 들끓었다. 사람들은 앞다투어 로의 주식을 샀고 대혼잡까지 연출했다. 파리의 유휴자본이 주식 모집을 관장하는 사무소로 쓰던 집에서 자루째 쏟아붓듯이 밀려 들어왔다. 그리고 나중에는 사람들이 북적대어 그 집도 비좁게 되고 큰길에까지 차고 넘쳤다. 직업, 계층, 연령을 초월한 사람들의 모임이었다. 유산 계층, 귀족, 그들의 자제, 백작 부인, 후작 부인, 창녀 등 모든 계층의 사람들이 마치 미친개에 물린 듯이 정신이 반쯤 나간 채 밀려든 것이다.

그곳에서는 관등도, 혈통에 관한 오만한 자존심도, 심지어 명예와 명성까지도 모두 사라져버린 채 모든 것이 진흙탕처럼 되고 말았다. 사람들은(여성들까지도) 주식 몇 장을 얻기 위해 모든 것을 희생했다. 마침내 모집 장소가 큰길로 옮겨졌다. 그러나 신청서를 작성할 만한 장소조차 없었다. 그래서 사람들은 한 곱사등이에게 등의 혹을 잠깐 빌려달라고 했다. 테이블 대용으로 그 곱사등이의 등 위에서 주식 신청서를 작성하려는 것이었다. 곱사등이는 승낙했다. 대신에 상상할 수도 없는 엄청난 대가를 요구했다!

얼마 안 지나서(매우 짧은 기간이었다) 사업 계획이 허사가 되어버리자 모든 사람들이 파산했고 그 주식은 휴지 조각이 되었다.

그러면 대체 돈을 번 사람은 누구인가? 그 곱사등이 한 사람뿐이다. 그는 혹을 빌려준 대가로 루이도어(프랑스의 금화)를 받아 주식을 사지 않고 그대로 모아두었기 때문이다.

오로지 현금, 확실한 현금만을 챙긴 사람이 결국에 승리했다는 것이다. 일확천금을 노리는 투기의 허무함을 '대박'에 대한 대중의 심리를 적나라하게 지적하는 에피소드라고 아니할 수 없다.

여기서 도스토옙스키가 강조하는 현금의 중요성은 백만장자로 가는 길에 수반되는 의지와 절약을 변형한 개념이다. 그것은 큰 수익보다는 확실한 쪽을 택하는 의지력, 과욕을 접고 적정 수준에서 꾸준히 투자하는 자세와 같은 맥락에서 이해할 수 있을 것이다. 주인공의 결론은 이렇다. "내 생각에 돈을 한 푼도 벌지 못하면서 돈 버는 방법을 배우려 하지 않는 것은 아주 어리석은 짓이다. 또 반대로 꾸준히 지속하는 저축, 세밀한 관찰과 끊임없는 사고, 억센 자제력, 절약 정신, 그리고 지속적인 열정을 가지고 노력하면서도 백만장자가 되지 않는 것은 더욱더 이해가 되지 않는 일이다."

돈은 평등이다

『미성년』의 주인공은 단지 백만장자가 되기로 결심하고 그것을 실천에 옮길 뿐 아니라 백만장자가 되어야 하는 이유까지도 명확하게 제시한다. 백만장자, 이것은 그의 '이념'이다. 그는 자신의 '이념'을 이렇게 설명한다.

그런 점에서 돈이야말로 보잘것없는 인물까지도 최고의 지위로 이끌어주는 유일한 수단이라는 것이 바로 내 '이념'의 주요한 내용이며, 그것을 쟁취함으로써 비로소 내 '이념'에 힘이 실리는 것이다. 어쩌면 나 자신이 그다지 보잘것없는 인물은 아닌지도 모르겠다. 그러나 예를 하나 든다면, 거울을 볼 때 이따금 나는 내 외모가 내게 불리하게 작용한다는 생각을 한다. 왜냐하면 내 얼굴이 평범하기 때문이다.

그렇지만 만일 내가 로스차일드만큼 부자라면 누가 내 얼굴을 문제로 삼겠는가? 휘파람만 불면 수천 명의 여자가 그들의 미모를 받쳐 들고 곧장 내게로 달려올 것이 아니겠는가? 그뿐 아니라 그 여자들은 점차 진심으로 나를 미끈한 미남으로 생각하게 되리라고 나는 확신한다.

어쩌면 나는 아주 지력이 탁월한 사람인지도 모른다. 그러나 내 이마의 넓이가 일곱 뼘이나 된다고 하더라도 이 넓은 세상에는 여덟 뼘의 이마를 가진 사람이 얼마든지 있다. 하지만 내가 로스차일드라면 내 옆에 있는 그 여덟 뼘의 이마를 가진 현인이 무슨 의미가 있겠는가? 그런 현인도 내 옆에서는 말 한마디도 할 수 없을 것이다!

나는 어쩌면 매우 기지 있는 사람인지도 모른다. 그러나 내 옆에 탈레랑이나 피롱이 있다면 곧바로 내 기지가 빛을 잃고 말 것이다. 그러나 내가 로스차일드가 되는 그 순간, 피롱의 모습은 자취를 감출 것이며 어쩌면 탈레랑조차도 한순간에 의미를 잃고 말 것이다.

말할 나위도 없이 돈은 절대적인 위력을 지닌다. 한편 돈은 모든 인간을 평등하게 만드는 강력한 힘을 지니고 있기도 하다. 돈의 주요한 위력은 바로 그 점에 있다. 돈은 모든 불평등을 평등하게 한다.

타고난 지위, 계급, 부모의 능력, 외모, 지능, 교양, 말주변은 사람마다 다르다. 인간은 불평등하게 태어난다. 그러나 돈이 있으면 단 한순간에 모든 불평등이 말끔하게 해소된다. 주인공이 백만장자가 되기로 결심한 이유다. 실제로 우리는 일상에서 아무리 지위가 높아도, 아무리 능력이 많아도 돈이 없으면 부자 앞에서 쩔쩔매기 마련이라는 것을 익히 보아왔다. 셰익스피어의

『베니스의 상인』에서 귀족들이 돈에 쪼들릴 때 야비한 유대인 샤일록 앞에서 고개를 숙일 수밖에 없는 모습도 보았다.

러시아에서도 19세기에 이르면 태생적인 불평등이 돈에 의해 해소되는 경향을 볼 수 있다. 일례로, 종교적으로 무지막지하게 탄압을 받던 분리파 교도들이 남보다 열 배 백 배 더 열심히 일하고 이를 악물고 억척스럽게 돈을 모아 어엿한 기업가로 성장하자 정부는 종교 정책 자체를 수정할 수밖에 없었다. 러시아 주류 사회에서 소외되어 있던 분리파는 1860년대 이후 여느 귀족 못지않은 부와 교양과 영향력을 지니고 있었다. 특히 모로조프가, 마몬토프가, 트레차코프가 등은 예술품을 수집하고 예술가를 후원해주는 명문대가로 성장했다.

그러니 돈은 얼마나 중요한 것인가. 아니, 얼마나 고마운 것인가. 모든 태생적인 불평등을 해소해주는 돈, 이것을 도스토옙스키는 지녀본 적이 없는 것이다!

돈은 자유다

그뿐이 아니다. 돈의 '이념'에서 평등보다 더 중요한 것은 자유다. 푸슈킨은 앞에서 인용했던 「시인과 서적상」이라는 시에서 "돈이 없으면 자유도 없다"라고 했지만, 도스토옙스키는 그보다 더 직접적으로 돈이 곧 자유라고 말한다. 『죽음의 집의 기록』에서 화자는 말한다. "돈은 주조된 자유다. 그래서 자유를 완전히 박탈당한 사람들에게 돈은 열 배나 더 소중하다." 돈의 최종적이고 궁극적인 의미, 돈의 철학의 정수는 아마도 이 자유에 있지 않을까 싶다.

도스토옙스키는 『겨울에 쓴 유럽의 여름 인상기』에서 자조적인 어조로 돈과 자유에 관해 이렇게 말한다.

> 자유란 도대체 무엇인가? 자유다. 어떤 자유인가? 법률의 범위 내에서 누구나 동등하게 무엇이든 자기 좋은 짓을 할 수 있는 자유다. 그러면 무엇이든 하고 싶은 것을 할 수 있는 시기는 언제인가? 100만 프랑의 재산을 갖고 있을 때다. 그러나 과연 자유는 모든 사람들에게 100만 프랑의 재산을 부여해주는가? 아니다. 100만 프랑이 없는 사람은 무엇인가? 100만 프랑을 가지지 못한 사람은 무엇이든 하고 싶은 짓을 할 수 있는 인간이 아니고, 그 돈을 가진 사람이 하고 싶은 일에 부림을 당하는 인간이다.[8]

『미성년』의 주인공도 자기 이념의 가장 형이상학적인 부분을 자유로 귀착시킨다.

> 어떻게 보면 나는 돈이 필요하지 않은 것일 수도 있다. 아니, 내게

필요한 것은 돈이 아니라고 말하는 편이 더 적절할 것 같다. 그리고 강한 힘 자체도 내게 필요한 것이 아니다. 내게 필요한 것은 강한 힘으로 얻어지는 것, 강한 힘 없이는 절대로 얻을 수 없는 것이다. 그것은 바로 고독하지만 내적인 안정이 깃들어 있는 인식이다! 이것이 바로 전 세계 인간이 그토록 얻으려고 힘쓰는, 가장 완전한 의미의 자유의 정의인 것이다! 자유! 나는 드디어 이 위대한 말을 쓰고야 말았다. 그렇다. 고독한 힘의 인식, 이 얼마나 아름답고 매력적인 말인가!

주인공이 도달한 결론은 사실상 우리 모두가 항상 느끼면서도 콕 집어 설명할 수 없었던 돈의 궁극적인 의미이리라. 돈이 자유라는 진술을 뒤집으면 돈의 부재는 부자유라는 이야기가 된다. 가난의 고통은 결국 이 부자유에 기인할 것이다. 가난에서 오는 모멸감, 불편함, 좌절감, 자괴감, 수치심, 이 모든 것을 하나로 묶어주는 단어는 바로 부자유이리라.

인간을 구속하는 모든 것 중에서 가장 고통스러운 것은 바로 경제적 부자유다. 감옥에 갇힌 수인이라 하더라도 많은 돈이 있다면 육체적 구속을 감내할 수 있다. 엄청난 돈을 빼돌리고 천연덕스럽게 연방 교도소에 앉아 있는 마피아 두목의 모습을 할리우드 영화에서 많이 보지 않았던가. 그러나 아무런 구속도 받지 않는 자유인이라 할지라도 돈이 없으면 삶 자체가 감옥이 될 수 있다. 빚쟁이에게 시달리던 도스토옙스키가 1865년 브랑겔 남작에게 보낸 편지에서 우리는 때로 경제적 자유가 육체적 자유보다 더 소중하다는 사실을 알게 된다. "내 빚을 다 갚고 다시 자유로운 몸이 될 수만 있다면 나는 다시 감옥으로 돌아가도 좋습니다."

도스토옙스키는 시베리아 유형지에서부터 돈은 자유라는 사상을 굳히기 시작했던 것 같다. 청년기의 무모한 소비 행각을 반추하면서, 극도의 부자유 속에서 자유를 갈망하면서, 그리고 동료 수인들의 심리를 관찰하면서 그는 아울러 돈을 관찰하기 시작했던 것이다.

자유와 맞먹는 돈은 더 이상 허황된 욕심의 대상이 아니다. 앞에서 언급했던 푸슈킨의 인색한 기사가 아직도 탐욕과 맹목적인 치부의 수준에서 벗어나지 못하고 있다면, 도스토옙스키의 주인공은 한 걸음 더 나아가 돈의 완전한 자유, 그 절정을 꿈꾼다. 자유의 절정에 오른 사내는 모든 것을 던져버릴 수 있다. 심지어 그토록 애써 모은 돈까지 한순간에 미련 없이 던져버릴 수 있다는 것이다.

주인공은 자신이 거부가 되면 전 재산을 사회에 환원하고 가난뱅이로 돌아가겠노라고 자기 포부를 말한다. 일단 거부의 목표를 달성한 후에는 가난뱅이가 되더라도 정신적인 충족감은 더 커질 것이라는 이야기다. 결국 그에게 궁극적으로 돈은 쓰기 위한 것, 호의호식을 위한 것, 과시하기 위한 것, 타인을 지배하기 위한 것이 아니라 오로지 자기 마음의 평화와 자유를 위한 것이라는 뜻이 된다. 돈은 이토록 고상한 것이 될 수도 있다!

만일 내가 로스차일드가 가진 액수와 같은 정도의 재산을 저축하게 된다면 그때는 실제로 그것을 사회에 내던지는 걸로 끝날 수도 있을 것이다(그러나 로스차일드의 재산과 동일한 액수에 도달하는 것을 실행하기는 어려울 것이다). 그렇다고 해서 반액 정도를 내던지지는 않을 것이다. 그런 행위는 너무나 저속하기 때문이다. 달리 말해 그렇게 한다면 나는 그야말로 의식까지 빈곤한 인간이 될 뿐이다. 그러나 참으로 모든 것을, 그야말로 최후의 1코페이카까지 내던진다면, 설사 걸인이 된다고 하더라도 그 순간부터 나는 곧 로스차일드보다 두 배나 더 부자가 되는 것이다! 만일 사람들이 이 이치를 이해하지 못한다 할지라도 그건 내 잘못이 아니다. 더 이상 설명하지는 않겠다.

신문에서 세계적인 대부호 워런 버핏이 너무도 소박하고 검소하게 산다며 경탄하는 기사를 읽은 적이 있다. 그러나 그건 전혀 놀랄 일이 아니다. 버핏의 소박함은 대부호의 성품에 앞서 돈의 성품을 말해주는 사례인 것 같다. 돈의 자유를 쟁취한 사람에게 고급 승용차나 호화 저택이 무슨 의미가 있겠는가. 사치가 무슨 의미가 있겠는가.

　우리는 가끔 평생 한 푼 두 푼 모아 이룩한 거대한 액수의 자산 전부를, 그것도 익명으로 자선 단체에 기증하고 홀연히 세상을 하직하는 사람들의 이야기를 접하게 된다. 이 사람들이야말로 『미성년』의 주인공이 말하는 그 이치를 터득한 사람들이 아닐까. 이 사람들이야말로 돈의 자유, 그 가장 고상한 경지에 오른 사람들이 아닐까.

4장

인생 역전,
그 백일몽

『도박꾼』

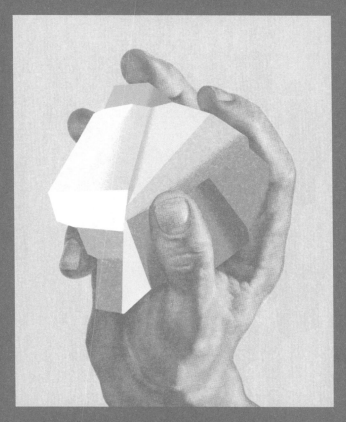

FYODOR MIKHAILOVICH DOSTOEVSKY

그는 생존하기 위해 도박을 했고,
또한 생존하기 위해 글을 썼다.
도박장에서 생활비를 털리고 나서 창작 의욕으로
불탔다는 것은 어폐가 있다. 창작욕으로 불탄 게 아니라
잃은 돈을 만회하려면 글을 써야 한다는 강박증,
먹고살아야겠다는 생존 본능이 그를 서둘러 책상으로
돌아가게 했던 것 아닐까.

FYODOR MIKHAILOVICH DOSTOEVSKY

『도박꾼』 줄거리

주인공 알렉세이는 모 장군의 가정교사로 장군의 양녀인 폴리나를 죽도록 사랑한다. 그녀의 주변에는 알렉세이 외에도 프랑스인과 영국인이 서성거린다.

이들 일행은 독일의 도박 도시 룰레텐부르크에 머물고 있는데, 모든 등장인물은 돈을 절실하게 필요로 한다. 알렉세이는 폴리나를 얻기 위해 돈을 필요로 하고, 폴리나는 프랑스인에게 자존심을 세우기 위해 돈을 필요로 한다. 장군은 또 장군대로 과거가 의심스러운 프랑스 여자 블랑슈와 결혼하기 위해 돈을 필요로 한다.

장군에게는 늙고 병든 부자 아주머니가 있는데, 그녀가 죽으면 그에게 막대한 유산이 들어올 예정이다. 유산은 블랑슈와의 결혼을 보장해주는 거의 유일한 자금원이므로 그는 아주머니의 사망 소식을 애타게 기다린다. 그런 와중에 아주머니가 죽었다는 전보 대신 아주머니가 몸소 룰레텐부르크에 들이닥쳐 도박판에서 어마어마한 액수의 돈을 잃어버린다. 아주머니는 절망한 장군을 버려두고 러시아로 돌아간다. 주인공 알렉세이는 폴리나를 위해 도박을 하고 엄청난 액수의 돈을 딴다. 그러나 그가 부를 얻게 되자 폴리나는 그를 떠나고, 그는 결국 도박에서 딴 돈을 모두 탕진하고 빈털터리가 되어 다시 도박판으로 돌아온다.

'죽음의 집'에서 돈을 생각하다

도스토옙스키의 삶에서 1849년 말부터 1859년 말까지 약 11년 간의 세월은 일종의 공백기라 할 수 있다. 그는 반정부 단체에 가담하여 사형선고를 받은 후 형 집행 직전에 특사를 받아 시베리아의 옴스크에서 4년간 유형 생활을 한다. 저격수들이 죽 늘어선 사형수들을 향해 총을 발사하기 일보 직전에 황제의 특사가 먼지를 뽀얗게 일으키며 말을 타고 달려와 숨넘어가는 소리로 '형 집행 정지!'를 외치는 드라마틱한 장면은 도스토옙스키의 전기에서 반드시 언급되는 부분이니 이 책에서는 더 자세한 이야기를 하지 않겠다.

형기가 만료된 그는 1854년 세미팔란스크의 전선에 사병으로 편입되어 또 5년간 군 생활을 한 후 1859년 12월에야 비로소 상트페테르부르크로 귀환할 수 있게 된다.

4년간의 죄수 생활은 아이러니하게도 도스토옙스키의 전 생애 동안 상대적으로 돈에서 자유로운 유일한 시기였다. 선불을 받을 일도 없고 돈 쓸 곳도 없고 쓸 돈도 없었다. 돈에 쫓기지 않는 삶을 영위하면서 우리의 낭비가는 이번에는 돈에 관해 사색하기 시작했다. 그렇게 해서 나온 결론이 바로 "돈은 주조된 자유다"라는 유명한 진술이다.

그러나 이토록 중요한 진리를 깨달았음에도 미래의 위대한 작가는 사병으로 편입되어 약간의 수입이 생기기 무섭게 다시 낭비하는 습관으로 돌아가버린다. 물론 얼마 안 되는 돈이고 그것을 꼬깃꼬깃 모아두었다고 해서 큰돈이 될 리도 없었겠지만, 사병 도스토옙스키는 좌우간 얼마 안 되는 돈이나마 보는 대로 써댔다. 사실 낭비는 액수의 문제가 아니라 습관의 문제다.

또 이 시기에 그는 브랑겔 남작이라는 사람과 알게 되어 그에게서 경제적 원조를 받기 시작했다. 마음씨 착한 브랑겔 남작은 이후 도스토옙스키가 곤경에 처할 때마다(그런데 그는 언제나 곤경에 처해 있었다!) 돈을 빌려줘야만 하는 피할 수 없는 운명에 처하게 된다.

사병으로 복무하던 시기에 도스토옙스키의 경제적 사정을

어렵게 한 결정적인 사건은 이사예바라는 과부와의 만남이다. 결핵을 앓고 있던 이 여인은 예쁘지도 않고 착하지도 않았다. 소설책은 좀 읽었던 것 같은데 좌우간 아주 신경질적이고 이기적인 여자였다. 게다가 가진 것이라곤 첫 결혼에서 얻은 아들 하나뿐이었다. 그런데 어쩐 일인지 도스토옙스키는 이 여성을 불같이 사랑하게 되었다. 그녀의 샐쭉한 표정과 창백한 안색에서 어떤 영혼의 아름다움을 읽어냈다고 확신한 작가는 그녀의 환심을 사기 위해 여느 사랑에 빠진 남자보다 훨씬 더 어리석게 얼마 안 되는 돈이나마 가진 것 전부를 탕진했다.

사랑에 눈먼 가난뱅이 정치범은 호기롭게도 그녀의 아들 파벨의 미래까지 책임지겠다고 자청했다. 이 파벨이라는 막돼먹은 아이는 거의 진드기 수준으로 도스토옙스키에게 달라붙어 장차 그의 호주머니 사정을 악화시키는 데 혁혁한 공을 세우게 된다.

아들 딸린 과부와의 결혼은 돈에 대한 도스토옙스키의 무책임한 성향을 반영할 뿐이다. 무슨 대단한 로맨스가 있었던 것도 아니고 그의 지극한 사랑을 그녀가 이해했던 것도 아니다. 어쩌면 도스토옙스키 자신도 이해하지 못했을 것이다. 하여간 가장 중요한 것은 그녀가 도스토옙스키에 대해 요만큼의 사랑이나 존경도 가지고 있지 않았다는 점이다. 그녀는 도스토옙스키를 가리켜 "미래가 없는 남자"라고 아주 쉽게 결론지었다. 그러나 그야말로 무엇에 홀린 사람처럼 도스토옙스키는 그녀와의 결혼을 서둘렀고, 결국 미래에 대해 아무런 대책도 없는 시점에서 부양가족까지 짊어지게 되었다.

전기 작가들은 도스토옙스키가 상트페테르부르크로 귀환할 시점에 이미 그의 마음속에는 앞으로의 작가적 명성에 대한 확신이 있었다고 말한다. 마음속의 확신이 얼마나 큰 것이었는지는 확인할 길이 없지만 주머니가 텅텅 비어 있었다는 것만은 확인할 수 있다. 그러니 그의 결혼도 역시 편집자에게 선불을 받아 쓰던 버릇에서 나온 것이 아닌가 하는 의심이 생기지 않겠는가. 미래에 들어올 돈을 예상해서 결혼을 감행한 이 남자의 앞날에는 곤궁만이 도사리고 있었다. 과연 이 남자가 "돈은 주조된 자유다"라는 심오한 진리를 터득한 바로 그 사람이란 말인가.

빚더미에 올라앉게 된 사연

비록 주머니는 텅텅 비었지만 도스토옙스키는 보무당당하게 상트페테르부르크에 입성했다. 창작 열의는 어느 때보다 강렬하게 불타올랐고 머릿속은 온갖 아이디어로 넘쳐났다. 어린 시절부터 늘 가까웠던 형 미하일은 물심양면으로 동생을 보살펴주었다. 형이 마련해준 아파트에 정착한 도스토옙스키는 유일한 생계 수단인 펜과 종이를 앞에 두고 어떻게 하면 돈을 마련할까 골머리를 앓으며 신혼 생활을 시작했다. 다행스럽게도 오스노프스키라는 출판업자가 유배 이전에 발표한 그의 작품들을 두 권짜리 선집으로 출판한다는 조건으로 2,000루블을 지불했다.

도스토옙스키가 유배지에 있는 동안 형 미하일은 담배 공장을 세웠다. 형도 문필업에 마음이 있었지만 그는 가족의 장래를 생각해 사업가로 변신했다. 사업 자금은 아버지에게 물려받은 유산의 지분으로 댔다. 도스토옙스키가의 영지는 1852년에 매각됐고 그 대금은 자식들에게 분배됐다. 그러나 도스토옙스키는 1845년에 이미 자기 지분을 다 받아 썼기 때문에 그에게 돌아갈 돈은 한 푼도 없었다.

만일 미하일이 담배 공장만 계속 운영했더라면 두 형제의 운명은 달라졌을 것이다. 그의 사업 수완에 대해서는 구구하게 말들이 많지만, 어쨌든 그는 담배에 사은품을 끼워 팔아 상당한 수익을 올렸던 것으로 기록되어 있다.

그러나 문필업에 대한 미련을 버리지 못한 미하일은 담배 사업을 접고 덜컥 잡지를 창간했다. 결과적으로 볼 때 잡지는 형과 동생의 일생을 망친 애물단지였다. 도스토옙스키는 1861년에 창간호가 나온 『시간』(브레먀)에 작품을 연재하고 편집을 맡는 등 이 일에 깊이 관여했다. 『시간』이 정치적 문제로 폐간되자 형제는 1864년에 『시대』(에포하)라는 제목의 또 다른 잡지를 창간

했는데, 도스토옙스키는 그 잡지의 편집장으로 일했다. 같은 해에 형이 갑작스럽게 죽고 이듬해에는 『시대』 역시 종간의 운명을 맞이하게 되었다.

빚더미는 여기서부터 시작된다. 우리가 익히 알고 있는 그의 헤픈 씀씀이로 인해 여기저기 조금씩 돈을 꾸어 쓴 일은 논외로 치자. 정말 큰 덩어리의 빚은 잡지사 운영과 형의 죽음에서 비롯된다. 형 미하일이 죽자 도스토옙스키는 형이 담배 공장 운영으로 진 빚, 잡지사 운영으로 진 빚 일체를 모두 떠안았다. 그뿐 아니라 형의 유족들, 즉 미망인과 그 자식들의 생계를 책임지겠노라 자청했다. 첫 번째 부인 이사예바는 형이 죽기 세 달 전쯤 병사했다. 그녀의 병구완에 요구되던 돈보다 훨씬 많은 돈이 이제는 훨씬 많은 사람들의 생계를 위해 사용되어야만 했다.

그는 왜 자기가 지지도 않은 빚을 떠맡았을까. 그리고 왜 형의 가족을 자진해서 책임지려 했을까. 이 부분에 대해서는 할 말이 없다. 그의 깊은 뜻을 헤아리기에 나 같은 범인의 속은 좁기만 하다. 수중에 돈 한 푼 없고 자기도 여기저기 소소하게 빚이 걸려 있는 상황에서 중년의 작가가 어쩌자고 그 큰 빚을 떠안은 것인가. 아무런 대책도 없이 왜 큰소리를 친 것인가. 그는 정말로 자신이 너무나도 위대한 작가가 될 것이기에 그 정도의 돈은 감당할 수 있으리라 자신했던 걸까.

그의 두 번째 부인은 회고록에서 이 모든 행위가 도스토옙스키의 고결함에 기인한다고 말한다. 그러나 어떤 답도 설득력이 없다. 고결함이 상식적인 의미의 어리석음과 동의어가 되는 시점에서 우리는 고결함 여부를 왈가왈부할 수 없다. 또 부인은 도스토옙스키가 인간의 정직함을 곧이곧대로 믿었다고 말하지만, 세상에 어느 작가가 그토록 순진할 수 있을까. 게다가 인간의 심리를 그토록 환히 들여다볼 수 있었던 작가가 그토록 어수룩하게 인간의 정직함을 믿었단 말인가?

형이 죽자 잡지사, 그리고 그 옛날 담배 공장과 관련된 빚쟁이들이 동생에게 들이닥쳤다. 동생에게 그 빚을 변제할 법적인 책임은 없었다. 그러나 동생의 인간의 도리상 빚을 갚겠다고 약속했다. 여기서 잠시 부인의 회고록을 펼쳐보자.

> 형이 살아 있을 때 표도르 미하일로비치는 자금 부분에 관여하지 않았다. 그래서 재무 상태가 어땠는지 몰랐다. 형이 죽고서야 남편은 『시대』지 발간을 스스로 책임지지 않을 수 없었고, 『시간』지 발간과 관련하여 청산하지 못한 빚 일체와 인쇄용지, 제본 등등의 비용을 책임지지 않을 수 없었다.[9]

이 정도가 그가 질 수 있는 법적인 책임 내지 인간적인 책임의 한계다. 그러나 실제로 그에게는 이런 실질적인 채무자 외에 가상의 채무자까지 몰아닥쳤다. 형이 자신에게 빚을 졌다고 주장하는 사람들이 속속 등장했는데도 도스토옙스키는 그들을 "걸러내지" 않고 다 받아들였다.

> 그들은 대부분 일면식도 없는 사람들로서 죽은 미하일이 자신에게 빚을 졌다고 주장했다. 어느 누구도 증빙서류를 내보이지 않았지만, 사람의 정직함을 믿었던 표도르 미하일로비치는 그들에게 서류를 요구하지도 않았다. 그는 청구인에게 대개 이렇게 말하곤 했다. "지금은 제게 돈이 전혀 없습니다. 하지만 원하신다면 어음을 끊어드릴 수도 있습니다. 급하게만 요구하지 말아주십시오. 갚을 수 있을 때 갚겠습니다."[10]

당연한 일이겠지만 보통 사람들은 도스토옙스키처럼 고결하지 않았다. 어음을 받은 사람들은 즉시 빚 상환을 독촉했고 그를 협박했다. 그는 실제로 채무자 감옥에 들어앉게 될 위기를 몇 번이나 가까스로 넘기곤 했다. 또 형에게서 빚을 변제받은 사람들도 다가와 이중으로 빚 상환을 요구했고, 형에게 한 번도 돈을 빌려주지 않은 사람들도 이때다 하고 돈을 졸라댔다. 경제니 회계니 하는 데 어두웠던 도스토옙스키는 차용증 같은 것은 검토해보지도 않고 그들 모두에게 돈을 갚겠다는 약속을 구두로, 서류로, 어음으로 했다.

그런 식으로 해서 당시 도스토옙스키의 어깨에 떨어진 빚이

2만 루블 정도였다. 그 빚은 이자 때문에 점점 불어났고, 도스토옙스키는 이자만을 갚기 위해서도 여기저기 물건을 저당 잡히거나 선불을 받아야 했다. 그는 사망하기 1년 전에 이 모든 빚을 완전히 청산했다. 그토록 어렵게 살면서도 남의 돈은 떼어먹지 않았으니 확실히 '고결한' 사람임이 틀림없다.

그는 정말로 열심히 일했다. 엄청난 속도로 집필을 했다. 그가 아무리 다른 작가들보다 적은 원고료를 받았다 해도 그가 쓴 모든 것을 돈으로 환산하면 상당액에 달한다. 그런데도 빚의 원금은커녕 이자를 갚기에도 역부족이었다. 아니, 빚은 한동안 눈덩이처럼 불어났다.

이제 청년 시절의 과시용 소비는 문제가 아니었다. 그는 유배지에서 돌아온 이후 자기 자신의 허영심을 위해 돈을 낭비한 적이 없다. 쓸 돈이 없기도 했지만 자신을 위해 돈을 쓸 겨를도 없었다. 그의 높은 안목, 아름다운 예술품에 대한 기호 등을 생각해볼 때 정말로 안타까운 일이다.

그가 벌어들이는 돈은 모두 사실상 형의 유가족과 의붓아들, 그리고 알코올 중독자인 동생 니콜라이에게 돌아갔다. 그는 아무리 수중에 돈이 없어도 그들이 요구하는 돈을 거부하지 않았다. 선물로 받은 도자기나 은수저 혹은 자기 털 코트를 저당 잡히거나, 다른 이에게 빚을 지거나, 선불을 받거나 해서 그들에게 돈을 대주었다. '왜 그래야 했을까?'라는 질문은 여기서도 소용이 없다.

　그렇다면 그들이 정말 최소한의 생계비도 없는 극빈자였는가? 그들은 도스토옙스키의 돈이 아니었더라면 굶어 죽었겠는가? 아니다, 절대로 아니다. 의붓아들 파벨은 시쳇말로 건달이었다. 그는 1865년 당시 이미 성년에 가까운 나이에 도달해 있었고, 마음만 먹으면 얼마든지 자기 입은 해결할 수 있었지만 집안에서 빈둥거리며 가난한 계부의 등골을 파먹었다.

　또 형수의 가족은 어떤가. 형수 아말리야는 형이 살아생전에 비교적 여유로운 생활을 했던 터라 그 생활수준을 유지하기 위해 돈이 필요했다. 그녀의 아들이 건축가로 장성해서 어머니를 부양할 수 있는 시점에 도달해서도 그녀는 당당히 도스토옙스키에게 돈을 요구했다. 그는 이 모든 요구를 거의 언제나 들어주었다.

　그러면 그들은 그에게 고마워했는가? 아니다, 절대로 아니다. 그들은 언제나 당당했고, 그들의 요구를 즉각 들어주지 못할 때 도스토옙스키는 언제나 변명조로 사과를 해야 했다. 받는 쪽은 도스토옙스키의 돈을 당연하게 여겼다. 그들은 도스토옙스키가 자기네를 부양하는 것이 그의 절대적인 책임임을 추호도 의심하지 않았다. 안나 부인의 회고록과 도스토옙스키의 전기를 읽을 때 이 파렴치한 친척 이야기가 나오는 대목이면 언제나 울화통이 터진다. 뭐 저따위 인간들이 다 있나…….

그러니 빚이 불어나는 것은 당연했다. 유배지에서 돌아와 작가의 기반을 굳건히 한 때부터 명성의 절정에서 눈을 감을 때까지 그의 전성기는 모두 타인을 위해, 그리고 타인이 진 빚을 갚기 위해, 그리고 약삭빠른 사기꾼들의 주머니를 위해 소모됐다. 실로 가슴 아픈 일이 아닐 수 없다. 그 와중에 그가 미친 듯이 펜을 휘두른 것은 더 말할 나위도 없다. 그럼 이번에는 빚쟁이에 관한 이야기를 해보자.

투르게네프에게서 꾼 돈

돈이 개재되면 빌리는 사람이나 빌려주는 사람이나 상당한 위험을 감수해야 한다. 가장 좋은 것은 꾸지도 말고 꿔어주지도 않는 것이리라. 도스토옙스키는 별별 사람들에게 다 돈을 빌려 썼다. 그가 생전에 지인들에게 보낸 편지의 4분의 3 정도는 돈을 빌려달라고 정중하게 혹은 간절하게 혹은 비굴하게 부탁하고 읍소하고 호소하고, 마지막에는 임박한 파멸을 무기로 삼아 협박하는 내용이었다.

형과 잡지사 일을 하던 1863년 8월부터 10월 사이에 그는 전해에 이어 두 번째로 유럽 여행을 떠났다. 여행 경비는 물론 자비가 아니라 문학인 기금에서 빌려 온 것이다. 게다가 이번에는 수슬로바라는 젊은 여성이 동행했다. 이사예바 부인은 와병 중이었다. 아픈 부인을 내버려두고 스무 살이나 어린 처녀와 밀월 행각을 벌인 작가의 부도덕은 다른 기회에 논하기로 하자.

이상하게도 그의 애정 생활에 대해서는 당대에나 후대에나 모든 사람들이 관대했다. 그의 처지가 너무 가엾어서 그랬는지도 모른다. 예를 들어 톨스토이의 불륜은 정색을 하고 비난하는 평론가들도 도스토옙스키의 불륜은 대충 웃기는 사건쯤으로 눈감아주었다. 너무 가난한 사람이라 돈을 미끼로 여성을 농락하지는 못했으리라는 확신이 이 불륜을 묵인해주었나 보다. 실제로 그의 소위 '여성 편력'이라는 것은 언제나 그가 무서운 여자들에게 '농락당하는' 것으로 끝났다.

도스토옙스키의 삶과 창작에 막대한 영향을 미친, 이 지적이고 교만하고 드센 아가씨는 『시간』지에 기고한 것을 계기로 도스토옙스키와 가까워졌다. 도스토옙스키는 열정을 다해 그녀에게 사랑을 고백했지만, 그녀는 변덕과 불같은 성격으로 도스토옙스키의 사랑을 교묘하게 우롱했다. 그녀가 그를 우롱하면 할수록 그녀에 대한 병적인 집착은 더욱 강해졌다.

이 어울리지 않는 두 남녀는 파리, 로마, 비스바덴, 바덴바덴, 함부르크 일대를 돌며 팽팽한 애정의 파워 게임을 벌였는데 전기 작가들은 이때 도스토옙스키의 고질적인 도박 중독이 시작됐다고 전한다. 그는 룰렛으로 여비를 다 잃고 오도 가도 못하는 신세가 되었다. 여기저기에 돈을 보내달라는 편지를 쓰고, 자신의 시계는 물론 심지어 수슬로바의 반지까지 저당 잡혀야 했다. 사랑하는 여성에게 애정을 구걸하는 동시에 돈까지 구걸해야 했으니 그의 체면이 어떠했을지 짐작이 간다.

　이듬해 형과 아내가 세 달 간격으로 세상을 하직했다. 도스토옙스키의 경제 사정은 앞에서 살펴본 바대로 죽은 형이 남겨준 막대한 빚이라는 유산 덕분에 더욱 악화됐다. 그런데도 그는 1년 뒤 악덕 출판업자와 선불 계약을 맺어 생긴 돈 3,000루블 중 빚을 갚고 남은 돈 175루블을 달랑 들고 수슬로바와 만나기 위해 다시 유럽으로 갔다. 이때도 그는 여비를 비스바덴에서 몽땅 룰렛으로 잃었다. 지인들에게 보낸 편지는 이때의 다급함을 적나라하게 보여주는데, 이 다급한 처지에서 그는 당대 러시아 최고의 문호 중 한 명인 투르게네프가 바덴바덴에 있다는 소식을 듣고 그에게 100탈러만 빌려달라는 간절한 호소의 편지를 보낸다. 그의 편지 전문을 읽어보자.

가장 친절하시고 가장 존경받으시는
이반 세르게예비치(투르게네프) 선생님.

한 달 전 제가 상트페테르부르크에서 선생님을 뵈었을 때, 저는 어떤 값이든 주는 대로 받으며 제 작품을 팔고 있었습니다. 어리석게도 제 책임으로 떠맡은 잡지의 빚 때문에 저는 당장이라도 채무자 감옥에 처넣어질 것 같습니다. 제 작품은 스텔로프스키 씨가 (2중 칼럼 판) 3,000루블에 샀습니다. 돈의 일부는 약속어음으로 지불됐지요. 3,000루블 중 일부로 저는 채무자들을 잠시 동안 달랬었고, 나머지는 제가 책임진 사람들에게 나누어주었습니다. 그다음에 저는 적어도 조금이라도 건강을 회복하고 약간의 집필이라도 할 요량으로 해외로 떠났습니다. 3,000루블 중 제게 남겨진 돈은 해외여행 경비로 쓸 175루블이었습니다. 그것이 제가 마련할 수 있는 최대 금액이었습니다.

2년 전, 저는 비스바덴에서 한 시간 만에 1만 2,000프랑을 땄습니다. 이번에 저는 도박에 큰 기대를 걸지 않았지만, 그래도 1,000프랑 정도 딴다면 적어도 한 3개월 버틸 돈은 되지 않을까 싶었습니다. 저는 겨우 닷새 전에 비스바덴에 도착했습니다. 그러나 이미 모든 것을 잃었습니다. 제 시계를 포함하는 모든 것을 말입니다. 게다가 저는 호텔에 빚까지 졌습니다.

제 사정을 가지고 선생님을 방해한다는 사실이 부끄럽습니다. 제 자신이 싫습니다. 그러나 당장 도움을 청할 사람이 아무도 없습니다. 게다가 선생님은 다른 사람들보다 훨씬 더 현명하시므로 선생님에게 의탁하는 것이 제게는 도덕적으로 더 용이하답니다. 제가 생각하는 바는 다음과 같습니다. 저는 한 인간이 다른 한 인간에게 청하듯 선생님에게 100탈러를 청합니다. 저는 러시아에서 약간의 돈이 오기를 기대하고 있습니다. 『독서 문고』라는 잡지에서 제가 떠날 때 돈을 보내겠다고 약속했습니다. 그리고 또 저를 '반드시 도와주어야만 하는' 한 신사에게서 돈이 오기를 기대하고 있습니다. 3주 내에 돈을 갚는 것은 어려워 보입니다. 그렇지만 물론 그보다 더 이를 수도 있습니다. 어쨌든 최대한 한 달이면 됩니다. 제 심정은 정말 끔찍합니다(저는 실제로 더 나쁜 것을 예상했습니다만). 더욱이 저는 이렇게 선생님을 방해하는 것이 창피해 죽을 지경입니다. 그러나 물에 빠진 사람한테 더 이상 무엇을 기대하겠습니까? 제 주소는 Visbaden [sic], Hotel Victoria, a Theodor Dostoiewsky 입니다.

하지만 만일 선생님이 바덴바덴에 안 계시면 어쩌지요?

1865년 8월 3일,
당신의 충실한
F. 도스토옙스키 올림

소년 시절부터 돈을 청하는 편지를 수천 통 써온 작가의 내공이 여실히 드러나는 글이다. 편지의 달인에게 이 정도의 '아부성' 편지는 아주 자연스러운 생활의 일부였다. 그러나 이런 편지를 처음 접하는 사람은 으레 감동하기 마련이다. 이 눈물겹고도 어딘지 수신자를 기분 좋게 만들어주는 편지를 읽고 투르게네프는 그에게 50탈러를 보낸다. 도스토옙스키는 한 달 내에 그 돈을 갚겠다고 했지만 실제로 갚은 것은 훨씬 훗날의 일이다.

투르게네프에게서 받은 돈은 수슬로바가 귀국하는 여비로 사용됐고, 혼자 남은 도스토옙스키는 여전히 궁핍에 허덕이다가 결국 천사 같은 브랑겔 남작에게서 돈을 꾸어 간신히 상트페테르부르크로 귀환할 수 있었다.

돈을 꾼 시점부터 이후 아주 오랜 기간 동안 두 작가 사이에는 애매하고도 불쾌한 심리전이 지속된다. 다른 사람도 아닌 투르게네프, 그와는 여러 가지 점에서 이념을 달리하는 그 투르게네프에게 돈을 빌려달라는 호소문을 썼을 때 작가의 심정이 어떠했으리라는 것은 짐작할 만하다. 게다가 투르게네프의 부와 여유가 우리의 작가에게 얼마만큼 자격지심이 들게 했을까 하는 것도 짐작할 만하다.

사실 두 사람은 외모부터 얼마나 차이가 났던가. 투르게네프는 타고난 신사였다. 시골의 영지, 세련된 매너, 유럽 귀족 사회와의 연분, 번듯한 외모에 부티가 줄줄 흐르는 디자이너 양복……. 반면 우리의 도스토옙스키는 전신에 가난이 흠뻑 밴 후줄근한 중년 사내였다. 병색이 완연한 안색, 쑥 들어간 볼, 싸구려 양복…….

그러나 아무리 이런저런 심리적 상처를 고려한다고 해도 이후 도스토옙스키가 보여준 행동은 고결함과 거리가 멀어도 한

참 멀다. 빚진 놈이 큰소리친다는 말이 있다. 도스토옙스키는 바로 이 '빚진 놈'의 행동을 고스란히 보여준다.

그의 마음속에서 자신에게 은혜를 베푼 사람에 대한 증오가 싹튼 것은(사람은 누구나 은인을 증오하기 마련이지만) 왕년에 그가 그토록 멋지게 소설화했던 가난한 사람의 자의식을 대변해 준다고 할 수 있다. 그는 투르게네프에게서 돈을 받아 쓴 직후부터 이 작가에 대해 누가 뭐란 것도 아닌데 공연히 비난을 하기 시작한다. 그의 의식 속에서 투르게네프는 언제나 가난한 그를 우월한 입장에서 비웃고 조롱하는 속물로 그려지게 된다. 사실 투르게네프에게 50탈러라는 돈은 별로 대단한 것이 아니었다. 비록 그 돈을 빌려줄 당시 투르게네프도 자금 사정이 별로 좋지 않았지만, 그래도 그 돈 때문에 죽고 살 일은 없었다. 또 투르게네프는 너무나 바빠서 도스토옙스키라는, 유배지에서 돌아온 지 얼마 안 되는 꾀죄죄한 작가를 조롱할 여유도 없었다.

그러나 도스토옙스키는 1867년 바덴바덴에 머무는 동안 투르게네프가 그곳에 있다는 소식을 듣고는 씩씩거리며 달려가서 만나고 온다. 만일 자기가 투르게네프를 안 만나러 가면 빚을 못 갚아서 피한다고 생각할 것이기 때문에 일부러라도 가서 만나야 한다는 것이 그의 생각이었다.

도스토옙스키는 문우 마이코프에게 보낸 편지에서 투르게네프와의 그 혐오스러운 만남에 대해 자세하게 언급하면서 인간으로서의 투르게네프를 진작부터 싫어했노라고 말한다. 그 만남에서 그들은 갚지 못한 빚에 대해서는 한마디도 하지 않았고 슬라브주의와 서구파의 차이에 관해서만 격렬한 토론을 벌인 것으로 알려져 있다. 그러나 어쨌든 갚지 못한 빚, 거기서 오는 자격지심이 투르게네프에 대한 도스토옙스키의 혐오감을 부채질했을 것이라는 추측은 쉽게 할 수 있다.

이 만남은 문학적인 사건으로 기억되고, 또 대단히 중요한 문학적 논쟁 중의 하나로 문학사와 사상사에 기록되어 있지만, 이 어마어마한 만남의 저변에 깔린 것은 우리 도스토옙스키 선생의 빚이었음을 간과할 수 없다. 도스토옙스키는 마이코프에게 투르게네프의 귀족적인 허세가 지긋지긋하다는 둥 어쨌다는 둥 구시렁거렸지만, 사실상 귀족적이라는 것이 투르게네프의 잘못은 아니지 않은가. 귀족으로 태어난 것을 어쩌란 말인가.

그 뒤 투르게네프에 대한 억하심정은 점점 더 깊어져 거의 편집증적인 증오로 굳어졌다가 결국 문학 속에서 폭발한다. 도스토옙스키는 1871년부터 1872년까지 『악령』을 잡지에 연재하다가 1873년에는 단행본으로 출판한다. 그는 이 소설에 카르마지노프라는 아주 역겨운 작가를 한 명 등장시키는데, 그 인물은 누가 보더라도 투르게네프를 패러디했다는 것이 여실히 드러난다. 이건 마치 투르게네프더러 '자, 봐. 이게 너야!'라고 외치는 것과 똑같았다.

『악령』은 곳곳에서 카르마지노프, 즉 투르게네프의 추악함과 그의 작품의 저급함을 신랄하게 비난하는데, 특히 3장 2절은 전체가 그에 대한 묘사에 할애되어 있다. 투르게네프는 "생전에는 보통 천재나 다름없이 받아들여지는 이류급 재능을 가진 작가"로 죽고 나면 흔적도 없이 잊히는 작가 부류에 속한다는 것이다. 그런 작가들은 "나이가 지긋해질 때쯤이면 벌써 흔히 가장 처량한 방식으로 필력을 탕진하게 되지만 그 자신들은 이 점을 숫제 눈치채지도 못한다." "사람들은 카르마지노프를 두고 그가 유력한 사람들, 즉 상류사회와의 연줄을 거의 자신의 영혼보다도 더 소중히 여기는 사람이라고 이야기했다."

또한 그의 외모도 지독하게 혐오스럽다. "그는 지나치게 형식에 얽매이는 키가 아주 작은 노인네로, 하여간 쉰다섯 살은 넘지 않았을 법한 나이에" "그의 깨끗하고 조그만 얼굴은 그리 아름답지 않았는데, 가늘고 긴 입술은 간교하게 다물어져 있었고 코는 살집이 붙어 약간 뭉툭했으며 조그만 두 눈은 날카롭고 영악해 보였다."

소설의 뒷부분에 가서는 아예 대놓고 투르게네프의 작품에 집중포화를 퍼붓는데, 이것은 너무 원색적이어서 도스토옙스키의 인격을 진지하게 의심하게끔 한다. 도스토옙스키는 투르게네프의 이전 작품들을 모두 "너무 지나치게 갈고 닦은 나머지 거드름을 피우는 수작이 빤히 보이는 조그만 단편들"이라 칭하고, 그가 문학 축제에서 낭독하는 장면을 무려 15쪽에 걸쳐 자세하고도 모욕적으로 기술한다.

그는 "어쩐지 위에서 아래를 내려다보듯, 꼭 무슨 자비를 베풀듯 비탄에 젖은 척 낭독했으며", "남의 이념을 가져와 거기다가 그 이념의 안티테제를 가져다 붙여서 흰소리를 지껄였으며", 결국 그의 낭독은 모두 "나를 찬미하라, 찬미하라, 나는 그걸 끔찍이도 좋아하니까"로 귀결됐다는 것이다.

투르게네프와 도스토옙스키는 이념적으로 완전히 상반된 입장을 표방했다. 전자는 서구파로 유럽의 우월성을 인정하는 편이었고, 후자는 슬라브파로 거의 국수주의적일 만큼 러시아의 우월성을 강조하는 입장이었다. 그러나 자기와 생각을 달리한다고 해서 동시대 작가, 시퍼렇게 살아서 작품 활동을 하는 작가를 이런 식으로 만신창이를 만들어도 되는 걸까? 투르게네프는 그 대목을 읽으며 무슨 생각을 했을까? 분노했을까, 아니면 한 가난한 작가의 자격지심으로 치부하고 그냥 넘어갔을까?

이 부분에 관해 그는 도스토옙스키를 '정신병자' 정도로 생각했다고 알려져 있다. 그는 바덴바덴에서 그 웃기는 만남의 시간에 시종일관 우아하게, 한층 높은 입장에서 도스토옙스키를 환자로 취급했으며 환자와 논쟁하는 것은 무의미하다고 여겼다. 사실 부르지도 않았는데 괜히 찾아와 밑도 끝도 없이 입에 거품을 물고 상대방의 이념을 꾸짖는 이상한 사내 앞에서 더 이상 뭘 어쩔 수 있었겠는가. 투르게네프는 당시의 도스토옙스키를 "신경쇠약 및 기타 등등의 이유로 정신 건강을 유지할 수 없는 사람"으로 기억했다.

또 투르게네프는 『악령』에서 자신이 엄청나게 조롱당했다는 소식을 듣고도 평상심을 유지했다. "실컷 즐기라지요. 그 사람은 5년 전에 바덴바덴으로 나를 찾아왔어요. 꾼 돈을 갚으러 온 게 아니라 나를 비방하러 왔지요." 그러나 실제로 『악령』에서 자신을 패러디한 부분을 읽고는 진심으로 개탄했다. "그토록 대단한 재능을 그렇게 추악한 감정을 위해 사용하다니 안타까운 마음을 금할 길이 없다." 어쨌든 그는 명예훼손으로 도스토옙스키를 고소하는 일 같은 것은 하지 않았다.

만일 투르게네프가 그 숙명의 날 도스토옙스키에게 50탈러를 빌려주지 않았더라면, 어쩌면 그는 문학 속에서 이토록 형편없이 구겨지는 일은 면했을지도 모른다. 만일 도스토옙스키가 투르게네프에게서 돈을 얻어 썼다 하더라도 진작 그 돈을 갚았더라면, 이런 식으로 투르게네프를 모욕할 필요는 없었을지도 모른다. 아무튼 『악령』이 발표될 시점에서 50탈러는 여전히 빚으로 남아 있었다.

그러나 투르게네프도 인간이다. 아무리 점잖은 신사라고 하더라도 『악령』을 읽고 기분이 좋았을 리는 없다. 그래서일까, 그도 훗날 도스토옙스키에게 상당한 스트레스를 주는 행동을 하게 된다.

사정은 이렇다. 도스토옙스키는 1875년에 마침내 50탈러의 빚을 갚았다. 이자는 그냥 접고 딱 원금만을, 그것도 직접 채권자에게 전해준 것이 아니라, 파벨 안넨코프리라는 유명한 평론가를 기차 안에서 우연히 만났을 때 투르게네프에게 전해주라면서 내동댕이치듯이 건넸다. 물론 잘 썼다든가, 너무 늦게 갚아 미안하다든가 하는 말은 한마디도 없었다. 11년 만에 빚을 갚는 사람의 행위치고는 몹시 무례했다.

아내에게 보낸 편지에서는 마치 이 당연한 변제 행위가 영웅적인 자기희생이라도 되는 양 생색을 내기까지 했다. "어쩌다가 내 수중에 이렇게 돈이 마르게 되었는지 설명하리다. 돌아오는 길에 피셈스키와 안넨코프를 만났소. 그들은 바덴바덴(투르게네프와 살티코프가 현재 머무르고 있는 곳)에서 상트페테르부르크로 여행을 하는 중이었소. 나는 나 자신을 억제하지 못하고 안넨코프에게 50탈러를 주었소(즉 투르게네프에게 전해주라고)! 그래서 돈을 쓴 것이라오. 나는 도저히 그렇게 안 하고는 배길 수가 없었소. 그건 명예의 문제니까."(1875년 7월 6일) 11년 만에 원금만 달랑 갚으면서 명예 어쩌고 하다니!

그런데 이 일이 있고 나서 1년 뒤, 투르게네프는 사람을 시켜서 도스토옙스키에게 50탈러를 받아 오라고 한다. 1864년 당시 자신이 빌려준 돈은 100탈러였는데 도스토옙스키가 갚은 돈은

50탈러이니 잔액을 갚으라는 독촉을 한 것이다. 가슴이 철렁 내려앉은 도스토옙스키 부부는 수백 통의 편지를 샅샅이 뒤져서 11년 전에 투르게네프가 돈과 함께 보낸 편지를 찾아냈다. 그래서 결국 오해는 풀렸지만 이 작은 사건은 그렇지 않아도 돈 문제에 민감했던 도스토옙스키의 신경을 상당히 자극했다.

모든 정황으로 미루어 이 사건은 투르게네프의 착각에서 비롯된 것이지만, 그 착각의 근저에는 무의식적으로나마 돈을 꾸어 간 주제에 말이 많은 동료 작가에 대한 괘씸한 심정이 깔려 있었을 것이다. 두 사람은 결국 도스토옙스키가 세상을 하직하기 직전에 형식적으로나마 화해를 했다. 그러나 돈 때문에 두 사람 사이에 생긴 균열은 끝까지 메워지지 않았다.

도박꾼이 쓴 『도박꾼』

도스토옙스키가 처음 도박에 손을 댄 것은 1863년 파리로 수슬로바를 만나러 가던 중 우연히 비스바덴의 카지노에 들른 것이 그 시작이었다. 거기서 그는 거액의 돈을 따게 되고 그것을 계기로 이후 병적으로 도박에 집착하게 된다. 그는 문자 그대로 도박 중독증에 걸린 환자였다. 일확천금의 환상 속에서 그는 글을 써서 벌어들인 돈을 전부 룰렛 판에서 날려버렸다.

이것은 그의 공식적인 전기에 의한 것으로, 실제로 그의 도박 성향은 이미 청소년기부터 나타난다고 보는 편이 더 정확할 것이다. 아버지의 사망 후 그는 수중에 들어온 돈 중 1,000루블을 하룻밤 사이에 내기 당구에서 잃어버린 전적을 가지고 있다. 그 뒤에 들어온 1,000루블 역시 그런 식으로 하루 만에 사라져버렸다. 그러니까 도박은 하루아침에 그에게 붙은 나쁜 습관은 아니라는 것이다. 그에게는 '게임'을 향한 열정이 언제나 있었던 것 같다.

도스토옙스키의 도박 중독은 정확하게 1871년 4월까지 지속됐다. 1871년 4월 28일, 아내에게 보낸 편지는 그의 병이 완치됐음을 선포한다. 그는 여행 경비, 처자에게 필요한 최소한의 생활비를 몽땅 날려버린 뒤 극심한 자괴감에 시달리다가 결국 도박에서 완전히 손을 씻는다.

거의 10년 동안이나 나를 괴롭혀온 혐오스러운 환상이 사라졌소. 그동안 나는 돈을 따는 걸 꿈꾸어왔소. 심각하고도 무섭도록 말이오. 그런데 이제 모든 게 끝났소! 이번이 정말 마지막이었소.[11]

실제로 그는 이 편지를 보낸 이후 단 한 번도 도박장에 발을 디밀지 않았다. 편지에서 정말 절대적으로 도박은 마지막임을 맹세하고 죽을 때까지 아내와 딸을 위해 제 몸을 돌보지 않고 일

할 것을 다짐한 그는 약속을 지켰다.

이는 그를 신처럼 숭배했던 아내의 지극한 인내심 덕분이었다고 전해진다. 안나 부인은 도박 중독증에 걸린 남편을 결코 탓하지 않았다. 오히려 그가 힘들어할 때면 돈을 주어가며 도박장에 가서 기분 전환이나 하고 오라고 권하기까지 했다. 차비마저 깨끗이 날린 그에게 당장 밥 먹을 돈을 부쳐주면서도 잔소리 한마디 하지 않았다. 그리하여 도스토옙스키 자신이 너무도 미안하고 괴로운 나머지 제 발로 뚜벅뚜벅 도박장에서 걸어 나온 것이다.

그러나 부인의 역할 못지않게 도스토옙스키의 도박 중독증에 결정적으로 종지부를 찍은 것은 다름 아닌 돌아가신 아버지의 유령이다. 1871년 4월, 아내에게 보낸 편지에서 그는 아버지가 꿈속에서 무서운 모습으로 나타났다고 말한다. 도스토옙스키의 일생에서 아버지는 두 번 꿈에 나타나 커다란 재앙을 예고했는데 그때마다 예언대로 이루어졌다고 한다. 그리하여 이번에도 꿈속에서 아버지의 으스스한 형상을 본 도스토옙스키는 덜컥 겁이 나 도박에서 손을 떼기로 굳게 결심한 것이다.

어쨌거나 보석 같은 부인은 바로 도박 덕분에 도스토옙스키와 맺어지게 된 여성이다. 1865년에 도스토옙스키는 형에게 물려받은 빚 중 3,000루블을 당장 갚아야만 할 처지에 놓여 있었다. 채권자들은 그를 감옥에 집어넣겠다고 협박했지만 그에게는 돈을 구할 아무런 방도가 없었다. 그때 스텔로프스키라는 출판업자가 혜성같이 나타나 한 가지 매력적인 제안을 했다. 그의 전집 세 권에 대한 판권 및 1866년 11월 1일까지 새 소설 한 권의 원고를 넘기면 3,000루블을 지불하겠다는 것이었다. 도스토옙스키는 생각하고 말고도 없이 이 제안을 덥석 받아들였다.

기한 내에 원고를 넘기지 못하면 위약금을 물어야 하고 12월 1일까지도 넘기지 못하면 도스토옙스키의 저작권을 영구히 출판업자가 소유하겠다는, 거의 『베니스의 상인』의 샤일록이 생각해냈을 법한 매우 야비한 조건이 붙어 있었지만, 그 시점에서 도스토옙스키에게 그런 조항이 눈에 들어왔을 리 없다. 아니, 눈에 들어왔다 하더라도 다른 선택의 여지가 없었다.

도스토옙스키는 스텔로프스키에게서 받은 돈을 대부분 형이 진 빚을 탕감하는 데 소비한 뒤, 유럽의 도박판으로 가서 얼마 안 되는 남은 돈과 지인들에게 구걸하다시피 얻은 돈을 모두 신나게 날려버렸다. 결국 3,000루블은 온데간데없이 사라지고 그에게 남은 것은 더욱 많은 빚과 당장 써야 할 소설 한 권뿐이었다.

날짜는 점점 다가오는데 도스토옙스키는 속수무책이었다. 달력은 이미 10월로 넘어가 있었지만 그는 아직 단 한 줄도 새 소설을 쓰지 못한 상태였다. 아무리 졸속으로 작품을 완성하는 데 이골이 난 작가라지만 한 달 만에 원고지 1,500매 정도의 장편소설 한 권을 쓴다는 것은 불가능한 일이었다. 컴퓨터는커녕

타자기도 없던 시절이었다. 한 자 한 자 모두 손으로 써야만 했던 시절이었다.

친구들이 도움을 자청했다. 친구들은 꼭 도스토옙스키를 위해서라기보다 그동안 그에게 돈을 빌려주는 일에 넌덜머리가 난나머지 더 이상 그의 경제적 곤궁을 참기 어려워서 그러했을 것이라 짐작된다. 그들의 계획은 몇 사람이 나누어 이야기를 쓰면 도스토옙스키가 최종적으로 원고를 수합하고 다듬어 소설을 완성한다는 것이었다. 그러나 돈은 없어도 자긍심만은 강했던 작가는 일언지하에 그 도움을 거절했다. 전기의 이 대목에서 그동안 만신창이가 되었던 도스토옙스키는 일거에 명예를 회복한다.

공포에 질린 친구들이 이번에는 속기사를 추천해주었다. 도스토옙스키는 거의 자포자기 상태에서 속기사를 고용했다. 속기사는 건전하고 젊고 총명하고 상식적인 여성이었다. 미인이라기보다는 반듯하게 생긴 편이었다. 중년의 작가와 젊은 속기사는 10월 4일 처음으로 그의 집에서 만나게 된다. 출판업자와 약속한 11월 1일까지는 4주가 남아 있었다.

그 뒤의 이야기는 거의 소설에 가깝다. 스릴러와 로맨스를 합친 아주 멋진 소설 한 권이다. 도스토옙스키는 즉석에서 소설을 구술하고, 속기사 안나 스니트키나는 일단 그것을 속기로 적은 후에 집으로 돌아가 일반 기록으로 정서해서 다음 날 가지고 오는 식으로 작업이 진행됐다. 처음에는 이런 식의 기록에 반신반

의했던 도스토옙스키도 차츰 자신을 가지게 된다. 드디어 10월 29일에 그들은 마지막 구술 작업을 했다. 장편소설 한 권이 26일 만에 완성됐던 것이다.

소설의 제목은 다름 아닌 『도박꾼』이었다!

생생한 현장 체험이 깔려 있었기에 가능한 집필이었다. 소설은 당연한 일이겠지만 절제미나 탄탄한 구성력과는 거리가 멀다. 부분 부분 두서가 없고 서둘러 쓴 흔적이 뚜렷이 보인다. 그러나 도박꾼의 심리를 이보다 더 잘 묘사한 소설은 없을 것이다. 도박판의 탐욕과 공포, 도박꾼들의 흥분과 좌절과 긴장은 이 소설에서 거의 완벽하리만큼 실감나게 그려진다. 도박꾼 작가의 체험이 고스란히 소설화된 것이다.

이 소설로 도스토옙스키는 출판업자와의 계약을 무사히 이행할 수 있었다. 헐값에 천재 작가를 통째로 구워먹으려던 출간업자의 흉악한 계획은 수포로 돌아갔다.

그러나 계약 이행보다 더욱 값진 성과는 속기사와의 결혼이었다. 두 사람은 작업 과정에서 가까워졌고 스물다섯 살이라는 나이 차이를 극복하고 결혼에 성공했다. 결혼 비용은 물론 선불로 받은 돈으로 충당했다.

안나와의 결혼은 간질이라는 고질병에 시달리는 가난뱅이 중년 작가에게 일생일대의 행운이었다. 두 사람은 작가가 죽을 때까지 서로를 사랑하고 신뢰하고 존경하는 놀라운 결혼 생활을 유지했다. 안나 부인은 현명하고 야무진 여자였다. 그녀는 남편의 문학을 숭배했고 한 인간으로서의 남편을 무한히 사랑했다. 그녀는 초인적인 인내심과 사랑으로 남편이 도박에서 벗어나는 데 결정적인 도움을 주었다. 게다가 빚쟁이를 따돌리고 책을 직접 파는 등 다양한 방식으로 경제활동을 한 그녀 덕분에 도스토옙스키는 빚을 청산하고 비교적 안정된 만년을 보낼 수 있었다.

도박의 두 가지 측면

거다 리스는 『도박』이라는 책에서 지속적으로 도박의 두 가지 측면을 강조한다. 도박에는 경제적 측면과 심리적 측면이 있는데 "사람들이 계속 도박을 하는 것은 경제적 소득 못지않게 게임의 스릴과 흥분을 위해서"라는 것이다.[12]

리스는 도박에서 돈 자체는 상대적으로 무가치하다고, 오히려 승부를 둘러싼 심리적 요인이 더 중요하다고 주장한다. "이 모든 차이에 깔려 있는 공통적인 요소는 게임의 흥분 또는 스릴의 추구를 본질적으로 목표로 한다는 것이다. 정도의 차이는 있지만 흥분의 추구는 모든 도박 형태에 존재하는 것이고 돈을 무가치하게 여기는 것과 승패에 무관심한 것이 도박에서 근본적이다."[13]

요컨대 돈을 버는 것과 스릴을 만끽하는 것이 도박의 두 측면이라면 리스가 강조하는 것은 후자라 할 수 있다. 그렇다면 도스토옙스키의 경우는 어떤가? 그도 스릴을 만끽하기 위해 도박에 빠져들었는가? 그도 돈은 무가치한 것으로 간주했는가?

천만에. 리스는 『도박』에서 도스토옙스키 역시 돈에 무관심한 '귀족 도박꾼'으로 묘사하고 있지만 사실은 그와 반대다.

물론 도스토옙스키는 어느 모로 보나 진짜 도박꾼이었다. 진짜 도박꾼은 어떤 위험도 감수하는 맹목적인 몰입을 보여준다. 뒤틀린 환상 속에서 당장 밥 먹을 돈, 집에 돌아갈 차비까지 베팅하는 그의 모습에는 심지어 낭만적인 면모마저 느껴진다. 대부분의 '꾼'들이 어느 단계에서 그러하듯 그도 괜히 멋있어 보이기까지 한다.

푸슈킨은 「스페이드의 여왕」에서 주인공 게르만을 돈에만 집착하는 사이비 '꾼'으로 묘사한다. 그의 주변에 있는 진짜 도박꾼들은 돈을 따건 잃건 노름 자체를 위해 노름을 한다. 그들은 거다 리스가 묘사한 것 같은 귀족 도박꾼들로 언제나 리스크를 감수할 자세가 되어 있다.

반면에 아버지가 물려준 얼마 안 되는 돈으로 생활하는 게르만은 오로지 돈만을 탐한다. 그에게 도박은 한 재산 장만할 수 있는 기회일 뿐, 그는 베팅의 흥분이나 스릴을 즐길 생각도 여유도 전혀 가지고 있지 않다. 그는 다른 꾼들이 노름하는 것을 밤새도록 지켜보면서도 카드 한 번 잡지 않을 수 있는 의지력의 소유자이기도 하다. 그는 자신을 놀리는 친구들에게 "노름은 무척 재미있네. 그렇지만 여분의 돈을 따려고 꼭 필요한 돈을 희생시킬 처지가 못 되네"라고 응수한다.

진짜 도박꾼은 "꼭 필요한 돈"을 희생시키는 사람들이며, 이 점에서 도스토옙스키는 진짜 도박꾼이다. 그는 시계며 옷가지까지 저당 잡힌 돈을 몽땅 잃고 호텔에서 오도 가도 못하는 신세가 된 적이 한두 번이 아니다. 어떤 때는 끼니도 챙길 여유가 없어 차만 마시며 지낸 적도 있다. 움직이면 더 배가 고파지므로 식욕을 억제하기 위해 꼼짝 않고 앉아 있다는 슬픈 내용이 그의 편지에서 발견되기도 한다. 그러면서도 그는 돈만이 문제가 아니라는 이야기를 할 정도로 도박꾼의 심리적 면모를 보여주기도 한다. "도박이 얼마나 사람을 끌어당기는지 아십니까? 아무리 돈이 필요하더라도 맹세코 돈만이 문제였던 것은 아닙니다!"[14]

『도박꾼』의 주인공 알렉세이는 작가의 분신이다. 그는 도박판에서 딴 어마어마한 액수의 돈을 매춘부나 다름없는 여자에게 버리듯이 써버린다. 그리고 잔돈 몇 푼만을 지닌 채 다시 도박판으로 뛰어든다. "아니, 내게 소중한 것은 돈이 아니었다! (…) 아, 내게 중요한 것은 돈이 아니다! 내게 그런 돈이 생긴다면 나는 또다시 그 돈을 블랑슈 같은 여자에게 뿌릴 것이다." 그는 도박판에서 체험하는, 그 고조된 흥분과 경련을 일으키는 신경세포 하나하나의 떨림에 사로잡혀 있었다.

또한 알렉세이에게 도박은 사랑하는 여자에 대한 불같은 감정과 교차한다. 여자에게 문자 그대로 목숨을 걸고 필사적으로 달려드는 열정은 도박판에서 물불을 가리지 않고 베팅하는 광기와 짝을 이루는 것이다. 결국 열정과 도박은 운명에 대한 교만한 도전으로 비치며, 그런 점에서 그는 이상하게 축소된 영웅으로 변신한다.

그러나 알렉세이는 도박에서 돈이 차지하는 비중을 결코 과소평가하지 않는다. 그도 역시 거다 리스처럼 두 가지 도박을 이야기한다. 하나는 도박 자체를 위한 도박, 곧 "신사들의 도박"이고 다른 하나는 돈만을 위한 "탐욕스러운 도박"이다. 그러나 그에 의하면, 본질적으로 두 가지 도박 사이에는 차이가 없다. 그의 말을 들어보자.

도박에는 두 가지가 있다. 하나는 신사적인 도박이고, 다른 하나는 천박하고 탐욕스러운 도박으로 불한당들이 일삼는 도박이다. 이 두 가지는 엄격하게 구별되어 있다. 하지만 그 구별은 본질에 있어 얼마나 비열한 것인가! 가령 신사는 5루이나 10루이를 걸 수 있다. 만일 엄청난 부자라면 1,000프랑을 걸 수도 있다. (…) 그러나 이건 오직 호기심 때문이고 행운을 지켜보기 위해서, 그리고 계산을 하기 위해서이지 돈을 따려는 천박한 바람 때문은 아니다. (…) 진정한 신사는 자신의 전 재산을 잃더라도 흥분해서는 안 된다.

그는 이렇게 돈을 초월한 신사적인 도박 자체를 비웃으면서 도박판에서는 좌우간 돈이 궁극적으로 최고의 목표임을 말한다.

도박이 다른 돈벌이 수단들보다, 예를 들어 장사보다 더 나쁘다는 것은 도대체 어떤 이유에서인가? 100명 중에 한 사람이 돈을 따는 것은 사실이다. 하지만 그게 나와 무슨 상관이란 말인가? (…) 보다 빨리, 그리고 보다 많은 돈을 따려는 바람이 결코 추악하다고 보지 않는다. (…) 또 이문을 남기고 내기로 돈을 따는 것에 관해 말하자면, 사람들은 룰렛 판이 아니더라도 곳곳에서 그런 식으로 돈을 벌고 있다. 다시 말하면 서로가 서로에게서 뭔가를 빼앗고 따내고 하는 셈이다. 이문을 남기고 일확천금을 얻는 것이 추악한 일인가, 그렇지 않은가 하는 것은 또 다른 문제다. 하지만 나는 그것에 대해 대답하지 않겠다. 나 스스로가 돈을 따려는 소망에 사로잡혀 있었던 탓인지 몰라도, 도박장으로 들어섰을 때 내게는 그 모든 탐욕과 탐욕의 모든 추악함이 왠지 더 편하고 친근하게 느껴졌다. 서로가 격식을 차리지 않고 흉금을 털어놓고 솔직하게 대할 때가 가장 기분 좋은 법이다. 도대체 무엇 때문에 스스로를 속인단 말인가?

아마도 이 부분은 당시 도스토옙스키의 심정을 가장 잘 대변해주는 말일 것이다. 도스토옙스키도 알렉세이처럼 도박과 한 여인(수슬로바)에 대한 병적인 집착을 동시에 체험했다. 그에게도 역시 운명을 시험해본다는 저 어마어마한 명제가 가슴속에 있었을 것이다. 그러나 그는 소위 "신사의 도박"에서 멀리 떨어져 있었다. 그는 철저하게 돈을 위해 도박을 했다. 남은 돈을 가지고 놀이 삼아 도박을 한 것이 아니라 마지막 한 푼마저 다 없어질 때까지 처절하게 도박을 했다.

　그 시점에서는 도박만이 그가 빚과 궁핍에서 헤어날 수 있는 유일한 길이었다. 알렉세이는 말한다. "러시아인은 자본을 획득할 재간이 없을 뿐 아니라 어찌 된 일인지 무모하고 꼴사납게 자본을 낭비합니다. 하지만 어쨌든 우리 러시아인들에게도 돈은 필요합니다. (…) 룰렛에서는 애를 쓰지 않아도 두 시간 만에 부자가 될 수 있거든요. 우리가 대단한 매력을 느끼는 것은 바로 그 점입니다." 여기서 "러시아인"이란 바로 작가 자신을 가리키는 말이 아니겠는가.

　『미성년』의 주인공도 역시 비슷한 말을 한다. "그렇다고 해서 내가 도박을 한 것은 도박 그 자체가 목적이었고 희열감을 맛보기 위해서였다거나 모험을 즐기기 위해서 또는 행운을 시험해보기 위해서였지…… 돈을 딸 목적으로 한 것은 아니었다는 등등, 이런 경우에 보통 하는 변명을 되풀이할 생각은 전혀 없다.

다만 나는 지독하게 돈이 필요했다."

더욱이 두 번째 결혼으로 처자가 딸리게 된 도스토옙스키는 스릴을 즐기기 위해 게임에 임할 처지가 전혀 아니었다. 결혼 전에 수슬로바와 밀월여행을 하던 시절의 도박이 열정과 교차하는 어떤 심리적 집착이었다면, 결혼 후에 그것은 돈과 직결된다. 그의 편지를 읽어보자.

그러나 여기처럼 일확천금을 공짜로 벌 수 있다는 것에는 짜릿하고 넋을 빼앗는 뭔가 있소. 돈이 필요한 데를 생각하고, 채무는 물론 나 자신 외에도 돈이 필요한 사람들을 생각하면 도저히 그냥 지나칠 수가 없소.

나는 단지 즐기려고 노름에 매달린 것이 아니오. 이것이 바로 유일한 출구였는데 어수룩한 계산 때문에 몽땅 잃고 말았소.

어제 돈을 받고 현금으로 교환한 다음 조금이라도 돈을 따서 우리 재산을 한 푼이라도 불려볼 생각으로 그곳에 갔소. 많은 돈을 따려는 생각은 정말 추호도 없었소. 처음에는 조금밖에 잃지 않았는데 돈을 잃기 시작하다 보니 다시 되찾고 싶은 마음이 들었고, 그러다가 돈을 더욱 잃게 된 거요. (…) 내가 경솔하고 탐욕스럽고 단지 자신만을 위하려다가 돈을 탕진해버린 것이 아니오!

돈, 돈, 하지만 돈이 없습니다. (…) 나는 너무나 손쉽게 사흘 동안 4,000프랑을 벌었습니다. 모든 일이 내 눈에 어떻게 보였는지 아시겠습니까? 다 말씀드리겠습니다. 한편에는 이런 손쉬운 길이 있다는 것이죠. 사흘 동안에 100프랑으로 4,000프랑을 만들었던 겁니다. 다른 한편에는 빚과 독촉들, 정신적 불안, 러시아로 돌아갈 전망이 전혀 없다는 사실이 눈앞에 있었죠. (…) 나는 돈을 벌 절호의 기회를 놓칠 수 없었던 것입니다. (…) 더 많이 벌어 단번에 빚 독촉꾼들로부터 벗어나고 나와 식솔들, 즉 에밀리야 표도로브나, 파샤 등등을 한꺼번에 먹여 살릴 수 있다는 유혹을 뿌리칠 수 없었던 것입니다.[15]

감질나게 조금씩 들어오는 원고료만으로 인생을 우아하게 사는 것은 애당초 불가능한 일. 엄청난 유산이나 물려받으면 또 모를까. 초심으로 돌아가서 한 푼 두 푼 모아 부를 축적하려 해도 이미 나이가 너무 많다. 큰 부자가 되는 것은 어찌 되었든 너무도 요원하다. 그런데 여기 재수만 좋다면 순식간에 부자가 될 수도 있는 길이 있다. 그러니 어찌 도전해보지 않을 수 있겠는가. 도스토옙스키의 도박에는 처절한 무언가가 있다. 그에게 도박은 빈곤에서 벗어나는 최후의 돌파구였다. 천사 같은 부인이 그를 구원해주지 않았더라면 그는 진정 파멸했을 것이다. 패가망신하는 무수한 도박꾼들처럼.

일부 심리학자들은 도스토옙스키가 도박에 몰입하는 것을 질병으로 치부하면서(그런 진단은 전적으로 옳지만) 그의 내면에는 '지고자 하는 욕망'이 있다고 주장한다. 즉 마조히즘적인 생각이 수중에 들어온 돈을 계속 가지고 있지를 못하게 한다는 추측이다. 돈을 다 잃어야 직성이 풀린다는 것이다. 글쎄…… 나도 모르겠다.

또 자크 카토 같은 학자는 도박에 대한 열정과 창작에 대한 열정이 심리적으로 교묘하게 맞물린다는 주장을 하기도 한다.[16] 룰렛과 창작은 부자가 되고자 하는 꿈을 공통적인 동기로 가지며, 더 내면적으로는 위험에 대한 열정을 공유한다. 그러나 다른 점은 룰렛은 우연의 영역에 속하는 반면, 창작은 천재성과 능동적인 의지의 지배를 받는다는 것이다. 룰렛에 대한 열정과 창작에 대한 열정이 얼마나 신기하게 결합되어 있는가를 보여주기 위해 카토는 룰렛에서 몽땅 털리고 난 뒤 도스토옙스키는 언제나 왕성한 창작욕에 불타게 되었다는 점을 지적한다. 일리가 있는 말이다.

그러나 이 모든 복잡하고 어려운 설명 이전에 가장 근본적으로 말해서, 그는 생존하기 위해 도박을 했고, 또한 생존하기 위해 글을 썼다. 도박장에서 생활비를 털리고 나서 창작 의욕으로 불탔다는 것은 어폐가 있다. 창작욕으로 불탄 게 아니라 잃은 돈을 만회하려면 글을 써야 한다는 강박증, 먹고살아야겠다는 생존 본능이 그를 서둘러 책상으로 돌아가게 했던 것 아닐까.

반드시 이기는 게임?

그렇다. 반드시 돈을 따야 한다. 어차피 "영혼의 전율"을 위해서 하는 게임이 아닐 바에야 무조건 돈을 따야만 한다. 도스토옙스키는 카지노에서 반드시 이기는 방법이 있다고 철석같이 믿었다. 아내와 지인들에게 보낸 편지에서 그는 지속적으로 자신이 반드시 이기는 방법을 터득했다고 박박 우겼다.

모두들 게임을 모르기 때문에 집과 땅을 온통 날려버리는 거지요. 게임에 정말 통달해서 잃기는커녕 반대로 은행 계좌가 가득 차서 무너질 정도로 돈을 딴 사람은 프랑스 여자와 영국 귀족 남자 두 사람뿐이었습니다. 잃지 않았다고 기뻐서 떠벌리는 게 아닙니다. 어떻게 해야 잃지 않고 따는지 그 비밀을 알아내는 것뿐이죠. 정말 그 비밀을 알아냈습니다. 그것은 아주 바보스러울 정도로 단순한 이치입니다. 게임에 이기든 지든 한순간도 흥분하지 말고 자신을 억제해야 합니다. 이것이 이 게임의 비밀입니다. 그게 전부죠. 그렇게 하면 대개 지지 않고 이깁니다.

미샤 형, 나는 비스바덴에서 게임 시스템을 개발해서 그것을 활용하여 한 번에 1만 프랑을 땄어. 그러곤 그 다음 날 아침에 흥분하여 이 시스템을 잊어버리고 그 자리에서 돈을 잃었지. 저녁 때 다시 이 시스템을 회복한 뒤 추호의 흔들림 없이 게임에 임하여 곧 어려움 없이 다시 3,000프랑을 땄어. 생각해봐. 그 후에 내가 이 시스템을 엄격히 지켜나간다면 내 손에 행운이 그대로 잡힐 것이라는 걸 어찌 믿지 않을 수 있을까.

나는 결국 이런 것을 터득했소. 만일 누구나 극도로 신중해진다면, 즉 대리석처럼 냉철하고 비인간적인 정도로 의연해진다면 반드시 의심할 여지없이 얼마든지 돈을 딸 수 있다는 것이오.

나는 이미 스무여 번 도박장에 다니면서 만일 냉정하고 침착하고 계산적으로 노름을 한다면 돈을 잃을 가능성이 전혀 없다는 경험을 했소. 그러면 맹세코 돈을 잃을 기회는 전혀 없지! (…) 만일 매일 조금씩만 도박을 한다면 자연적으로 돈을 따게 되오. 스무여 번에 걸린 경험상 이는 확실하오.[17]

그러나 이렇게 "시스템"을 터득한 도박꾼이 어째서 결국 가진 돈 전부를 날리고 빚까지 지게 되는 걸까? 여기에 대한 도스토옙스키의 답은 결국 다시 "돈"으로 돌아간다.

만일 그에게 돈이 넉넉하게 있었다면 그는 조바심을 내지 않은 채 의연하고 초연하게 도박을 하여 결국 돈을 땄을 것이다. 그러나 그는 항상 초조하고 흥분한 상태였고, 또 빨리 돈을 따야 한다는 스트레스 때문에 급기야 냉정을 잃고 돈도 잃게 된다는 것이다.

> 나는 빨리 사력을 다해 하루에 많은 돈을 일거에 따려고 서둘러댔소. 그러니까 냉정을 잃고 신경이 곤두서게 되더군. 나는 모험을 하다 분통이 터져 이미 얼마나 잃었는지 고려하지 않고 돈을 몽땅 걸어 다 날리고 말았소.[18]

즉 반드시 이기는 시스템을 터득한 것과 그것을 실천에 옮기는 것은 별개의 문제라는 말인데, 그 시스템의 골자는 '시간과 돈'으로 도스토옙스키에게는 두 가지 모두 부족하므로 결국 이길 승산이 없는 셈이다. 안나 부인도 같은 맥락에서 이 점을 지적한다.

> 표도르 미하일로비치가 룰렛 도박에서 자기 방식대로 하면 반드시 이길 수 있다고 판단했던 것은 전적으로 옳고 또 충분히 그럴 수도 있었다. 하지만 그것은 내 남편처럼 신경이 날카롭고 어떤 일에든 깊이 빠져 끝장을 보고 마는 그런 사람이 아니라, 냉정한 영

국인이나 독일인이 그 방법을 사용했을 경우 그렇다는 말이다. 또한 냉정함과 인내심 외에도 룰렛 도박을 하는 사람은 반드시 돈을 충분히 가지고 있어야 한다. 그래야 불리한 형세를 견뎌 넘길 수 있는 것이다. 특히 돈 문제에 관해서 표도르 미하일로비치에게는 허점이 있었다. 우리는 상대적으로 돈이 적었고 돈을 잃을 경우에 돈을 구하는 것이 전혀 불가능했다.[19]

그러면 정말 반드시 이기는 게임이 존재하는가? 돈과 시간만 있다면 도박에서 반드시 이길 것인가? 도스토옙스키는 반드시 이긴다는 것에 대해 끝까지 신념을 잃지 않았다. 『미성년』의 주인공 아르카디는 말한다. "그런데 나는 지금도 이런 신념을 가지고 있다. 즉 행운을 거는 도박이라 할지라도, 아주 안정된 성격과 거기 덧붙여 섬세한 지혜와 계산 능력을 완전히 가졌다면, 맹목적인 우연성을 극복하고 틀림없이 승부에서 이기리라는 것이다."

한편 거다 리스는 도스토옙스키의 "반드시 이기는 게임"에 대한 환상을 이렇게 설명한다.

이런 도스토옙스키의 태도는 기술을 요하는 게임을 하는 사람들에게 유용한 조언이 될 수 있을 것이다. 하지만 그는 이와 같은 전략이 게임의 결과에 아무런 영향도 끼칠 수 없는 룰렛 게임을 했다. 도스토옙스키가 전적으로 우연에 의해 결정되는 게임에 베팅 요령을 적용한 것(또는 잘못 적용한 것)은 흥미롭다. 그 이유는 이것이 도스토옙스키의 확률에 대한 지식을 말해주기 때문이 아니라 게임의 본성 자체에 대한 그의 생각을 드러내주기 때문이다. (…) 그러나 도스토옙스키의 문제는 그가 이런 식으로 한 번도 게임을 할 수 없었다는 것이다. 그는 실제로 부르주아 정신을 얕잡아 보고, 반복적으로 승리를 무시하고 흥분과 위험을 향한 욕망에 압도됐다.[20]

요컨대 리스는 도스토옙스키가 "반드시 이기는 게임"에 집착하면서도 실제로 매번 도박판에서 지기만 한 것을 심리적 요인으로 설명하고 있는 것이다.

그러나 내 생각에는 반드시 이기는 게임의 개념 자체가 환상이다. 이 시스템이라는 것은 세상에 아예 존재하지도 않는다. 이 세상에 반드시 얻을 수 있는 일확천금의 법칙이란 존재하지 않는다고 말하는 편이 안전할 것 같다. 반드시 오르는 주식이라는 것이 존재하지 않듯이.

특히 룰렛처럼 철저하게 우연에 기초하는 게임에 시스템이 존재한다고 우기는 것 자체가 도박 중독을 증명해주는 것은 아닐까. 이러저러하지만 않았더라면 이길 수 있었노라고 주장하는 도스토옙스키는 바로 그래서 비참하다.

게다가 다름 아닌 도스토옙스키 같은 사람이 '시스템'이 있다고 우기는 것은 어불성설이다. 그는 공병학교 시절 대수 과목에서 낙제를 했다. 숫자니 계산이니 확률이니 하는 것에 아주 맹문이었다는 이야기다. 그런 그가 고도의 수학적 두뇌를 기초로 하는 무슨 '시스템' 운운하는 데는 어처구니가 없다. 아니, 수학까지 갈 것도 없다. 문제는 산수다. 그는 산수를 못했고 싫어했고 증오했다. 그래서 그의 소설에서 "2 × 2 = 4", "수학적 공식" 등등은 그가 혐오하는 모든 '나쁜 것', 즉 이성, 기계문명, 합리주의의 상징으로 등장하지 않던가.

비참함의 측면에서 볼 때 그는 푸슈킨이 창조한 인물의 현실적인 후예라 할 수 있다. 「스페이드의 여왕」의 게르만은 우연한 기회에 모 백작 부인이 "반드시 이기는" 석 장의 카드 패를 알고 있다는 이야기를 듣는다. 그는 거의 강박적으로 부에 집착한 나머지 백작 부인을 협박하다시피 하여 카드 패의 비밀을 알아내려고 한다. 그 과정에서 늙은 백작 부인은 심장마비를 일으켜 사망한다.

얼마 후 죽은 백작 부인의 유령이 나타나서 그에게 이기는 카드 패는 "3, 7, 에이스"라고 가르쳐준다. 게르만은 이 비밀을 이용하여 도박판에서 연거푸 두 번이나 거액의 돈을 딴다. 그러나 세 번째 게임에서 '스페이드의 여왕'을 에이스로 착각하여 자신이 땄던 돈을 모조리 잃는다. 그는 결국 미쳐서 정신병원에 수감

된다.

 게르만의 이야기는 많은 것을 시사한다. 정말 게임에 법칙이 있는 걸까? 도박이란 우연과 비논리에 입각한 게임이 아닌가? 게르만의 파멸은 비논리의 게임에 소위 논리적인 '시스템'을 적용한 것에서 비롯된다. 마찬가지로 도스토옙스키의 경제적 파탄도 역시 스스로가 '시스템'을 터득했다고 믿은 데서 비롯된다. 앞에서도 이야기했다시피 게르만은 냉정하고 계산적인 '사이비' 도박꾼인 반면, 도스토옙스키는 진짜 도박꾼이다. 그러나 비논리의 영역에 논리를 적용함으로써 파멸한다는 점에서 두 사람은 닮은꼴이라 할 수 있다.

5장

돈에 죽고,
돈에 또 죽고

『죄 와 벌』

FYODOR MIKHAILOVICH DOSTOEVSKY

그는 현실주의자인 동시에 이상주의자였다.
그는 돈이 지배하는 현실적인 관계를 그리는 한편
끊임없이 돈으로부터 자유로운 다른 관계를 꿈꾸었다.
돈이면 다 되는 세상을 그리는 한편
돈이 다가 될 수 없는 다른 세상을 꿈꾸었다.
그의 작품이 철저하게 이중적인 이유는 여기에 있다.

FYODOR MIKHAILOVICH DOSTOEVSKY

『죄와 벌』 줄거리

가난한 대학생 라스콜리니코프는 비열하고 사악한 전당포 노인을
죽여 그 재산으로 수백, 수천의 사람을 극빈에서 구원해준다는 생각에
사로잡혀 있다. 그는 자신이 인간의 법을 초월하는 위대한 '초인'임을
입증하기 위해 도끼로 노파를 죽이고, 우연히 범죄 현장에 들른 노파
의 여동생까지 살해한다.

그러나 살인 후 그는 엄습해오는 고통과 고독과 부자유로 몸부림친
다. 목격자도 물증도 없는 상태에서 그를 범인으로 지목할 이유는 전
혀 없어 보인다. 그러나 날카로운 예심판사 포르피리는 순전히 심리적
차원에서 라스콜리니코프를 의심하고 그에게 자백을 종용한다. 우연
히 알게 된 매춘부 소냐도 또한 그에게 영혼의 부활 가능성을 제시한

다. 그는 결국 죄를 고백하고 시베리아 유형 길에 오른다. 시베리아에서 그는 참다운 구원의 빛을 찾게 된다.

돈과 범죄 1

에드워드 카는 『죄와 벌』을 가리켜 "원칙에 따라 살인을 행하는" 젊은 학생 이야기라고 칭한 바 있다.[21] 실제로 많은 비평가들이 『죄와 벌』에서 라스콜리니코프가 저지르는 범죄를 사상 혹은 이념에 결부해왔다. 요컨대 한 사람의 비열한 인간을 희생시켜 수만 명의 훌륭한 인간을 구해낸다는 이념, 그리고 위대한 인간에게는 모든 것이, 심지어 살인까지도 허용된다는 사상이 주인공을 살인으로 몰고 간다는 것이다.

『죄와 벌』은 매우 복잡하고 정교하고 치밀한 소설이다. 한 명을 희생시켜 천 명을 구한다는 '수학적 공식'과 비범한 인물에게는 '모든 것이 허용된다'는 초인 사상은 당시 러시아에 만연해 있던 공리주의, 합리적 이기주의, 실증주의, 사회주의 등등과 맞물리고, 라스콜리니코프의 고뇌는 심리학적 차원에서 분석되며 소냐와 포르피리의 제안은 독자를 결국 종교적 성찰로 유도한다.

그러나 이 모든 사상이나 심리학, 종교 등등을 일단 접어두고 순수하게 범죄라는 차원에서 소설을 다시 읽다 보면 돈이 가장 중요한 동기로 부상하게 됨을 부인할 수 없다. 작가의 개인적인 삶을 염두에 둘 때도 그렇고, 당대 사회를 염두에 둘 때도 그렇다.

일단 작가의 삶을 살펴보자.

도스토옙스키가『죄와 벌』의 집필에 착수한 것은 1865년 8월 비스바덴에서였다. 작가가 전해에 형과 부인을 여의고 세 번째 유럽 여행을 하던 중 비스바덴에 머무르는 동안 이 위대한 소설은 쓰이기 시작했다. 그러면 당시 작가의 처지는 어떠했는가.

독자가 예측했다시피 그는 돈에 쪼들리고 있었다. 물론 놀랄 일은 아니다. 그가 돈에 쪼들리지 않은 적이 언제 있기나 했던가. 그러나 이때는 정말로 힘든 시절이었다. 도박으로 모든 돈을 완전히 날리고 굶기를 밥 먹듯 해가며 호텔에서 나가지도 못하고 완전히 묶여 지내야 했다. 투르게네프에게 굴욕적인 편지를 보낸 것도 이때다.

그가『죄와 벌』을 쓰던 시절 비스바덴에서 온갖 사람들에게 보낸 편지를 몇 통 살펴보자. 안타까워서 읽기가 거북할 지경이다.

수슬로바에게 보낸 편지:

만약 당신이 파리에 도착해서 친구들과 아는 사람들에게 조금이라도 돈을 꿀 수 있다면 내게도 보내주오. 150굴덴이면 되오. 아니, 당신이 보낼 수 있는 만큼만 보내도 좋소. 150굴덴이면 이 돼지 같은 놈들에게 돈을 지불한 다음 다른 호텔로 옮기고 돈을 기다릴 수 있거든. (…) 움직이면 식욕이 생길까 봐 앉아서 내내 책만 읽는다오. 당신을 포옹하오. 아무에게도 이 편지를 보여주지 말고 이야기도 마오. 너무 싫소.

내 수중에는 한 푼도 없소. 계속 점심을 못 먹었고, 아침과 저녁을 차로 때우며 지낸 지 벌써 사흘이 되었소. 이상한 것은 먹고 싶은 욕구도 없다는 것이오. (…) 매일 3시에 호텔을 떠나 6시에 돌아온다오. 점심을 먹지 않는다는 걸 보이지 않기 위해서요.[22]

브랑겔에게 보낸 편지:

나를 불행에서 구해주게. 구원해주게. 곧 갚을 테니 100탈러를 보내주게. (…) 이 순간 자네에게 돈이 조금이라도 있다면 물에 빠져 죽어가는 친구를 수수방관한 채 내버려두지 말게.[23]

그가 미하일 카트코프에게 보낸 편지는 새로운 소설 『죄와 벌』에 관한 것처럼 보이지만, 사실상 이 역시 돈을 요구하는 내용이다. 그는 소설이 "한 범죄자의 심리학적 고백록"이라고 운을 뗀 다음 비스바덴에 머무르면서 집필한 결과 곧 끝을 볼 것 같다고 말한다. 그러면서 원고료를 정하는 데 인쇄 전지당 125루블 이하로는 안 된다고 못을 박고, 끝으로 "당신이 제 작품을 원하신다면 300루블을 선불해주십시오"라고 공손히 부탁한다.

한마디로 그는 이 작품으로 '반드시' 돈을 벌어야 했다. 돈을 벌어야 한다는 강박관념과 위기의식이 결합하여 돈에 민감한 소설을 탄생시켰던 것이다. 어떤 심리학자는 도스토옙스키의 무의식에 주인공의 생각, 즉 해충만도 못한 부유한 인간을 죽여 그의 돈을 빼앗아 나의 곤궁을 해결하면 왜 안 되는가 하는 범죄적 생각이 있었을 것이라고 아주 과감한 추측까지 한다. 그리고 더 나아가 주인공이 돈 많고 혐오스러운 노파를 도끼로 때려 죽이는 것은 일종의 카타르시스까지 가져다주었을 것이라고 이야기한다. 나는 개인적으로 도스토옙스키의 무의식의 심연까지 헤아려볼 엄두는 못 내지만, 그래도 그의 마음 깊은 곳에 부자에 대한 그런 무서운 증오가 있었다고 생각하고 싶지는 않다.

그의 악감은 오히려 유럽 전체를 향한 것이었다. 특히 독일인에 대한 그의 증오는 그의 유명한 민족주의, 국수주의, 광신 등의 맥락에서 해석되어왔다. 그러나 이런 혐오감의 바탕에도 역시 돈 문제가 깔려 있다. 그가 바덴바덴의 호텔에서 방값을 지불하지 못해 수모를 당하면서 수슬로바에게 쓴 편지를 보자.

뚱뚱한 독일 주인을 말하는 거요. 나 같은 사람은 점심 식사를 제공받을 '가치'가 없지만 차는 가져다주겠노라고. 그래서 어제부터 점심도 못 먹고 차로 때우고 있소. (…) 종업원들도 겉으로 말은 안 하지만 독일인 특유의 태도로 나를 심하게 경멸하는 것 같소. 독일인에게는 돈을 제때 지불하지 않는 것보다 큰 죄는 없는가 보오.[24]

155

만일 그가 유럽을 여행하면서 빚에 쪼들리지도 않았고, 호텔 주인에게 돈도 제때 지불했더라면, 그는 유럽을 그렇게까지 미워하지 않았을 것이다. 좌우간 독일인이 얼마나 싫었던지 그는 살인범 라스콜리니코프가 쓴 모자를 '독일 모자'라고 설정하는 세심한 배려를 잊지 않았다.

이 소설의 배경이 되는 상트페테르부르크 또한 그 자체가 이미 범죄소설의 배경으로 더할 나위 없이 완벽한 공간이다.

이 소설이 발표된 1860년대 러시아는 현대 도시의 모든 고질적인 질병들이 등장하던 시기였다. 수도 상트페테르부르크는 지방에서 밀려오는 인구로 놀랍도록 팽창했다. 어느 경제학자의 통계에 의하면, 18세기 말에 220만 명이던 도시 인구가 19세기 중엽에는 570만 명으로 증가했다. 상트페테르부르크 하나만 놓고 볼 때 인구는 반세기 동안 34만 6,000명에서 54만 명으로 증가했다.[25] 또 다른 경제학자도 역시 19세기 중엽 러시아의 도시화에 주목하여 1867년부터 1897년 사이에 유럽과 러시아의 도시 인구는 667만 명에서 1249만 명으로 두 배가 되었다고 기술한다. 상트페테르부르크만 놓고 볼 때, 이 기간 동안 인구 증가는 50만 명에서 126만 명으로 증가했다.[26]

도시로 밀려든 인구는 더럽고 비좁고 악취 나는 뒷골목 문화를 창조한다. 다닥다닥 붙은 누추한 하숙집과 항시 시궁창 냄새가 나는 더러운 선술집과 전당포와 매음굴로 우글거리는 찢어지게 가난한 군상들, 일용직 노동자들과 행상들, 거리의 악사들, 한탕을 노리는 사기꾼들, 어린이 소매치기와 뚜쟁이와 매춘부들은 찬란한 제국의 수도가 낳은 어둠의 자식들이었다. 소설의 한 등장인물은 이 제국의 수도를 다음과 같이 묘사한다.

> "서민들은 술에 취해 있고 젊은 지식인들은 이룰 수 없는 꿈과 환경 속에서 할 일 없이 말라비틀어진 채 이론의 기형아가 되어버리고, 어딘가에서 유대인들이 몰려들어 돈을 감추고, 그 밖의 사람들은 퇴폐적인 삶을 살아가지요."

한마디로 상트페테르부르크는 범죄의 온상으로 급부상하는데, 당시 신문을 보면 알코올중독과 매춘과 도시 빈민과 대기오염이야말로 러시아가 안고 있는 최대의 사회문제였다.

일례로 『목소리』지는 1865년 4월 11일자에서 "최근 알코올중독은 그 정도가 너무도 심각해져서 이런 사회적 불행에 대해 생각해보지 않을 수 없게 한다"고 보도했으며, 1865년 2월 7일자에서는 극빈자의 증가 및 그로 인한 고리대금의 횡행에 관해 보도하면서 "영혼을 갈가리 찢어놓는 극빈"을 개탄했다. 매춘에 관한 기사도 1862년에 잡지 『시간』이 여성의 타락과 매춘의 증가를 집중적으로 다룬 것을 필두로 1860년대 신문과 잡지에 수시로 등장했다.

이 모든 사회적 이슈들의 근본적인 원인은 물론 돈, 아니 더 정확하게는 돈의 부족이다. 모든 크고 작은 도시형 범죄는 결국 돈의 부족에서 시작되며, 바로 이러한 배경 속에서 우리의 라스콜리니코프는 이 비참한 상황을 개선하는 유일하고 극단적인 방법으로 살인을 생각해내는 것이다.

상트페테르부르크의 빈민굴에 군집한 모든 극빈자와 마찬가지로 가난한 대학생 라스콜리니코프에게 '개인적으로' 가장 시급하고 절실한 것은 돈이다. 그에게는 가난한 어머니와 여동생이 있고 그들을 파멸에서 구하려면 돈이 있어야 한다. 인류를 구원한다는 원대한 포부는 그야말로 원대한 것이고, 가장 근거리에서 그를 자극하는 것은 가난한 어머니와 여동생이다.

여기 그와 하숙집 하녀의 대화를 들어보자.

"아이들을 가르치는 건 푼돈 벌이일 뿐이야. 코페이카 가지고 뭘 할 수 있겠어?"
그는 내켜하지 않으며 자문자답하듯이 말을 덧붙였다.
"그럼 당신은 단번에 큰돈을 벌어보겠다는 거예요?"
그는 이상한 눈빛으로 그녀를 쳐다보았다.
"그래, 단번에 한밑천을 잡아야지."

머릿속에서 맴돌던 소위 '사상', 살인의 이념은 어머니한테서

온 질질 짜는 편지 덕분에 실질적인 살인으로 실현된다. 편지를 읽은 뒤 거리를 배회하던 그에게 살인의 관념은 돌연 현실로 나타난다. "한 달 전, 아니 어제만 하더라도 그것은 망상에 불과한 것이었다. 그런데 지금…… 지금은 그것이 돌연 망상이 아닌 뭔가 전혀 낯설고 새롭고 무서운 것이 되어 나타났다." 이 시점 이후 그의 살인 계획은 결행을 향해 돌이킬 수 없이 질주한다.

편지에서 어머니는 그의 여동생이 돈 때문에 가정교사로 일하던 집에서 수모를 당하고, 또 돈 때문에 마음에도 없는 치졸한 남자와 결혼하게 되었다는 사실을 에둘러 말한다. 라스콜리니코프는 이 결혼을 막아야 할 도덕적 의무가 있다. '도덕'은 고상한 것이다. 그러나 그 고상한 의무를 수행하려면 돈이 있어야 한다. 도덕, 이념, 사상, 의무, 이 모든 정신적이고 형이상학적인 개념들은 돈을 통해야만 현실화될 수 있다.

라스콜리니코프는 확실히 여느 살인범과 다른 면모를 지닌다. 그는 완전범죄를 꿈꾸는 치밀하고 계획적인 범죄자가 아니다. 잔인하게 도끼로 두 사람이나 무참히 살해하는데도 이상하게 그는 독자에게 증오심이나 혐오감을 아주 많이 불러일으키지 않는다. 그에게 있는 고상한 인류애 때문인지, 아니면 그의 처절한 자기 분석과 고뇌에 찬 절규 때문인지, 아니면 그의 절망과 용기와 너그러움 때문인지, 아니면 그저 그가 주인공이기 때문인지, 좌우간 이 지적이고 창백한 청년에게는 뭔가 범상한 살인범을 넘어서는 품위 같은 것이 느껴지기까지 한다.

게다가 그는 전당포 노파에게서 훔친 금품을 하나도 건드리지 않은 채 돌 아래 묻어둔다. 살인을 저지르고 나서 살인 자체에, 그리고 자기 자신에게 역겨움을 느끼고 고뇌하는 그에게 금품의 가치는 저 멀리 어딘가로 묻히듯 사라져버린다.

그는 완전히 찢긴 인물이다. 한편에는 고상한 인류애가 있고, 다른 한편에는 극악무도한 살인마가 있다. 이 두 가지 측면은 서로를 배제하는 듯 보인다. 그러나 결국 살인마와 박애주의자는 한 가지 이슈, 즉 돈의 문제에서 만나게 된다. 결국 어쩌니 저쩌니 해도 라스콜리니코프는 사람을 죽이고 돈을 강탈한 흉악무도한 강도 살인범인 것이다.

그가 돈을 필요로 한 것이 인류를 위해서였건, 아니면 가족을 위해서였건 그의 범죄는 돈에서 출발한다. 예심판사 포르피리는 라스콜리니코프의 형이상학과 심리학과 기타 등등 모든 것을 다 속속들이 꿰뚫어본 이후에 결국 다음과 같이 그를 평가한다.

"긍지와 자존심이 무한히 강한 젊은이가 고작 3,000루블만 있으면 출세도, 인생의 장래 목적도 전혀 다르게 구현할 수 있는데, 그 3,000루블이란 돈이 없다는 것을 깨달았을 때 굴욕감을 느끼지 않을 수 없겠지요. 거기다 굶주림과 좁아터진 방, 누더기 같은 옷, 자기 사회적 위치에 대한 선명한 자각, 그와 동시에 누이동생과 어머

모든 추리소설에서 범죄의 제1동기는 돈이다. 대개 범죄 뒤에는 돈이 도사리고 있으며, 형사들은 항상 살인으로 인해 금전적 이득을 얻는 사람을 가장 먼저 주시한다. 돈의 끈을 따라가면 거기에 범인이 있기 마련이다. 돈이 반드시 범죄를 수반하는 것은 아니지만 범죄는 반드시 돈을 수반한다. 『죄와 벌』 역시 돈을 제1동기로 하는 범죄 스릴러이며, 이 점에서 그것은 여느 통속적인 추리소설과 다를 바가 없다.

실제로 라스콜리니코프의 살인은 당대에 일어났던 살인강도 사건에서 영감을 얻은 것이다. 1865년 1월 『목소리』지에 보도된 기사에 따르면, 게라심 치스토프라는 점원이 강도짓을 하기 위해 어떤 집의 요리사와 세탁부(두 명의 노파)를 살해했는데, 피해자의 시신에 남은 상흔으로 미루어 범행 도구는 도끼라는 것이 판명됐다고 한다.

그러나 『죄와 벌』을 가리켜 통속소설이라 부를 수는 없다. 도스토옙스키는 이 명백한 살인강도 사건의 골격에 이념의 살을 입혀 고품격 예술을 빚어냈다. 그의 천재는 바로 여기, 통속소설과 고도로 예술적인 문학작품이 교차하는 지점에서 그 진가를 발휘한다. 여기 모든 심오함과 깊이와 철학과 종교가 있다. 그러나 이것들의 저변을 흐르는 것은 가장 즉물적이고 가장 직접적이고 가장 비열할 수 있는 돈이다. 돈과 철학, 돈과 종교, 돈과 사상은 서로 뒤얽히면서 세상에서 가장 심오한 범죄소설을 탄생시켰다.

돈과 범죄 2

『죄와 벌』에서는 돈과 결부된 여러 유형의 범죄가 등장한다. 라스콜리니코프의 도끼 살인이 가장 주된 범죄라면, 주변의 인물들도 크고 작은 여러 가지 범죄를 저지르면서 라스콜리니코프의 살인강도에 대해 메아리처럼 반향을 한다.

도스토옙스키 연구자들은 그의 소설에서 '분신'이 차지하는 중요성을 끈질기게 강조해왔는데, 사실상 범죄에 관해서도 이 분신의 개념은 유효하다. '분신'이란 주인공의 주변에서 그와 유사하거나 완전히 정반대되는 인물이 주인공을 다각도에서 비춰줄 때 적용되는 개념이다. 실제로 도스토옙스키의 소설에서는 언제나 주요 인물의 주변에 다수의 '분신'들이 어슬렁거린다.

라스콜리니코프가 지적인 범죄자라면 스비드리가일로프는 감성적인 범죄자라 할 수 있다. 라스콜리니코프가 적어도 외관상은 인류를 위해 범죄를 구상한다면, 그는 개인의 정욕을 만족시키기 위해 범죄를 저지른다. 그는 생김부터 다르다. 꾀죄죄하고 창백한 라스콜리니코프와는 달리 밝은 색 턱수염을 기른 건 장한 쉰 살가량의 사내로, 허여멀건 안색에 붉은 입술은 그린 듯 하고 옷차림은 돈 냄새를 솔솔 풍긴다. "나이에 비해 지나치게 젊어 보이는 이 아름다운 얼굴에는 뭔가 아주 기분 나쁜 요소가 깃들어 있었다." 이 느끼한 사내는 선불에 묶인 결혼 생활을 살 인으로 청산한다.

그의 결혼 경위는 다음과 같다.

8년 전쯤 사기도박에 연루된 그는 거액의 도박 빚으로 인해 감옥에 갈 처지에 놓였다. 그런데 마르파라는 돈 많고 나이 많은 여자가 나타나서 3만 루블을 몸값으로 지불하고 그를 구해주었 다. 두 사람은 곧 합법적으로 결혼하고 여자의 영지가 있는 시골 로 내려간다. 그보다 훨씬 나이가 많고 "항상 고약한 입 냄새를 풍기는" 여자는 그가 조금이라도 배반의 기미를 보일라 치면 타 인의 명의로 된 3만 루블의 차용증서를 그의 코앞에서 흔들어 댔다. 그는 3만 루블에 팔려 온 노예였던 셈이다. 그들 간에 체결 된 계약은 다음과 같다.

첫째, 절대로 여자를 버리지 않고 끝까지 그녀의 남편으로 남 을 것.

둘째, 여자의 허락 없이는 아무 데도 가지 않을 것.

셋째, 절대로 고정된 정부를 두지 않을 것.

넷째, 몸종을 건드리는 것은 허락될 것.

다섯째, 같은 계층의 여성과는 절대로 사랑하지 않을 것.

그는 비교적 성실하게 결혼 생활을 했고 7년 뒤 마침내 아내의 신뢰를 얻는 데 성공한다. 아내는 1년 전에 그에게 차용증서를 돌려주고 많은 돈까지 선물하면서 그에 대한 신뢰를 표현했다.

차용증서의 파기는 신중하고 의심 많은 부인이 저지른 일생 일대의 실수였다. 만일 그녀가 평생토록 그 문서를 꼭 쥐고 있었 더라면 그녀는 죽지 않았을 것이다. 그 문서를 돌려받은 뒤 스비 드리가일로프는 교묘하게 부인을 살해한다. 그가 직접 살해했 다는 말은 소설에서 한마디도 안 나오지만 모든 정황으로 미루 어 그가 아내를 살해했다는 것은 명백하다.

7년 동안의 노예 생활을 앙갚음하는 방법치고는 다소 극단적 이었는지 모르지만, 그에게는 아내를 죽여야 하는 또 다른 이유 가 있었다. 자기 집 가정교사로 와 있던 라스콜리니코프의 여동 생 두냐에게 숙명적인 열정을 느끼게 된 것이다.

자기를 돈으로 산 아내를 제거함으로써 그는 돈과 자유를 얻 었고, 그 돈과 자유를 가지고서 또 다른 여자를 사려 한다. 그는 거의 권태로움 때문에, 혹은 두냐에 대한 채워질 수 없는 갈망 때문에 어린 소녀와 약혼하기도 하는데, 돈으로 사는 결혼의 역 겨움은 여기서 절정에 이른다.

그는 돈 많고 연줄 많은, 상처한 사업가로 가난한 소녀의 부 모에게 소개된다. 소개가 끝난 뒤 사흘 만에 그는 소녀와 약혼식을 올리고 당장에 1,500루블어치의 선물을 가져간다. "다이아몬드로 된 장신구 일습, 진주 장신구와 여러 물건이 들어 있는 은제 여성용 상자"였다. 거의 어린애나 다름없는 열여섯 살 소녀는 돈의 힘에 압도되어 어린아이의 상상력을 뛰어넘는 '노예성 발언'을 한다.

> "그 애는 갑자기 내 목에 달려들어 나를 두 팔로 꼭 껴안고는 키스하면서 순종적이고 충실하고 선한 아내가 되겠다고, 나를 행복하게 해주겠다고, 생애의 매 순간, 전 생애를 바쳐서 모든 것, 모든 것을 희생하겠다고 맹세하더군요."

스비드리가일로프는 돈이 연출하는 이 모든 마술 같은 장면에 매혹된다. 그러나 어린애와의 약혼은 물론 심심풀이였을 뿐 그가 진정 사랑하는 여자는 라스콜리니코프의 여동생 두냐다. 그는 두냐에게 우선 1만 루블을 일종의 '선물'로 제안하고 나중에는 라스콜리니코프가 '죄와 벌'에서 해방될 수 있도록 해줄 거액의 돈을 제시한다. 어린 소녀와의 약혼을 통해 돈의 위력을 확인한 그는 두냐의 마음을 얻기 위해 돈에 얹어서 자신의 영원한 순종까지 더불어 제안한다. 두 가지 제안 모두 두냐가 거절하자 결국 그는 권총으로 자살한다. 이 음탕한 사내의 비극은 이 세상에 돈으로 살 수 없는 것이 존재한다는 데서 비롯된다.

그는 자살하기 전에 소냐에게 3,000루블을 그냥 이유 없이 선물로 주고, 또 소냐의 의붓동생들을 금전적으로 보살피도록 만전을 기해놓는다. 또 아까 말한 그 소녀 약혼자의 부모에게 은화와 채권 등 합쳐서 15,000루블을 약혼 선물로 준다. 그야말로 돈을 물 쓰듯 쓰고 그냥 확 죽어버리는 것이다.

범죄로 힘겹게 얻은 돈, 또 돈으로 힘겹게 얻은 자유는 결국 한계를 넘어서 돈을 가진 주체의 파멸을 초래한다. 도스토옙스키는 자살을 가장 용서받지 못할 범죄로 생각했다. 그의 작품에서 가장 추악한 악인들은 항상 자살로 생을 마무리한다.

연구자들은 스비드리가일로프를 라스콜리니코프의 '악'이 무한히 증폭된 인물로 간주한다. 라스콜리니코프가 나중에 시베리아에서 갱생을 체험하는 데 반해 스비드리가일로프는 자살을 함으로써 갱생의 문을 닫아버린다. 돈이 주는 무한한 자유와 무한한 방종은 그에게서 하나로 합쳐진다.

그런데 한 가지 재미있는 것은 나와 함께 『죄와 벌』을 읽었던 많은 학생이 스비드리가일로프에게 어딘지 멋진 점이 있다고 생각했다는 것이다. 특히 잠시 뒤에 살펴볼 소인배 루진과 비교해보면 스비드리가일로프는 어딘지 '거물'의 냄새를, 카리스마의 냄새를 풍긴다는 것이다.

왜일까? 물론 그가 펑펑 쓰는 돈 덕분이다. 영화 속의 조폭 두목이 가끔 멋있게 보일 수도 있는 것과 같은 이치겠지만, 좌우간 도스토옙스키는 인간 영혼의 심연에 도사리고 있는 심오한 악을 구현하는 인물과 엄청난 돈을 결합함으로써 돈에 관한 일방적인 선고를 회피하는 데 성공한다.

돈과 범죄 3

말이 나온 김에 돈과 관련된 또 다른 범죄를 살펴보자. 이번에 살펴볼 범죄는 사실상 범죄랄 것도 없지만, 그래도 어떤 점에서 상당히 중요한 에피소드라 할 수 있다. 우리의 관심을 받는 인물은 루진이라는 남자인데, 이 남자는 두냐, 즉 라스콜리니코프의 여동생의 약혼자로 등장한다. 자수성가한 7등 문관, 나이는 마흔다섯, 용모는 나름대로 단정. 상당히 재산을 모았으며 상트페테르부르크로 가서 법률사무소를 개설하고 상류사회에 진출한다는 야무진 꿈을 가지고 있다.

스비드리가일로프가 라스콜리니코프의 '분신'임은 위에서 말했지만, 루진 역시 라스콜리니코프의 분신이다. 다만 무한히 천박하고 무한히 비열하게 과장된 닮은꼴일 따름이다. 그래도 스비드리가일로프에게는 어딘지 신비하고 어딘지 '멋있는' 측면이 요만큼 있다고 한다면, 루진에게는 그런 측면이 전혀 없다.

그는 그냥 야비하고 비열하고 어리석고 좀스럽고 한심한, 어디서나 볼 수 있는 소인배다. 좀생이 사기꾼이 그가 도달할 수 있는 최고의 경지다. 도스토옙스키의 전기에 의하면, 루진이라는 인물은 사실상 도스토옙스키의 삶에서 그 원형을 찾을 수 있다고 한다. 그가 1865년 세 번째 유럽 여행을 떠나기 전에 빚쟁이들이 그를 고소하여 경찰서에 소환된 사건이 있었는데, 고소인 중 한 명이 P. 리진이라는 변호사였다. 그는 변호사 업을 하면서 뒤로는 돈을 빌려주고 고리를 받아 재산을 불리는 사악한 사람이었다. 그 악덕 변호사에 대한 억하심정이 이 소설에서 표트르 루진이라는 지긋지긋한 남자로 형상화됐다는 것이다.

루진은 잘 안 돌아가는 머리를 굴려서 나름대로 결혼의 철학을 정립한다. 그것은 스비드리가일로프의 어린 소녀와의 약혼에 대한 또 다른 버전이라 할 수 있는데, 스비드리가일로프가 소녀의 맹목적인 충성에서 일종의 쾌락을 발견했다면, 이 남자는 순수하게 실리적인 측면에서 그런 결혼의 매력을 해석한다.

이 남자가 가난뱅이 두냐에서 청혼하고 약혼까지 한 데는 나름대로 치밀한 계산이 깔려 있다. 모든 불공평한 결혼에는 이유가 있는 법이다. 신데렐라 스토리는 영화에서는 아름답게 보이지만, 적어도 그 심리적 이면에는 언제나 잔인한 파워 게임이 있기 마련이다.

루진의 평소 꿈은 "정직하지만 지참금이 없고 또 반드시 곤궁함을 겪은 아가씨를 아내로 맞이한다는 것"이다. 그의 철학을 들어보자.

이미 오래전부터 벌써 몇 년 동안이나 그는 결혼을 생각하며 달콤한 꿈을 꾸면서 줄곧 돈을 저축하며 때를 기다리고 있었다. 그는 흐뭇한 마음을 품고서 마음속 깊이 정숙하고 가난하며(반드시 가난해야 했다) 아주 젊고 대단히 아름다우며, 또 가문도 좋고 교육도 받았고, 그러면서도 수없이 많은 불행을 겪어서 겁을 집어먹은 나머지 그의 앞에 납작 엎드려 있을 수 있는, 그런 아가씨를 머릿속에 그리고 있었다. 그 아가씨는 평생 그를 자신의 구원자로 생각하고 그를 경배하며 오로지 그 한 사람에게만 복종하고, 그로 인해서만 놀랄 수 있는 여인이어야 했다.

요컨대 그는 스비드리가일로프가 그랬듯이 돈으로 결혼을 사려는 야심한 포부를 안고 있다. 그러나 그에게는 아주 많은 돈이 있는 것은 아니므로 자신의 돈이 상대적으로 엄청난 재산으로 보이려면 신붓감은 아주 가난한 여자여야 했다. 게다가 그는 돈은 없지만 교양 있고 아름다운 여성을 사려는 의도를 품고 있었는데, 그것은 그가 휘두르는 돈의 위력을 한층 더 달콤하게 해 줄 것이기 때문이었다.

그러나 스비드리가일로프가 수만 루블에 해당되는 거액을 아낌없이 쏟아부으려 한 반면, 이 자수성가한 구두쇠는 약혼녀

모녀에게 가능한 한 적은 액수의 돈을 쓰려고 노력한다. 인색이
몸에 밴 사내는 약혼녀 모녀의 여행을 3등 열차로 준비하고, 상
트페테르부르크에 도착한 그들에게는 싸구려 여인숙을 마련해
준다. 그는 돈을 자랑할 뿐 쓰지는 않는 것이다.

결국 이 남자는 두냐한테 파혼당하는데, 그의 야비함과 무
례함은 그들의 결혼을 파국으로 치닫게 하는 직접적인 원인이
다. 그는 라스콜리니코프에게 지독한 모욕을 당한 후 문자 그대
로 방에서 쫓겨난다. 그러나 워낙에 어리석은 이 사내는 두냐 모
녀가 자신을 거절한 것이 돈 때문이었다고 잘못(아니면 제대로?)
생각한다. 그가 자신의 인색함을 후회하는 대목에서 그의 역겨
움은 한층 두드러지게 나타난다.

내가 그들에게 한 푼도 주지 않은 것 역시 실수였다.

제기랄, 내가 왜 그렇게 인색하게 굴었을까? 무슨 나쁜 뜻이 있었
던 것도 아닌데! 돈 한 푼 없이 고생을 좀 시킨 다음, 그들이 마치
나를 하느님 바라보듯 보게 되기를 바랐을 뿐인데. 그게 오히려 그
들을 훌쩍 도망치게 만들었으니……! 쳇! 아니, 만약 내가 그동안
그들에게, 예를 들어 예단 준비와 선물 명목으로, 혹은 크노프 상
점과 영국 상점에서 여러 가지 보석함, 화장용 케이스, 장신구, 옷
감 들과 같은 온갖 잡동사니를 살 수 있도록 1,500루블 정도만 주

었더라도 모든 일은 더 순조롭게…… 그리고 더 확실하게 처리됐을 텐데! 그런 족속들은 파혼할 경우에는 반드시 자신이 받은 선물과 돈을 돌려줘야 한다고 생각하니까, 그것이 아깝고 괴로워서 이렇게 쉽게 나를 거절할 수는 없었을 거야! 그리고 양심에도 거리꼈을 테고! 이를테면 지금까지 돈을 아끼지 않고 친절하게 대해 준 사람을 그렇게 갑자기 뿌리칠 수는 없다고 생각했을 테지……! 음, 내가 실수했다!

이 대목은 루진의 천박함과 어리석음을 동시에 보여주는 대목이긴 하지만, 여기에 일말의 진실이 숨어 있는 것을 부인하기 어렵다. 그래서 더욱 불쾌한지도 모른다.

정말로 그가 두냐 모녀에게 "돈"을 통한 관대함을 보여주었더라면 그의 말대로 파혼이 쉽사리 이루어지지 않았을지도 모른다. 가난한 장래의 배우자에게 동전 한 닢 안 쓰고 그녀 위에 군림하려는 생각 자체에 허점이 있었는지도 모른다. 어차피 두냐가 그와의 결혼을 생각했던 것은 그의 재산과 연줄 때문이었으므로 그가 인색하지만 않았더라면 그 결혼은 성사됐을지도 모른다.

아니, 그것보다는 이렇게 말하는 편이 더 낫겠다. 즉 루진의 경우(대부분의 다른 모든 경우에도 그렇겠지만) 성격과 돈은 동전의 양면과도 같이 얽혀 있다. 돈에 대한 치사함은 그의 치사한

171

성격 일반을 말해주는 기호다. 그의 저열한 성격은 돈에 대한 태도를 통해 드러난다는 뜻이다. 여기서 돈은 사람의 성격을 알아보게 해주는 결정적인 인자라 할 수 있다. 스비드리가일로프가 부인을 죽여 얻은 돈을 물 쓰듯 쓰는 것과 루진의 지독한 인색은 짝을 이루면서 범죄자의 거대 국면과 미소 국면을 보여준다. 스비드리가일로 프가 소녀에게 쓴 돈이 1,500루블이라면 루진이 두냐에게 '쓰지 않은' 돈 역시 1,500루블임은 우연의 일치가 아니다.

그러나 그가 인색한 것, 가난한 처녀와 결혼하려고 생각한 것 자체는 충분히 혐오스럽긴 하지만 범죄라 부를 수 없다. 그의 작지만 중요한 범죄는 두냐가 파혼을 선언한 이후 발생한다. 이 남자는 자신의 결혼 계획이 실패로 돌아간 것을 알자 길길이 날뛰며 화를 낸다. 그리하여 두냐와 그녀의 오빠에게 복수하기 위해 음모를 꾸미는데, 그 음모라는 것이 또한 그의 수준에 걸맞게 아주 구질구질하다.

이야긴즉슨, 라스콜니코프가 가장을 잃은 소냐 가족에게 순수한 동정심과 연민에서 돈을 준 것을 그는 그토록 미운 매제와 창녀 간에 무슨 내밀한 관계라도 있어서 그랬다는 듯이 주장해온 터라, 이번에는 소냐를 도둑으로 몰기로 작정한다. 소냐가 도둑이 되면 그녀에게 너그러운 라스콜니코프와 오빠를 사랑하는 두냐 모두 한꺼번에 모욕을 당하게 될 것이라는 게, 그리고 자신의 주장이 입증되면 두냐와 오빠의 사이가 벌어질 것이라는 게 그의 짧은 생각이었다.

그는 자기 방으로 소냐를 불러 점잖게 위로의 말을 전한 후 10루블을 준다. 그런 다음 떠나는 그녀와 악수하면서 슬며시 100루블 지폐를 그녀의 호주머니 속에 찔러 넣는다. 몇 시간 후 그는 소냐 가족의 추모연에 나타나서 소냐가 자기 돈을 훔쳐 갔다고 주장한다. 과연 소냐의 호주머니 속에서 100루블 지폐가 나오자 추모연은 아수라장이 된다.

소냐의 어머니는 실제로 돈을 보고서도 자기 의붓딸이 도둑이 아니라고 울부짖고, 추모연에 모인 세입자들은 이런 일이 일어나면 늘 그렇듯이 호기심과 정의감과 기타 등등이 섞인 감정으로 웅성거린다. 그는 충분히 소냐 모녀를 모욕했다고 생각하자 준엄하게 그녀를 타이르고 그녀의 가난에 동정심까지 보이며 경찰에 고발하지는 않겠다고 선심을 쓴다.

그는 약간의 돈을 가지고 가난한 사람을 우롱하고 마지막 자존심까지 무참하게 짓밟은 것이다. 그의 범죄는 살인은 아니지만, 그래도 명예훼손 혹은 무고라는 이름으로 불릴 수 있는 꽤 악질적인 범죄다.

다행스럽게도 루진의 범죄는 성공하지 못한다. 같은 건물에 세 들어 사는 한 남자가 모든 것을 목격했기 때문에 결국 소냐의 무죄가 판명되고 루진은 협잡꾼임이 증명된다. 그 남자는 루진이 100루블짜리 지폐를 슬쩍 찔러 넣는 것을 보고 아무도 모르게, 즉 받는 사람조차도 모르게 선행을 하는 것이라고 오해했던 터라 분노에 차서 그의 행위를 폭로한다.

아수라장으로 끝난 추모연 이후 소냐의 계모 카테리나는 결국 발광하고 피를 토하며 비참하게 죽는다. 그동안 누적되어온 스트레스가 원인이었지만 루진이 꾸민 치사한 음모는 그녀의 파멸에 최종적인 방아쇠를 당긴 셈이다.

고상한 매춘과 아주 고상한 매춘

라스콜리니코프를 구원으로 인도하는 소냐는 매춘부다. 비평가들이 매우 정당하게도 "거룩한 창녀"라 불러온 그녀는 돈을 위해 몸을 판다. 당시 매춘부들이 대부분 그러했듯이 그녀도 매춘 이외에 돈을 벌 길이 없다. "선생 생각에 가난하고 순결한 아가씨가 정직한 노동으로 얼마나 벌 수 있으리라고 생각하십니까? 하루에 15코페이카입니다. 만일 특별한 재능도 없고 정직하기만 하다면, 그것마저도 벌기가 힘듭니다. 아무리 게으름을 피우지 않고 부지런히 일해도 말입니다."

소냐는 가난에 찌든 가족을 먹여 살리기 위해 거의 살신성인 수준의 매춘을 한다. 그녀를 구박하던 계모까지도 그녀의 살신

성인을 인정한다. "얘가 노란 딱지를 받았지만 그건 내 아이들이 굶어 죽어가니까 우리를 위해 자기 몸을 판 거란 말이야!"

소냐는 하급 관리 마르멜라도프의 전처소생으로 현재 처인 카테리나와 어린 의붓동생 세 명과 함께 빈민굴에서 살고 있다. 주정뱅이 마르멜라도프는 번번이 직장에서 쫓겨나 식구들은 아사 직전에 이른다. 계모는 그녀를 매음굴로 내몰아 돈을 벌어 오게 한다. 소냐는 "악한 폐병쟁이 계모와 남의 어린아이들, 그리고 쓸모없는 주정뱅이 아비"를 위해 몸을 판 것이다.

이 책에서 도스토옙스키는 '누구를 위해' 몸을 판다는 사실보다 이 '판다'는 사실에 더 초점을 맞춘다. 판다는 것은 곧 사는 사람이 있다는 이야기이고 사고파는 행위에는 반드시 돈이 개재한다.

소냐가 거룩한 창녀이고 그녀의 매춘이 고상한 매춘이라면 이 책에는 그 못지않게 고상한 매춘이 등장한다. 실제로 많은 인물이 항상 뭔가를 팔고 저당 잡힌다. '판다'는 점에서 등장인물들은 소냐의 분신이다.

라스콜리니코프의 여동생 두냐를 예로 들어보자. 그녀는 스비드리가일로프라는 시골 지주의 가정교사로 고용된 몸이다. 그 집의 가장인 스비드리가일로프가 그녀에게 치근대지만 그녀는 직장을 떠날 수 없다. 어머니는 1년에 120루블의 연금만으로 살아가고, 그녀가 사랑하고 존경하는 오빠 라스콜리니코프는 아르바이트 자리를 못 얻어 몇 달째 대학도 못 다니며 굶기를 밥 먹듯이 하고 있다.

게다가 그녀는 그 집에 가정교사로 들어가면서 매달 봉급에서 제하는 조건으로 미리 100루블을 받았기 때문에 그 빚을 다 갚기 전에는 그 집에서 나올 수가 없는 것이다. 그녀는 그 돈을 작년에 오빠 생활비로 부친 터라 수중에 한 푼도 없다. 그녀를 창조한 작가가 그러했듯이 그녀 역시 '선불'에 묶여버린 것이다.

스비드리가일로프 집의 추문이 어느 정도 해결되자 그녀는 형편없는 속물 루진과 덜컥 약혼해버린다. 똑똑하고 강인하고 사리 판단이 정확한 두냐가 루진 같은 남자의 본색을 몰랐을 리 없다. 그러나 그는 "장래가 보장된 믿을 만한 사람으로 직장을 두 군데나 가지고 있고 벌써 재산도 조금 모았다." 그는 "상트페테르부르크에서 법률사무소를 열 계획이며 장래의 매제인 라스콜니코프를, 특히 그가 법학부에 다니고 있으므로 동료로 삼을 가능성이 높다."

라스콜니코프는 두냐의 약혼을 이렇게 설명한다.

"루진 씨가 순금이나 순 다이아몬드로 된 인간이라 할지라도 너는 그의 합법적인 첩이 되지 않을 사람이다. (…) 자신을 위해서, 자신의 안락을 위해서, 아니 자신을 죽음에서 건지기 위해서라면 너는 자신을 팔지 않을 테지만, 다른 사람을 위해서는 판다는 거다! 바로 여기에 모든 이유가 있었던 거다. 오빠와 어머니를 위해 판다는 거다! 모든 것을 파는 것이다!"

라스콜리니코프에게 두냐는 소냐와 마찬가지로 매춘부다. "너, 알겠느냐, 두냐. 소냐의 운명이 루진 씨와 함께하는 너의 운명에 비해 더 추악할 것도 없다는 것을……."

아니, 두냐의 '매춘'은 어쩌면 소냐의 매춘보다 아주 조금 더 추한지도 모른다. 그것은 합법적인 결혼의 탈을 쓰고 있기 때문에 더 역겨운지도 모른다. 게다가 두냐는 결혼을 통한 약간의 개인적인 안락도 고려하고 있으므로, 엄밀히 따지자면 사느냐 죽느냐의 극빈 상태에서 매춘을 하는 소냐와 달리 거기에는 일종의 계산이 깔려 있는 셈이다.

이런 식으로 따지면 스비드리가일로프 또한 소냐나 두냐의 닮은꼴이다. 그도 돈을 위해 결혼하여 부유하고 늙은 부인의 합법적인 "기둥서방"이지 않았던가. 그리고 그가 약혼한 어린 소녀의 부모도 역시 딸을 팔아먹은 포주나 마찬가지 아닌가.

그러나 이 소설에서 가장 무시무시한, 그리고 가장 위험한 '매춘'은 라스콜리니코프의 매춘이다. 그가 파는 것은 물론 육체가 아니라 영혼이다. 그는 이론을 위해, '인류'를 위해, 그리고 소냐 같은 가난의 희생자들을 위해 영혼을 판다. 살인을 감행함으로써 그는 악의 힘에 자신의 모든 것을 던져버린 것이다.

라스콜리니코프는 돈을 구하기 위해 영혼을 팔았지만 자신이 무엇을 팔았는지조차 헤아리지 못한다. 그의 매춘은 어찌 보면 가장 고상한 매춘처럼 보인다. 적어도 그는 자신의 안락을 위해 영혼을 판 것은 아니기 때문이다. 그는 순결하고 정직하고 가난한 모든 이를 위해 해충이나 다름없는 노파를 죽여버린 것이다. 고결한 이상이 개재된 것처럼 보인다.

그러나 어쨌든 그는 오만한 살인범이다. 도스토옙스키는 라스콜리니코프의 아주 고상한 매춘이 전혀 고상하지 않다는 것을 보여주기 위해 노파 살인을 이중 살인으로 설정한다. 라스콜리니코프가 노파를 죽이러 들어갔을 때 우연히 노파의 백치 여동생이 들어와서 그 장면을 목격한다. 그는 잔인무도한 살인범답게 죄 없는 목격자까지 처참하게 도끼로 살해한다. 그녀는 라스콜리니코프가 살인의 빌미로 삼았던, 무수한 순결하고 가난하고 정직한 사람들 중 하나였는데도 말이다. 결국 그의 이념은 그럴싸하게 들리지만, 그 이념이 현실에서 실현된 모습은 푼돈에 영혼을 파는 행위나 다를 바 없다.

『죄와 벌』의 인물들은 끊임없이 사고판다. 싸구려 옷가지부터 노동과 육체와 정신과 영혼에 이르기까지 온갖 것들을 사고판다. 이 사고파는 행위의 끝은 어디인가. 인간은 이 피곤한 매매의 순환에서 벗어날 수 없는가. 거대도시 상트페테르부르크의 뒷골목은 매매의 그 지긋지긋한 순환을 보여주는 작은 지옥이다.

도스토옙스키가 라스콜리니코프로 하여금 매매의 고리에서

벗어나도록 마련해준 공간은 시베리아다. 시베리아에서 주인공은 돈을 매개로 하지 않는, 매매가 아닌 순수한 관계, 인간과 신의 의사소통에 눈뜨게 된다. 작가 자신이 그러했듯이 이곳에서 주인공은 신을 발견한다. 그러나 이건 다른 이야기다.

돈은 인간관계의 근원이다

도스토옙스키의 대인 관계는 돈을 빼면 존재하지 않는다. 앞에서 아버지에게 보낸 그의 편지들을 살펴보았지만, 아버지의 사망 이후 그의 인생에 등장하는 사람들은 예외 없이 돈을 매개로 그와 연결됐다. 형에게는 유형지에서 돈을 보내달라는 편지, 어떻게 하면 돈을 벌 수 있는가를 상의하는 편지, 여행 경비나 생계비 지출에 관한 편지를 보냈고, 아내에게는 도박장에서 빠져나올 수 있는 돈을 보내달라는 편지를 보냈으며, 모든 출판업자와 편집자들에게는 선불을 요구하는 편지를 보냈다. 지인들, 문우들은 물론이거니와 심지어 지독한 열정을 바쳤던 여인에게까지 그는 숙박비를 갚을 돈 몇 푼을 구걸했다. 형제자매들과는 유산 문제로 언성을 높였으며, 형의 유가족과 의붓아들하고는 용돈 및 생계비 지급 문제로 대화를 해야만 했다.

그의 인물들도 역시 돈을 매개로 관계를 맺는다. 『죄와 벌』을 비롯한 그의 장편 대작들은 정치적인 색채가 짙은 『악령』을 제외하면 모두 돈으로 포화되어 있다. 모든 등장인물은 돈으로 연결되며 돈을 통해 소통하고 돈 때문에 맺어진다. 돈 때문에 죽고 죽이고 자살하고 돈 때문에 알음알이를 트고 돈 때문에 미치고 돈 때문에 결혼한다.

돈이 얼마나 중요한 인간관계의 고리인지는 『죄와 벌』의 인물 관계를 보면 일목요연하게 드러난다.

- **라스콜리니코프 ↔ 전당포 노파** : 돈을 빼앗기 위해 전자가 후자를 죽인다.
- **라스콜리니코프 ↔ 소냐** : 전자가 전 재산을 털어 후자의 가족에게 준다.
- **라스콜리니코프 ↔ 라주미힌** : 후자가 돈 벌 거리(번역 거리)를 가져와서 우정이 재개된다.
- **라스콜리니코프 ↔ 두냐** : 두냐가 오빠에게 돈을 보낸다.
- **라스콜리니코프 ↔ 어머니** : 어머니가 아들에게 돈을 보낸다.
- **라스콜리니코프 ↔ 포르피리** : 전당포의 저당 목록이 계기가 되어 두 사람이 만난다.
- **두냐 ↔ 스비드리가일로프** : 선불 때문에 전자는 후자에 묶여 있고 나중에는 후자가 전자에게 큰돈을 제안한다.
- **두냐 ↔ 라주미힌** : 둘이 같이 출판사를 차려서 살기로 하고 결혼

한다.

- **두냐 ↔ 루진** : 돈을 전제로 약혼한다.
- **스비드리가일로프 ↔ 그의 아내** : 돈 때문에 결혼한다.
- **스비드리가일로프 ↔ 소냐** : 전자가 후자에게 많은 돈을 준다.
- **소냐 ↔ 루진** : 후자가 전자에게 돈을 준다.

이런 식의 관계는 도스토옙스키의 거의 모든 소설로 연장될 수 있다. 『백치』, 『미성년』, 『카라마조프가의 형제들』에는 이보다도 오히려 더 튼튼한 돈의 그물망이 쳐져 있다.

더욱이 각 인물들은 모두 돈의 액수로 그 성격이나 위상이 결정된다.[27] 어느 인물이건 인물 앞에는 연봉이나 월급이 얼마이며 얼마짜리 집에서 살며, 여성일 경우 지참금이 얼마이며 현재 가지고 있는 자산이 어느 정도이며 유언장에 기록된 유산의 액수는 얼마인지 등등이 반드시 꼬리표처럼 붙어 있다. 작가는 인물의 생김생김보다는 그의 호주머니 사정에 더 관심이 있어 보인다.

그러니 돈으로 결정된 인물들이 돈으로 연결되는 것은 당연한 일일 것이다. 그의 소설에서 돈으로부터 자유로운 인간관계는 존재하지 않는다. 돈을 제거하면 인간관계라는 것 자체가 성립되지 않는다. 이는 자본주의사회에서 돈이 수행하는 막강한 역할에 대한 첨예한 인식과 작가의 삶 자체가 결합된 결과라고 할 수 있을 것이다.

　복잡하게 얽히고설킨 인간관계의 끈인 돈을 현실에서 무시하거나 폄하할 수 없다. 이 점을 도스토옙스키는 누구보다도 절실하게 인식하고 있었다. 가슴 아픈 일이고 인정하기 싫은 일이지만 어쩔 수 없는 것이다. 그러나 그는 현실주의자인 동시에 이상주의자였다. 그는 돈이 지배하는 현실적인 관계를 그리는 한편 끊임없이 돈으로부터 자유로운 다른 관계를 꿈꾸었다. 돈이면 다 되는 세상을 그리는 한편 돈이 다가 될 수 없는 다른 세상을 꿈꾸었다. 그의 작품이 철저하게 이중적인 이유는 여기에 있다.

돈은 시간이다

　돈은 자유다, 돈은 평등이다, 돈은 힘이다, 뭐 다 괜찮다. 다 수긍이 간다. 다 알고 있던 이야기이기도 하다. 그런데 돈은 시간이다, 그러면 갑자기 차원이 달라진다. 물론 상당히 철학적으로 들리기도 하지만, 그보다도 직관적으로 본능적으로 무서워진다. 시간은 돈이라는 벤저민 프랭클린의 말은 그저 시간을 아껴 쓰라는 정도로 받아들이면 문제가 없다. 그러나 돈이 시간이라고 하면…… 생각을 좀 해봐야겠다. 어쩐지 오싹 소름이 끼친다.

　벤저민 프랭클린 이후 많은 사람이 그의 명제를 뒤집어서 논해왔다. 예를 들어, 조지 기싱은 이렇게 말한다. "돈은 시간이다. (…) 우리가 평생 하는 일이라는 것이 시간을 사고 또 사려고 노력하는 것 아니겠는가? 우리는 대부분 한 손으로는 그것을 거머쥐고 다른 한 손으로는 그것을 던져버린다."[28]

요헨 회리쉬의 책 『동전의 양면』은 아예 한 장을 '돈은 시간이다'라는 사실에 할애하고 있다. 그는 현대사회에서 돈과 시간의 상호 치환 가능성은 철학적이고 형이상학적인 고찰에 앞서 보험, 저당 등 실생활에서 자명하게 드러난다고 한다.[29]

실제로 우리가 버는 돈이 항상 시간 개념과 더불어 표현되는 것은 우연의 일치가 아닐 것이다. 시급이니 일당이니 월급이니 연봉이니 하는 것은, 시간은 돈으로 환산되고 또 돈은 시간으로 환산되는 단순한 산수를 보여준다.

카드 빚 때문에 자살하는 사람들이 사회문제로 부상한 지도 꽤 되었다. 카드 빚 자살은 '돈은 시간'이라는 명제를 극명하게 보여준다. 자살자는 돈을 당겨쓰고 생명의 시간을 스스로 마감한다. 당겨쓴 돈은 당겨쓴 시간인 셈이다.

돈과 시간을 동일한 것으로 만들어주는 요인은 둘 다 부족하다는 사실이다. 근대에 이르러 오랜 기간 지켜오던 터부가 제거되자 돈과 시간이 부족하게 되었다. 첫째, 신의 존재에 대한 의문과 짝을 이루는 영원한 삶에 대한 의문이 생겨났고 둘째, 인생의 시간을 노동과 노동 시간의 형태로 사고파는 일이 가능해졌다. 영생에 대한 비전을 더 이상 확신하지 못하는 삶은 삶의 시간이 무시무시하게 제한적임을 체험할 수밖에 없다. 더욱이 이 제한성은 삶은 오로지 근무시간의 판매를 통해서만 유지될 수 있다는 사실 때문에 더욱 극적으로 된다. 시간과 돈은 상호 치환될 수 있다. 그런 구조적 상황하에서는 둘 다 부족하기 때문에 돈의 부족은 시간의 부족과 균형을 이루고 시간의 부족은 돈의 부족과 균형을 이룬다.[30]

도스토옙스키도 돈과 시간의 동질성 혹은 상호 치환성을 일찌감치 파악했다. 레슬리 존슨은 『죄와 벌』에 관한 연구서에서 돈과 시간의 동질성을 정확하게 집어낸다. 모든 등장인물은 시간의 짐에 억눌리며 시간은 물건처럼 돈으로 매매된다는 것이 그녀의 요지인데, 특히 그녀는 가난이라고 하는 사회적·경제적 현상을 시간의 맥락에서 예리하게 파헤치고 있다.[31]

존슨의 주장을 요약하자면, 가난은 종말을 아주 가까이 느끼게 해준다. 가난으로 인해 누적되는 상실은 종국에 가서는 존재의 완벽한 소멸, 즉 죽음으로 이어지기 때문이다. 요컨대 자본주의사회에서 인간의 존재는 돈으로 결정되는 만큼 돈은 삶을 연장시키고 종말의 순간을 무한히 연기할 수 있다는 것이다.

단순히 오래 산다는 것의 문제가 아니라, 인간의 정체성과 과거에 대한 추억과 미래를 향한 희망은 모두 돈으로 결정된다. 가난하다는 것, 돈이 없다는 것은 그만큼 삶의 시간이 단축되는 것을 의미한다. 역으로 모든 것을 박탈당한 삶이 연장될 때 그것 또한 견딜 수 없이 무거운 짐이 될 수 있다. 그래서 극빈의 시간은 진정한 의미의 시간이 아니라 반反시간이다.

『죄와 벌』의 등장인물들은 이 극빈의 시간, 반시간에서 탈출하고자 처절하게 몸부림친다. 범죄는 그 몸부림의 또 다른 표출이다. 마르멜라도프 같은 인물은 음주에서 위안을 찾는다. 술을 마심으로써 반시간의 무게를 잊어버리려고 노력한다. 그리고 결국 그는 '돈 없는 시간'을 견디다 못해 스스로의 종말을 재촉한다.

라스콜리니코프는 살인을 저지르고 그의 어머니는 과거의 추억에 사로잡혀 현실을 망각하고 소냐는 매춘을 하고 소냐의 어머니는 정신착란 속에서 피를 토하며 죽는다. 이 처참한 에피소드들은 전부 결국 돈과 시간의 연결 관계를 단칼에 잘라내려는 모든 시도의 헛됨을 보여준다.

도스토옙스키는 빈부의 차이, 결핍, 상대적이고 절대적인 빈곤, 불평등, 소외, 박탈감…… 이런 사회문제들을 '돈 = 시간'이란 등식을 통해 어떤 사회 고발적인 소설들보다 훨씬 무섭고 무겁게 묘사한다.

회리쉬에 의하면 "인간은 비시간적인 돈을 위해 시간을 투자한다. 돈의 습득은 시간의 상실을 보충한다. 돈은 과거와 흘러가

는 시간을 누적한다. 돈은 거의 영원하다."³²

회리쉬는 좀 어렵게 설명하고 있지만 그의 요지는 단순 명쾌하다. 돈은 거의 영원하다……. 얼마나 무서운 말인가. 이것을 바꿔 말하면 사람들은 돈으로 거의 영원한 시간을 살 수 있다는 이야기다. 우리가 흔히 말하는 '영생'이 '돈 = 시간' 등식에 따르면 무한히 연장되는 시간으로 변형된다.

도스토옙스키의 인물들은 한편에서는 이 무한히 계속되는 시간을 사려고 발버둥 치고, 또 다른 한편에서는 시간의 지속에 종지부를 찍으려고 발버둥 친다.

무한히 계속되는 시간. 무한히 살아남는 돈과 무한히 연장되는 인간의 삶. 둘 다 끔찍하다. 영생이라는 것이 끝나지 않는 삶으로 번역되는 이 끔찍한 세상에 대고 무슨 말을 할 수 있을까.

이런 세상에 대고 말할 수 있는 것은 성서밖에 없는지도 모른다.『죄와 벌』의 핵심적인 메시지는 사실상 소냐가 라스콜리니코프에게 읽어주는 '나자로의 부활(『요한의 복음서』)' 부분에 압축되어 있다. "나는 부활이요 생명이니 나를 믿는 사람은 죽더라도 살겠고 또 살아서 믿는 사람은 영원히 죽지 않을 것이다. 너는 이것을 믿느냐?"

도스토옙스키는 이것을 믿었다.

그는 열광적인 신앙으로써 이 모든 돈의 위력과 돈의 압도적인 특성에도 불구하고 돈은 시간이 아니고, 영생은 무한히 연장되는 삶이 아니며, 영생을 돈으로 구매할 수는 없다는 것을 선언하고 싶었던 것 같다.

돈이 있어야 천당도 간다

도끼에 맞아 비참하게 죽는 노파의 직업이 다름 아닌 전당포 주인이라는 것은 도스토옙스키의 삶을 조금은 반영하는 것이 아닐까 하는 생각이 든다. 그의 경우 작가의 삶과 소설, 문학과 현실은 매우 긴밀하고도 절묘하게 뒤얽혀 있다.

도스토옙스키와 전당포 주인의 관계는 길고도 참혹한 것이었다. 그는 너무도 자주 전당포 문지방을 넘어야 했고 너무도 많은 물건을 저당 잡혀야 했다. 외투며 시계며 은수저며, 좌우간 닥치는 대로 저당을 잡히면서 살았다. 특히 도박장에서는 거의 전당포에 출근을 하다시피하며 살았다. 그럴 때마다 그는 전당포 주인의 인색함에 대해 분통을 터뜨렸다.

"독일인들이 얼마나 비열한지 당신은 상상하지 못할 거요. 그 시계점 주인은 가느다란 줄이 달린 나의 시계를 보더니(적어도 125루블은 족히 나갈 것이오) 고작 65굴덴, 즉 43탈러, 다시 말해서 거의 두 배 반이나 더 적은 돈을 내주는 것이었소."33

도박으로 가진 돈을 다 탕진하여 편지로 돈을 보내달라고 읍소하는 마당에, 그래도 전당포 주인의 인색함을 국민성과 결부해서 개탄할 마음의 여유가 있었다는 것이 그저 놀라울 따름이다. 아무튼 『죄와 벌』에 그려지는 사악한 전당포 노파는 그동안 그가 이 세상 모든 전당포 주인에게 품었던 악의를 반영하는 것이 아닐까.

『죄와 벌』의 모든 인물은 어떤 식으로든 전당포와 연관된다. 그들은 시계를 저당 잡히고, 삶을 저당 잡히고, 시간을 저당 잡힌다. 전당포는 인물들의 삶을 옭죄고 갉아먹고 마침내 인물들을 비극적인 파멸로 이끌어가는 무자비한 힘의 대명사라 할 수 있다.

전당포 노파는 돈의 무시무시한 위력을 선포하는 데 고수의 경지에 오른 인물이다. 그녀는 모 관리의 과부로 막대한 부를 축적해놓았으며, 물건 값의 4분의 1밖에 안 빌려주면서 이자는 한 달에 5부에서 7부까지 받는 지독한 고리대금업자로 악명이 자자하다. 노파에게 딸린 혈육이라고는 리자베타라는 배다른 여동생 하나뿐인데, 백치에 가까운 그녀는 언니한테 얹혀살면서 간신히 끼니를 해결한다. 노파는 극도의 내핍 생활을 하며 돈을 모으고 있으며, 백치 여동생을 노예처럼 가혹하게 부려먹으면서도 월급 한 푼 주지 않는다. 요컨대 그녀에게는 돈 들어갈 일이 거의 없는 셈이다.

문제: 그러면 노파는 그 많은 돈을 다 어디다 쓸 셈인가?

답: "노파는 이미 유언장을 작성해놓았고, 그 유언장에 따르면 리자베타는 가재도구나 의자 같은 것들 외에는 단 한 푼도 받을 수 없으며 리자베타도 그 사실을 알고 있다는 것이다. 노파의 돈은 N주에 있는 어떤 수도원에 사후의 추도 비용을 위해 기부되도록 결정되어 있다."

결국 노파에게 돈은 자신이 죽은 뒤 천국에 가는 비용인 셈이다. 그녀에게 돈은 이승에서의 삶에 아무런 의미도 지니지 않는다. 저당물을 가져오는 사람들의 온갖 저주와 불평은 죽은 뒤 천국에 가려는 그녀의 야심 찬 희망을 결코 제어할 수 없다. 그녀에게 천국은 이승에서의 삶의 그 모든 절제와 내핍과 자신 및 타인의 고통을 상쇄해준다.

어떻게 보면 그녀는 번뇌스러운 삶을 초월한 것 같기도 하다. 이 바싹 마른 수전노 노파, 누더기를 걸친 채 돈을 깔고 앉아 있는 노파의 작고 교활한 눈은 저 멀리 피안을 향해 고정되어 있다는 말이다! 엽기적인 초연함 아닌가. 그녀에게 돈은 그저 보고만 있어도 좋은 어떤 것, 자유를 보장해주는 힘을 뛰어넘어 인간 영혼이 갈구하는 최고의 상태, 즉 영원한 천국을 가능케 해주는 초월적인 힘인 것이다.

사람들이 돈을 갈구하는 이유는 대충 세 가지로 나누어 생각할 수 있다.

첫째는 스스로 돈의 힘을 느끼고 돈을 쓰고 즐기고 과시하기 위해서다.

둘째는 자손들에게 물려주기 위해서다.

셋째는 영원한 삶을 얻기 위해서다.

그중 세 번째가 가장 높은 단계의 치부인데, 전당포 노파는 이 단계에 올라서 있는 것이다. 그것은 어쩌면 사회에 환원하는 행위보다도 한 수 위인 것처럼 보인다. 유산 상속, 사회 환원, 이 모든 것은 어쨌든 인간이 만든 세상을 전제로 한다. 그러나 수도 원에 모든 돈을 기부하여 그 대가로 수도사들의 끊임없는 기도 를 받고 그리하여 천국에 들어선다면, 그것이야말로 돈의 힘이 도달할 수 있는 최고의 경지가 아닐까. 돈으로 하느님의 마음을 산다는 것이다!

그러나 노파의 행위는 레슬리 존슨의 지적처럼 "타인의 삶" 과 타인의 시간을 잡아먹는 행위에 다름 아니다. 그녀는 타인이 저당 잡힌 시간을 모아서 자신만을 위한 영원을 사려고 하는 것 이다.[34] 타인의 시간, 타인의 과거가 묻어 있는 저당물을 담보로 잡고 지독한 고리로 돈을 빌려줌으로써 그녀는 가난한 타인의 미래까지도 집어삼킨다. 한마디로 가난한 사람들의 시간을 잡 아먹고 사는 괴물인 것이다.

돈으로 천국을 보장받는 것은 어제오늘의 일이 아니다. 중세의 면죄부는 그 대표적인 예라 할 수 있다. 그러나 도스토옙스키가 뒤늦게 이 말도 안 되는 면죄부를 비난하기 위해『죄와 벌』에서 천국행 입장권을 이야기하는 것은 아니다. 그는 다만 보이지 않는 리얼리티까지 파고드는 돈의 무서운 위력을 끝까지 탐구하고 있을 뿐이다.

사실상 노파를 살해하는 라스콜리니코프도 이 돈의 힘에서 제외되지 않는다.『죄와 벌』의 아주 사소한 에피소드는 돈으로 천국행 입장권을 산다는 점에서 라스콜리니코프와 노파가 닮은 꼴임을 은밀하게 암시한다.

라스콜리니코프는 우연히 술집에서 알게 된 하급 관리 마르멜라도프가 마차에 치여 비참하게 죽자 유가족에게 어머니가 보내준 피 같은 돈, 자신의 전 재산에 해당하는 25루블을 그 자리에서 아낌없이 주어버린다. 마르멜라도프의 어린 딸 폴랴가 뒤쫓아 와서 감동과 감사의 마음을 표현하자 그는 "돈을 준 대가"로 기도를 부탁한다.

"폴랴, 나는 로지온이라고 한단다. 언제든 나를 위해서도 기도해다오. '당신의 종인 로지온도 용서하소서'라고. 더 이상은 필요 없어."
"제가 평생토록 아저씨를 위해 기도할게요."

라스콜리니코프의 어머니도 마찬가지다. 그녀는 자기 딸이 가정교사로 일하던 집의 부인이 죽으면서 3,000루블이나 되는 거액을 딸에게 유산으로 남겼다는 이야기를 듣고는 즉각적으로 "기도"를 제안한다.

> "영원히, 영원히 그녀를 위해 기도할 테다! 그 3,000루블이 없었다면 지금 우리는 어떻게 되었겠느냐. 두냐! 주여, 마치 하늘에서 내려온 돈 같구나! 아, 로쟈, 아침까지만 해도 우리에게 남은 돈은 단돈 3루블밖에 되지 않았단다."

죽은 부인이 의식적으로 기도를 받기 위해 돈을 남기지는 않았을 것이다. 그리고 라스콜리니코프의 어머니처럼 신앙심이 깊은 여자가 의식적으로 돈과 영원한 기도를 등가로 놓지는 않았을 것이다. 문제는 라스콜리니코프도, 그의 어머니도 모두 무의식중에 돈의 위력에 압도되어 있다는 사실이다.

이 소설은 러시아가 자본주의사회로 변해가는 과정이 고도로 가속화되고 있던 시절에 쓰였다. 이제 사회, 가족, 개인은 어떤 시기보다 더 절실하게 돈을 필요로 했다. 돈이 없으면 모든 것이 붕괴됐다. 영원한 삶, 천국, 영혼의 평화 같은 정신적인 것들까지도 이제 완전히 돈으로 매매되는 상품으로 변모했다. 이것이야말로 도스토옙스키가 우려하는 돈의 사회적·경제적 특성이었다.

처절한 소비

고골은 『친구와의 서신 교환선』이라는 아주 이상한 책에서 가난한 사람에게 생긴 돈에 관해 이야기한다. 고골의 책에 쓰인 온갖 불쾌하고 짜증스러운 내용은 일단 접어두고, 그의 주장에서 요지만 골라보면 사실상 어느 정도 일리가 있다. 그는 가난한 사람(여기서는 재난을 당해 모든 것을 상실한 사람, 극빈자)에게 도움 혹은 일정액의 돈이 주어질 경우 발생할 수 있는 극단적인 상황을 지적한다.

"도움의 액수는 상실의 액수에 버금가는 적이 거의 없습니다. 대체로 의연금은 잃은 것의 절반 혹은 4분의 1 정도이며, 때로는 그보다 더 적을 수도 있습니다. 러시아인은 어떤 극단적인 일도 다 할 수 있습니다. 얼마 안 되는 원조금으로는 도저히 이전과 같은 생활을 지탱할 수 없다는 것을 깨닫는 순간, 그는 너무도 슬픈 나머지 한동안 먹고살라고 준 돈을 한꺼번에 몽땅 탕진해버릴 수도 있습니다. 바로 그렇기 때문에 당신은 그 사람에게, 당신이 준 바로 그 의연금으로 어떻게 난관을 극복해야 하는가를 보여주고 재앙의 진정한 의미를 설명해주어야 합니다. 그러면 그 사람은 재앙이 자기 자신에게 닥쳤기 때문에 이전의 생활 방식을 바꿔야 한다는 사실, 또 이제는 옛날의 자기가 아닌, 물질적으로나 정신적으로

나 전혀 새로운 사람이 되었다는 사실 등을 깨닫게 될 것입니다."

방금 고골의 책이 이상한 책이라고 했는데 독자는 이제 그 이유를 알 수 있을 것이다. 극빈자에게 돈 몇 푼 쥐여주며 재앙의 진정한 의미를 설명해주고 어떻게 난관을 극복해야 하는지에 관해 일장 연설까지 한다는 것은 정말이지 생각만 해도 싫다. 고골이 이 책을 쓰고 나서 여론의 몰매를 맞아 만신창이가 된 것은 당연한 일이다.

그런데 여기서 한 가지 새겨둘 점은 극빈자가 약간의 돈을 손에 쥐게 될 경우 십중팔구 그 돈은 날아가버린다는 점이다. 극빈에서 완전히 헤어날 수 없는 돈은 오히려 극빈자의 절망을 자극한다. 아마도 이런 식의 절망은 도스토옙스키 자신이 살면서 수없이 겪어보았을 것이다. 실제로 그는 절체절명의 상황에서 돈이 몇 푼 들어올 경우 그것을 모으거나 불리는 대신 즉시 다 써버리곤 했다.

극빈 상태에 이르면 모든 판단력이 마비된다.

극빈자 마르멜라도프는 말한다.

"가난이 죄가 아니라는 말은 진실입니다. (…) 그러나 빌어먹어야 할 정도의 가난은, 존경하는 선생, 그런 극빈은 죄악입니다. 그저 가난하다면 타고난 고결한 성품은 그래도 지킬 수 있습니다. 그러나 극빈 상태에 이르면 어느 누구도 결단코 그럴 수 없지요. 누군가 극빈 상태에 이르면 그를 몽둥이로도 쫓아내지 않습니다. 아예 빗자루로 인간이라는 무리에서 쓸어 내버리지요. 그렇게 함으로써 더 모욕을 느끼라고 말입니다. 잘하는 일입니다. 극빈 상태에 이르면 자기가 먼저 자신을 모욕하려 드니까요.”

자신의 빈곤을 정확하게 분석하는, 이 가난한 하급 관리 마르멜라도프는 라스콜리니코프를 선술집에서 만나는 시점에 자신이 왜 그런 상태에 놓이게 되었는가를 설명하는데, 완전히 한 푼도 없는 상태가 아닌 약간의 돈이 생긴 상태에서 모든 것을 망쳐버렸노라고 고백한다.

오랜 실직 기간 끝에 그는 다시 관청에 출근하게 된다. 아내의 기쁨과 자부심은 거의 하늘을 찌를 듯하고, 그는 아내의 ‘사랑’과 ‘존경’을 다시 받게 된다. 마침내 첫 월급날, 그는 월급 23루블 4코페이카를 한 푼도 쓰지 않고 고스란히 아내에게 가져다준다. 아내는 기쁨에 겨워 그를 “귀염둥이 양반”이라고 부르기까지 했다. 그의 구겨진 생애에 찾아온 천국 같은 날이었다. 그는 앞으로 안정을 찾고 처자에게 옷과 음식을 제공해줄 생각에 뿌듯한 미래를 계획하기까지 했다.

그런데 하필이면 바로 그 다음 날, 그는 아내가 트렁크 속에 고이 모셔둔 월급을 몽땅 훔쳐 가지고는 집을 나와 한 푼도 남김

없이 다 마셔버렸다. 아내가 마련해준 제복까지 넝마와 바꾸어 마셔버렸다. 돈도 옷도 양심도 꿈도 모두 다 마셔버린 것이다.

왜 하필이면 월급을 받은 시점에서 그랬을까? 만일 그에게 수천 루블이 생겼더라면 그는 필경 한 방울도 안 마셨을 것이다. 그러니 월급의 액수가 문제는 아니었을까? 간신히 입에 풀칠이나마 할 수 있는 돈, 그 쥐꼬리만 한 월급은 그의 종말을 앞당기게 하는 기폭제가 아니었을까? 어차피 그 돈으로는 망가진 인생을 고칠 수 없으니 그냥 확 다 써버리고 죽어버리자, 이것이 그의 내면에 자리 잡은 생각이 아니었을까.

그의 부인 역시 이와 유사한 소비 행태를 보여준다.

그녀는 마르멜라도프의 경우와 짝을 이루며 돈에 '원수를 갚는' 행위의 그 처절함과 절박함과 무모함을 보여준다.

그녀는 남편, 그것도 딱히 사랑했다고 할 수도 없는 남편이 마차에 치여 죽자 성대한 추모연을 생각해낸다. 내레이터는 그녀의 추모연 계획을 이렇게 설명한다.

도대체 어떤 이유에서 카테리나 이바노브나의 혼란스러운 머릿속에 이 무모한 추모연에 대한 구상이 떠올랐는지 정확히 설명한다는 것은 어려운 일일 것이다. 사실 그 때문에 라스콜리니코프가 마르멜라도프의 장례식 명목으로 준 20루블 남짓한 돈 중에서 거의 10루블이 사용됐던 것이다. (…) 여기에는 가난한 사람들 특유의 자존심이 개입했는지도 모를 일이었다. 이 자존심 때문에 수많은 가난한 사람들은 오직 '남에게 뒤지지 않기' 위해서, 그리고 어떻게든 남들의 '손가락질을 받지 않겠다는' 일념하에, 살아가는 동안 누구나 의무적으로 행하는 몇몇 사회적인 의식에 마지막 힘을 모아 여태껏 모아두었던 마지막 한 닢까지도 다 탕진해버리는 것이다. 카테리나 이바노브나는 세상 모든 이로부터 버림받는 것만 같은 그 순간에, 바로 그 상황에서 이 '형편없고 환멸스러운 세입자들 모두에게' 자기가 '훌륭한 삶의 방식도 알고 있고, 손님을 대접할 줄도 알 뿐 아니라' 절대 이런 운명을 따라 살도록 양육받지 않았으며, '고결하고 어쩌면 귀족이라 할 수 있는 대령의 가정에서' 자라나, 자기 손으로 마루를 닦고 밤마다 아이들의 걸레 같은 옷을 빨며 살 신세가 아니었음을 보여주고 싶었다는 것이 더 타당한 해석일지 모른다. 이런 자존심과 허영심의 발작은 때로 몹시 가난하고 짓밟힌 사람들에게도 찾아들어, 자칫 주체할 수 없을 정도의 초조한 욕구로 변하기 마련이다.

이런 것은 '낭비', 아니 '소비'라는 이름으로조차 부를 수 없다. 가난이 극한에 이르면 이미 돈의 가치 자체가 희미해진다. 돈 때문에 벼랑 끝에 몰린 인간은 돈에 한을 풀고 생을 마감하는 것인지도 모른다. 처절한 소비는 옹색한 절약보다 보는 이를 더욱 가슴 아프게 한다.

죽음을 재촉한 유산

흔히 '소설 같은 삶'이라고 말을 한다. 그런데 실제로 삶이 문학을 모방하는 사례가 종종 있다. 이를테면, 러시아 시인 중에 미하일 레르몬토프라는 시인이 있는데 그는 「꿈」이라는 시에서 주인공이 총알을 맞고 골짜기에서 쓸쓸히 죽어가는 모습을 그렸다. 그런데 그 자신도 얼마 안 있다가 시와 비슷한 상황에서 총을 맞고 골짜기에서 죽어버렸다.

이보다는 덜 섬뜩하지만 도스토옙스키의 삶에서도 현실이 소설을 모방하는 사례가 발견되는데, 이 사건의 주인공은 돈 많은 이모 쿠마니나 할머니다.

도스토옙스키의 대모이기도 한 쿠마니나 할머니는 유복한 상인 가문에 시집을 가서 상당한 재산가로 알려지게 되었다. 도스토옙스키의 부모가 사망하자 그녀는 그의 어린 동생들의 후견인을 자청하고 나서서 물심양면으로 돌봐주었다. 일부 전기 작가들은 그녀가 인색했다고 하지만, 도스토옙스키와 관련된 사람치고 그의 입장에서 노랑이가 아니었던 사람은 없다는 사실을 감안할 필요가 있을 것이다.

실제로 쿠마니나 이모는 조카들이 돈을 부탁할 때면 거액을 선뜻 내주곤 했다. 일례로 도스토옙스키 형제가 잡지사를 운영하며 부채에 시달릴 때 잡지사를 살리겠다고 돈을 부탁하자 형제에게 각각 1만 루블씩 융자 형식으로, 그러나 빌려주는 사람이나 빌리는 사람이나 갚는다는 것은 생각지도 않는 형식으로 주었다. 이 돈은 몽땅 잡지사에 들어가 공중분해 됐다.

그런데 1869년에 도스토옙스키 부부가 드레스덴에 체류할 때 이 할머니가 돌아가셨다는 소식이 들려왔다. 그리고 할머니의 유산 중 막대한 액수가 수도원에 기탁되기로 유언장에 쓰여 있다는 전갈도 함께 왔다. 어쩐 일인지 할머니는 『죄와 벌』에 나오는 전당포 노파의 별로 달갑지 않은 전철을 밟고 있었던 것이다!

유언 집행을 맡은 변호사는 평소에 도스토옙스키를 존경하던 사람이었다. 그는 도스토옙스키의 곤궁을 익히 알고 있던 터라 그를 도와주려는 갸륵한 마음에서 할머니가 말년에 망령이 들어 그런 유언을 했으므로 유언 무효 소송을 하면 그 돈을 되찾아 상속인들이 나누어 가질 수 있다고 귀띔해주었다.

도스토옙스키의 심경은 매우 복잡했다. 합법적으로 상당한 액수의 돈을 얻을 수 있는 기회가 왔다. 그러나 만의 하나 할머니의 진짜 소망이 수도원에 기탁하는 거라면 어쩔 것인가. 그래서 그는 이러지도 못하고 저러지도 못하면서 아리송한 대답을, 그러니까 가정법을 써가며 아주 에둘러서, 만일 할머니가 정말로 노망이 든 상태였다면 소송의 가능성을 배제하지 않지 않을 수 없다, 뭐 그런 식의 대답을 한 것으로 알려졌다.

그런데 얼마 후 할머니의 사망 소식이 허위였다는 전갈이 다시 왔다. 『도박꾼』에서 장군이 할머니가 죽기를 고대하고 있었는데 할머니가 살아서 도박장에 나타난 것과 어쩌면 이리도 유사한가!

할머니는 실제로 1871년에 세상을 하직했다. 그동안 도스토옙스키는 심기가 매우 불편했다. 만일 할머니가 상속인이 유언 무효 소송의 가능성을 타진하고 있었다는 것을 알게 되면 괘씸한 생각에서 상속 자격을 박탈하지 않을까 두려웠을 것이다. 도스토옙스키는 이때의 체험을 상속인이 피상속인을 금치산자로 몰아가려는 음모를 꾸미는 에피소드로 변형해서 『미성년』에 도입한다.

그런데 이 유산 문제는 매우 복잡하게 얽혀 있어 도스토옙스키가 사망할 때까지도 깨끗하게 해결되지 않았다. 거기에는 뭔가 엄청난 저주가 도사리고 있었다는 생각까지 든다. 사실상 이 유산 때문에 도스토옙스키는 제명에 못 죽은 것 같기도 하다.

쿠마니나는 사망하면서 대부분의 재산을 남편 쪽 자손들에게 물려주었지만, 랴잔 지방에 있는 광대한 토지는 도스토옙스키가의 자손들에게 남겨놓았다. 도스토옙스키가 받을 것은 약 2,000만 평방미터로, 철로에서 멀리 떨어진 그 땅의 가치는 대단치 않았다고 전해지지만 그는 찬밥, 더운밥 가릴 처지가 아니었다.

문제는 도스토옙스키가의 자손들이 그 땅을 온전히 자기 소

유로 하기 위해서는 여러 가지 서류와 서명과 쌍방 합의 기타 등
등 밟아야 할 절차가 무한정이었다는 점이다. 이 과정은 도스토
옙스키가 사망할 때까지도 마무리되지 않았다.

그런데 당시 러시아 상속법에 의하면 딸들은 부동산의 14분
의 1만 상속할 수 있었다. 그러니까 그의 누이들, 베라, 바르바
라, 알렉산드라의 지분은 아주 적었다는 이야기다. 그러나 이 누
이동생들은 유복한 편이었기 때문에 유산 지분에 집착할 필요
가 전혀 없었다.

도스토옙스키가 사망하기 며칠 전에 일어난 일들을 기술하
는 전기는 저마다 조금씩 다르다. 부인의 회고록도 이 부분을 두
루뭉술하게 기술하는데, 아마도 가장 정확한 것은 딸 류보피가
1922년에 쓴 전기가 아닌가 생각된다.

앞에서도 잠깐 언급했듯이 류보피의 전기는 가장 설득력이
떨어지는 자료 중 하나로 간주된다. 하기야 가족이 쓴 전기나 위
인 자신이 쓴 자서전을 문자 그대로 믿는 독자가 어디 있겠는가.
그러나 이 부분만큼은 딸의 전기가 사실을 재구성하는 데 결정
적인 도움을 준다는 것이 일반적인 생각이다.

1881년이 되면 도스토옙스키는 어느 정도 빚 걱정에서 해방
된 삶을 살게 된다. 물론 돈이 부족하지만 이전처럼 그렇게 절박
한 처지는 아니라는 이야기다. 그러나 이때는 도스토옙스키가
비로소 진지하게 아내와 자식들의 앞날을 걱정하기 시작한 때

이기도 하다. 그는 땅만이 영원한 것임을, 부동산은 반드시 있어야 함을 역설하면서 자산 증식에 지대한 관심을 보이기 시작했다. 그 나이에 비로소 철이 들기 시작한 것이다.

어쨌든 살 만한 상태가 되었어도 그는 여전히 돈을 필요로 했고 선불을 요구했다. 그는 사망하기 사흘 전에도 편집자에게 보낸 편지에서 "심오한 존경"과 "진실하고 완전한 충절"을 다짐하면서 선불로 4,000루블을 받을 수 있도록 선처해달라고 간곡하게 부탁했다. 그는 정말로 초지일관 선불을 요구하면서 눈을 감았던 것이다.

공교롭게도 이 편지를 쓴 날인 1월 26일에 누이들의 대표로 베라가 도스토옙스키가를 방문한다. 그녀는 도스토옙스키가 1844년에 아버지 유산을 돈을 다 받고 상속자 명부에서 완전히 제외된 마당에 다시 쿠마니나 이모의 상속자 대열에 끼는 것은 부당하다면서 상속권을 포기하라고 종용했다.

그녀는 오빠에게 마구 대들며 엉엉 울기까지 했다. 처자식을 위해 이제부터는 돈을 모아야겠다고 작심한 도스토옙스키는 억장이 무너졌다. 그는 너무나 울화가 터져 완전히 이성을 잃고 자기 방으로 들어가버렸다. 그리고 얼마 후 그는 피를 토했는데, 이것이 그를 죽음으로 몰아간 폐출혈의 시작이었다. 이틀 후인 1월 28일에 그는 세상을 하직했다.

도스토옙스키가 중병의 기미를 보인 것은 오래전부터이고

실제로 그는 폐가 나빠서 몇 차례 해외로 치료하러 가기까지 했으니, 그의 죽음은 병사라고 해야 마땅하다. 급성 폐출혈에 기여한 인자는 그 밖에도 여러 가지가 있다. 안나 부인은 회고록에서 남편이 무거운 책꽂이를 옮기다가 그랬다고도 하고, 다른 전기 작가들은 옆집에서 일어난 체포 사건이 그에게 스트레스를 주었을 것이라고도 한다. 그러나 정황으로 미루어볼 때 누이동생과 벌인 상속 논쟁이 도스토옙스키의 죽음을 결정적으로 재촉했다는 것은 부인하기 어렵다.

평생 돈 이야기만 하며 살다가 결국 돈 문제로 싸우다 죽다니……

6장

돈이
정말 원수인가

『백 치』

FYODOR MIKHAILOVICH DOSTOEVSKY

돈과 안락에 초연한 사람은
잃을 것이 없으므로 겁날 것도 없다.
돈과 안락에 길들여진 사람은
겁에 질려 자유를 달라고 애걸복걸한다.
'돈은 자유'라는 공식이 여기서 뒤집힌다.

FYODOR MIKHAILOVICH DOSTOEVSKY

『백치』 줄거리

주인공 미슈킨 공작은 간질병을 앓고 있는 일종의 '백치'로 고결하고 순수하고 어린아이처럼 순진한 인물이다. 어느 날 스위스에서 상트페테르부르크로 돌아온 그는 나스타샤라는 여인을 알게 되면서 추악하고 복잡한 인간관계의 소용돌이에 휘말리게 된다.

나스타샤는 부유한 중년 사내 토츠키의 정부인데, 토츠키는 예판친의 딸과 결혼하기 위해 그녀를 떨쳐버리고 싶어 하고, 예판친의 비서인 가냐는 지참금 때문에 그녀와 결혼하고 싶어 하고, 상인 가문의 자제인 로고진은 지옥 같은 정욕 때문에 그녀와 결혼하고 싶어 한다. 미슈킨 공작은 그녀의 영혼을 구원하려고 하지만, 나스타샤는 치욕스러운 과거에 대한 수치심과 복수심 때문에 구원과 파멸의 갈림길에서 오락가락한다.

　여기에 예판친의 딸 아글라야가 미슈킨 공작을 사랑하면서 복잡한 사각 관계의 양상을 띠게 되지만, 결국 아무런 결말도 없이 등장인물 모두가 파멸하는 것으로 소설은 끝난다. 가장 아름답고 순결한 인간 미슈킨은 이 타락한 세상을 구원하고 변화시키려 하지만 그의 모든 노력은 수포로 돌아간다. 정념의 화신 로고진은 나스타샤를 살해한 후 정신착란증에 걸려 시베리아로 유배되고, 미슈킨 공작은 완벽한 백치가 되어 스위스로 돌아가며, 아글라야는 폴란드 사기꾼과 결혼한다.

'이 세상에서 가장 아름다운 인간'과 돈

　도스토옙스키는 빚쟁이를 피해 두 번째 부인과 해외에 체류하던 시절에 『백치』를 구상하고 집필했다. 『죄와 벌』의 집필 시기에 무척 궁핍했다는 이야기는 했지만 사실 『백치』를 집필할 때도 만만치 않게 어려웠다. 아니, 어떻게 보면 더 어려웠다. 조셉 프랭크의 이야기를 들어보자.

　도스토옙스키의 가장 절박한 문제는 언제나 그랬듯이 재정적인 것이었다. 그는 혹시라도 도움을 줄 만한 모든 사람에게 편지를 썼다. 마이코프는 125루블을 보내주었다. 도스토옙스키는 1840년대부터 알고 지내던 오랜 지인 스테판 야노프스키 의사에게도 호소했다. 언젠가 그 친절하고 부유한 의사가 그에게 정 어려운 처지에 놓이거든 자기한테 연락하라고 했던 말을 상기시키면서, 도스토옙스키는 안나 부인의 임신을 포함하여 현재 상황의 모든 곤란함을 설명하면서 75루블 혹은 정 안 되면 50루블이라도 빌려달라고 요청했다.[35]

이 시기 안나 부인의 일기를 보면 두 부부가 얼마나 생활고에 시달렸는지를 알 수 있다. 안나 부인은 유럽의 물가를 세밀한 부분까지 자세하게 기록하고 있는데 산딸기 값이 얼마, 커피 값이 얼마, 비누 값이 얼마, 이런 식이다. 또 시도 때도 없이 물건을 저당 잡혀야만 할 때 그녀가 자신이 아끼던 옷이며 장신구와 헤어지는 것을 얼마나 싫어했는지, 지인들에게서 오기로 한 돈을 기다리며 얼마나 속을 끓였는지 등등이 기록되어 있다.

게다가 도스토옙스키가 셋집에서 어쩌다가 담뱃불로 이불에 구멍을 냈을 때 그것을 물어낼 돈이 없던 부부가 집주인이 그 이불을 보지 못하도록 숨기려고 얼마나 애썼는지 같은 아주 사소한 일들도 죄다 기록되어 있다. 이 대목은 위대한 중년 작가의 이미지와 너무도 어울리지 않아 쓴웃음이 나올 정도다.

그토록 철학적이고 그토록 심오하고 그토록 복잡한 소설, "아름다움이 세상을 구원하리라"라는 명언이 수록되어 있는 저 수

수께끼 같은 소설은 비누 값과 구멍 뚫린 이불과 전당포 영수증이 민망스럽게 소용돌이치는 와중에 도스토옙스키의 머릿속에서 탄생했다.

한편 이 시기에 도스토옙스키의 고통은 돈 문제에 그치지 않았다. 그들이 제네바에 머무를 때인 1868년 2월 22일 태어난 첫딸 소냐가 세 달 만에 감기로 사망했다. 그의 비통함은 어떤 문학적 표현으로도 묘사하기 어렵다. 그는 선불 때문에 써야 하는 『백치』의 집필까지 중단한 채 서럽게 울었다. 그가 절규하면서 마이코프에게 보낸 편지는 눈물 없이 읽을 수 없다. 그들은 아이의 죽음과 연결된 제네바를 영원히 뒤로하고 밀라노, 피렌체 등지를 떠돌았다. 피렌체에서 『백치』는 17개월 만에 완성됐다. 제1부는 열렬한 반응을 얻었지만 나머지 부분들은 냉대를 받았다.

『백치』는 가장 아름다운 인간, 가장 완벽한 인간을 그리는 데 목적이 있었다. 주인공 미슈킨 공작은 간질병 환자에다 백치인데, 작가의 구상에 따르면 그리스도와 닮은 지상의 존재로 타락한 세상을 구원하려 하지만 결국 실패하는 인물이다.

그런데 이 소설에서도 돈은 인간 세상을 묘사하는 데 가장 중요한 인자로 등장한다. 소설의 배경이 되는 1860년대 후반의 러시아 대도시는 농노 해방 이후 급격한 사회적·경제적 변화를 겪고 있었다. 거액의 돈이 뭉텅이로 오가고, 소위 사업가라는 사람들이 우후죽순처럼 마구 솟아났으며, 증권거래소는 졸부와 파산자를 쏟아냈고, 빈부의 격차는 더욱더 심해졌다. 바야흐로 경제적인 대혼란기가 시작되고 있었다.

도스토옙스키는 이렇게 돈이 지배하는 세상에 가장 아름답고 가장 순수한 백치 공작을 등장시킨다. 『죄와 벌』에서 그려진 것이 주로 돈의 부족이었다면 이 소설에서는 돈, 아주 많은 돈이 있음으로써 파생되는 온갖 황당한 이야기들이 난무한다.

『죄와 벌』과 달리 이 소설에 등장하는 부자들은 대단한 재력가다. 그래서 돈이 거론되는 액수도 무슨 100루블, 1,000루블이 아니라 10만 루블, 100만 루블로 단위가 달라진다. 인물들은 툭하면 유산으로 수십만, 수백만 루블을 상속받고, 수십만 횡령 사건 때문에 자살하고, 수만 단위의 지참금 문제를 두고 왈가왈부한다.

배경도 상당히 화려하고 풍족한 편이다. 뒷골목이나 시장 바닥이나 허름한 하숙집이 아니라 호화로운 저택의 거실이나 별장 등이다. 말이 나온 김에 하는 이야기이지만, 이 소설에서 도스토옙스키의 묘사력이 현저히 떨어지는 것도, 그리고 유난히 스토리에 일관성이 없고 내레이터가 수시로 횡설수설하는 것도 이런 배경의 변화에 기인하는 것 같다. 톨스토이가 묘사하는 부유층의 거실과 도스토옙스키가 묘사하는 부유층의 거실은 그 디테일과 현실감에서 엄청나게 차이가 난다. 항상 돈에 쪼들리면서 살다 보니 호화로운 인테리어와 값비싼 골동품을 자연스럽게 그리는 데는 한계가 있었나 보다.

하여간 거액의 돈이 오가는 사회를 그린 『백치』는 『죄와 벌』보다 훨씬 더 암울하다. 그래도 『죄와 벌』은 라스콜리니코프가 시베리아에서 갱생하는 것으로, 적어도 갱생에 대한 희망으로 완결되지만, 이 소설은 등장인물이 대부분 죽거나 미치거나 파멸하는 것으로 막을 내린다. 그래서 이 소설을 읽고 나면 아주 찝찝한 생각이 든다.

『백치』는 세 가지 주된 모티프를 축으로 한다. 돈, 정욕 그리고 구원이다. 그중에서 돈과 정욕은 매우 밀접하게 연결되어 시종일관 흥미를 유발하지만, 구원의 모티프는 전자에 압도되어 스토리의 표면에는 잘 드러나지 않는다. 러시아 정교 신앙과 관련된 종교적 메시지는 이 소설의 주인공이 그리스도를 모델로 한다는 사실에서 자명함에도 그 내용을 분석하는 것은 보통 어려운 일이 아니다. 이제까지 『백치』를 분석한 무수한 연구서들은 이 복잡하고 심오한 구원의 테마를 집중적으로 공략해왔다.

그러나 이 책에서는 좀 더 세속적인 차원에서 소설에 드러난 돈의 메시지만 살펴보기로 하겠다. 결론부터 말하자면, 역설적으로 들리겠지만 이 세상에서 가장 아름다운 인물, 가장 순수하고 거룩한 인물, 그리스도를 닮은 인물도 돈으로부터 자유롭지 못하다. 이 소설에서 작가는 돈으로부터 자유로울 수 있다는 희망을 아예 포기한 것처럼 보인다.

인간 경매

『백치』의 인물들은 흥정을 한다. 특히 흥정은 사람을 놓고 하는 데서 소름 끼치도록 노골적이 된다. 돈 앞에서 사람과 물건은 똑같이 취급된다. 흥정의 대상은 미모의 여인 나스타샤인데, 한 인물은 그녀의 미모를 "세상을 전복할 정도의 힘"이라고 묘사한다.

> 보기 드문 미모와 다른 무엇으로 인해 그녀의 얼굴은 한층 더 강한 힘으로 그를 놀라게 했다. 그 얼굴에는 한없는 거만함과 거의 증오에 가까운 경멸의 빛이 서려 있는 동시에, 남을 쉽게 믿을 듯한, 놀랄 정도로 순박한 뭔가 배어 있었다. 이 대조적인 모습은 보는 사람으로 하여금 연민의 정까지 불러일으키게 했다. 그 현란한 아름다움은 참을 수 없을 정도였다. 창백한 얼굴, 푹 파인 듯한 두 뺨, 불타는 눈동자에서 우러나오는 아름다움은 특이한 아름다움이었다.

자, 이토록 복잡하게 아름다운 여인의 기구한 운명은 무엇인가. 그녀의 인생을 살펴보자. 그녀는 소지주의 딸로 부모가 완전히 망한 채 죽어버리자 아주 어린 나이에 고아가 된다. 그때 옆마을의 대지주 토츠키가 동정심에서 그녀의 양육을 자청한다. 얼마 후 소녀로 자란 그녀를 보게 된 토츠키는 그 미모에 놀라 흑심을 품는다. 그는 시골 오지에 별채를 마련해서 온갖 호사품과 가정교사를 붙여두고, 그야말로 철모르는 소녀를 '양육한' 뒤 어느 순간부터 정부로 삼아 1년에 몇 차례씩 찾아온다.

약 4년간 이 "멋지고 우아하고 평온하고 행복한" 세월이 지속됐다. 그런데 어느 날, 토츠키가 수도의 상류층 처녀와 결혼한다는 소문이 들리자 아무것도 모르는 듯했던 처녀가 불쑥 토츠키를 찾아와 협박하면서 사태는 걷잡을 수 없이 복잡해진다.

그녀는 그동안 토츠키를 얼마나 경멸하고 혐오했는가를 단도직입적으로 털어놓고는 그의 혼사를 망쳐놓겠노라 공언한다. 토츠키가 모르는 사이에 그녀는 성숙한 여인으로 변했고 기가 막히게 많은 정보를 가지고 있었다. 토츠키는 그녀의 협박이 단순한 공갈이 아니라는 것을 깨달았다. 그는 그녀가 두려웠다. 게다가 그가 못 보던 동안 그녀의 미모는 상상을 초월할 정도로 원숙해졌다.

그리하여 그는 작전을 달리하여 수도의 화려한 사교계로 그녀를 데려온다. 그녀는 무도회며 오페라에 토츠키를 따라나선다. 그녀의 주위에는 흠모하는 청년들이 떼로 몰려든다. 그러나 어쨌든 그녀는 토츠키의 '정부'다.

토츠키는 그녀에게 청혼하여 아예 부인으로 삼을 생각까지 했지만 그녀 쪽에서 결코 수락하지 않으리라는 느낌을 받는다. 그녀는 토츠키가 제공하는 모든 호사를 거절하지도 않고, 그렇다고 즐기지도 않는다. 요컨대 그녀에게 돈은 아무것도 아닌 것이다. 그녀는 다만 줄기차게 토츠키를 경멸하고 냉소와 조소를 섞은 눈길을 보낼 뿐이다.

이런 상황에서 토츠키는 예판친의 딸과 결혼하려는 계획을 세운다. 예판친 장군과는 사업 동료로서 그 혼인이 성사되면 쌍방은 모두 너무나 많은 이익을 얻게 된다. 문제는 토츠키가 나스타샤에게 "매인 몸"이라는 데 있다. 그녀는 토츠키와 결혼할 생각도 안 하고, 주변에 몰려드는 잘생긴 청년들도 거들떠보지 않고 다만 토츠키의 '자유'를 구속하고 있을 뿐이다. 그리고 그녀의 이글거리는 눈동자에는 설사 시베리아로 유형을 가는 한이 있더라도 토츠키를 파멸시키겠다는 결연한 의지까지 엿보인다.

토츠키는 더럭 겁이 났다. 그녀가 무서웠다. 돈을 가진 남자가 여자를 농락하고 여자의 자유를 구속하는 상황이 졸지에 역전되어, 아무것도 없는 여자가 돈과 권력으로 무장한 남자의 자유를 구속하고 있는 것이다. 돈과 안락에 초연한 사람은 잃을 것이 없으므로 겁날 것도 없다. 돈과 안락에 길들여진 사람은 겁에 질려 자유를 달라고 애걸복걸한다. '돈은 자유'라는 공식이 여기서 뒤집힌다.

장래의 장인인 예판친은 토츠키의 자유를 위해 발 벗고 나선다. 이 결혼이 성사되어 자신에게 돌아올 여러 가지 이득을 고려하면 도저히 수수방관할 수 없는 것이다. 두 남자는 토츠키와 예판친가의 운명이 그녀에게 달려 있다며 공손하고 겸허하게 말한 뒤, 그동안 줄곧 "모든 열정을 바쳐 그녀를 사랑해온" "명문 가문 출신의" 비서 가냐와 결혼해달라고 부탁한다. 토츠키는 "그녀의 미래를 보장하려는 진실한 소망에서" 그녀에게 75,000루블이라는 금액을 희사하겠다고 약속한다. 그것은 "그녀의 의사와는 무관하게 더럽혀진 순결성의 대가가 아니라 일그러진 운명에 대한 보상금"이라는 것이었다(그게 그거 아닌가). 아무튼 그녀는 자신의 영명축일 날 손님들을 초대한 자리에서 그 제안에 대한 대답을 하겠노라고 약속한다.

영명축일 날은 나스타샤가 공식적으로 '경매'에 부쳐지는 날이 된 셈이다. 토츠키가 그녀를 타인에게 팔아넘기기 위해 제시한 값은 75,000루블이다.

그러면 예판친의 비서 가냐는 누구인가. "속이 검고 욕심이 많고 참을성이 없고 시기심이 강하고 턱없이 자존심이 센" 이 청년은 이른바 "불결한 여자"와 결혼할 것을 승낙하긴 했지만 그녀의 대답 여하에 따라 운명이 바뀔 수도 있는 상황이다. 그는 예판친의 딸 아글라야에게 연정을 품고 있지만, 나스타샤가 가져올 75,000루블의 돈이 주는 매력을 뿌리칠 용기가 없다.

한편 능구렁이 예판친 장군은 토츠키와 자기 딸의 결혼을 주선하는 와중에 나스타샤에게 흑심을 품게 된다. 그래서 부인 몰래 그녀의 영명축일 선물로 엄청난 가격의 진주 목걸이를 장만해놓고 기다린다. 진주 목걸이의 가격은 안 나와 있지만 수만 루블에 이르는 것으로 짐작된다. 그의 속셈은 비서와 나스타샤를 결혼시킨 뒤 늙은 사위의 첩이었던 그녀와 밀애를 즐기려는 것이다. 입찰가는 진주 목걸이의 가격이다.

그런데 여기에 막강한 경쟁자가 등장한다. 상인 가문의 호방한 장남 로고진은 어느 날 거리에서 나스타샤를 보고는 완전히 넋을 잃는다. 지독하게 인색한 부자 아버지가 누군가에게 지불하라고 준 1만 루블로 그는 다이아몬드 귀고리를 사서 생면부지의 그녀에게 선물한다. 불같이 노한 아버지는 그녀에게 가서 사정을 이야기하고 다시 귀고리를 받아 온다. 그리고 멍청한 아들을 죽도록 패준다. 그런데 그 아버지가 갑자기 250만 루블의 유산을 남긴 채 세상을 떠난다. 그는 아버지의 사망과 유산 소식을 듣자마자 그동안 도피해 있던 프스코프에서 즉시 상트페테르부르크로 돌아온다. 나스타샤를 사기 위해.

깡패 패거리와 함께 가냐의 집에 들이닥친 로고진은 거기서 나스타샤를 보게 되자 '입찰'을 한다. 그는 가냐에게 3,000루블을 제시하면서 나스타샤와의 결혼을 포기하라고 말한다. "내가 이런 장화를 신고 왔다고 해서 신경 쓸 것 없어! 나는 돈이 많단 말이다. 너를 산 채로 몽땅 사버리고 말 테다. 그리고 당신들을 모두 사버리고 싶다! 모든 걸 사버릴 거다!"

그가 나스타샤에게 제시하는 돈은 백만장자치고는 조금 인색한 액수인 18,000루블이다. 아마도 유산상속이 예정되어 있긴 하지만 갑자기 현찰을 구하는 것이 어렵기 때문이었을 것이다. 나스타샤가 그의 제안에 "내게 18,000루블을 준다고? 상것의 본성이 드러나는군!"이라고 콧방귀를 뀌자 그는 점점 입찰가를 올린다. "그럼 4만 루블을 드리겠소! 18,000루블이 아니라 4만 루블!" "그렇다면 10만 루블이오! 오늘 내로 10만 루블을 주겠소!" 이렇게 해서 로고진은 나스타샤의 공식적인 입찰인으로 등록한다.

경매의 결과는 그날 밤 영명축일 파티에서 나스타샤가 발표하기로 예정되어 있다. 토츠키, 예판친, 그리고 미슈킨 공작, 가냐 및 몇몇 사람들이 파티에 참석한다. 나스타샤는 토츠키가 제시한 75,000루블을 점잖게 거절하고 가냐와 혼인하지 않겠다고 말한다. 그리고 예판친 장군의 진주 목걸이는 부인에게 주라며 돌려준다. 또한 토츠키가 마련해준 그 호사스러운 집에서 나가겠노라고 밝힌다. 지난 5년간 토츠키와 동거하지는 않으면서 그의 돈만 타서 써왔으므로 이제는 그를 자유의 몸으로 풀어주겠노라는 것이다. 자기는 식모살이라도 해서 먹고살겠다는 것이다.

그때 로고진이 저녁나절 동안 고리대금업자들을 찾아다니며 가까스로 변통한 현금 10만 루블을 『증권 뉴스』 신문지로 둘둘 말아 가지고 등장한다. 나스타샤가 10만 루블을 받고 로고진을 따라나서냐 마느냐 하는 상황에 있을 때 돌연 백치 공작이 폭탄 선언을 한다. 방금 연락을 받았는데 먼 친척으로부터 약 150만 루블을 유산으로 받았다는 것이다. 그는 상속 소식을 전함과 동시에 나스타샤에게 청혼한다. 결국 이 순진무구한 공작까지도 나스타샤를 사는 경매에 150만 루블을 걸고 입찰한 꼴이 된다.

나스타샤는 그의 청혼에 고마움을 표현한 뒤 공작 같은 '어린아이'를 망칠 수는 없다며 거절한다. 그리고 로고진의 돈을 일단 받고 그를 따라나서겠노라 선언한다. 인간 경매의 결과는 무엇인가? 누가 나스타샤를 사 간 것인가? 로고진인가? 그러나 잠시 뒤 살펴보겠지만 나스타샤는 로고진의 돈을 받았으되, 그것을 헌신짝처럼 버림으로써 경매 자체를 무로 돌린다.

10만 루블에서 100만 루블까지 다양한 가격이 제시됐건만 정작 '물건' 자체가 팔리기를 거부하는 이상한 상황이 연출된 것이다.

원수 같은 돈, 불이나 확 싸지를까

이 이루어지지 않은 경매는 나스타샤의 예기치 않은 행동으로 인해 아수라장으로 변한다. 그녀는 로고진이 가져온 10만 루블을 '자기 돈'이라고 한 뒤 그것을 벽난로의 불구덩이 속에 냅다 처넣는다. 그러면서 가냐에게 맨손으로 벽난로에 기어 들어가 불구덩이에서 돈뭉치를 끄집어낸다면 그에게 그 돈을 주겠다고 선언한다.

"여기에 10만 루블이 있어요! 내가 이걸 모든 사람들이 보는 데서 지금 벽난로의 불구덩이에 던져버리겠어요. 모두가 증인이에요! 이 돈 보따리가 화염에 싸이는 순간 벽난로 속으로 기어 들어가는 거예요. 그러나 장갑을 끼면 안 돼요. 맨손이어야 해요. 소매를 걷고 불 속에서 돈뭉치를 끄집어내는 거예요! 그걸 다 끌어내면 10만 루블은 전부 당신 것이 되는 거예요! 손가락에 화상을 좀 입는 대신 10만 루블을 얻을 수 있는 기회이니 잘 생각해봐요! 꺼내는 데 시간은 안 걸려요. 나는 당신이 내 돈을 꺼내려고 기어 들어가는 꼴을 보고 싶어요. 여기 있는 모두가 증인이니까 이 돈뭉치는 당신 것이 되는 거예요. 만약 기어 들어가지 않는다면 돈은 그대로 타버리는 거라고요! 다른 사람은 안 돼요. 저리 가세요! 모두들 비켜서라고요! 내 돈이에요! 하룻밤 사이에 로고진에게서 받은 내 돈이에요. 정말 이건 내 것이지요, 로고진?"

불구덩이에 던져진 10만 루블을 보면서 모든 사람이 발을 동동 구르는데 나스타샤는 눈썹 하나 까딱하지 않고 이를 지켜본다. 가냐는 이 엽기적인 광경을 견디지 못하고 기절한다. 나스타샤는 부젓가락으로 돈뭉치를 꺼내어 그 돈은 가냐의 것이라고 선포한다. "돈 욕심보다 자존심이 더 강한" 그에 대한 "보상"이라는 것이다. 그리고 로고진 일파를 따라나선다.

그녀는 돈을 불구덩이에 처넣음으로써 돈이 지배하는 사회에, 자신의 짓밟힌 과거에 복수한다. 10만 루블을 불 속에 던지는 장면은 소설 전체에서 가장 숨 막히고 놀라운 대목이다. 돈에 대한 작가의 모든 생각은 이 장면에 압축되어 있는 것 같다. 나스타샤는 그 원수 같은 돈에 불을 지름으로써 순간적으로나마 자신이 돈으로부터 자유롭다는 걸 세상 사람들에게 보여주고 싶었을 것이다.

그러면 작가는 어떤가. 도스토옙스키도 역시 마음 한구석에 그토록 속을 썩여온 돈에 불이나 질러버릴까 하는 생각을 가지고 있었을까. 잘 모르겠다. 갑자기 최근에 인터넷에서 본 '돈뭉치 모양의 불쏘시개' 생각이 난다. 흠, 돈을 불태운다는 상상은 어제오늘의 일이 아닌가 보다.

그런데 돈은 왜 불타지 않는 걸까

프랑스의 연구자 자크 카토는 도스토옙스키의 돈이 결코 사라지지 않는다는 점에 주목한다. 그는 20세기 작가 미하일 불가코프의 "원고는 불타지 않는다"라는 말을 원용하여 도스토옙스키에게서 "지폐는 불타지 않는다"라고 돌려 말한다. 요컨대 도스토옙스키의 소설에 등장하는 돈은 절대로 훼손되거나 없어지거나 불타거나 하지 않고 언제나 보존된다는 이야기다.[36]

앞에서 나스타샤가 벽난로에 돈뭉치를 던졌다고 이야기했는데 다시 한번 그 대목을 세밀히 조사해보자.

우선 나스타샤는 신문지로 싼 돈뭉치를 불 속에 넣는다. "그녀는 벽난로 부젓가락을 집어 사위어가는 장작 두 개를 헤쳐놓았다. 그러자마자 불길이 솟았고 그녀는 거기에다 돈뭉치를 던졌다."

그리고 나서 한참 동안의 시간이 흐른다. 사람들의 소요, 탄식 소리, 돈을 구해내자는 절규……. 내레이터는 바로 이어서 "타오르기 시작하는 돈뭉치"를 언급한다. 약간의 설명이 있은 후 다시 내레이터는 불타는 돈뭉치를 묘사한다.

사위어가는 두 장작개비 사이에서 피어올랐던 불꽃이 나스타샤가 던진 돈다발에 눌려 맨 처음에는 꺼져가는 듯했다. 그러나 아래쪽에 깔린 장작개비 한 귀퉁이에서 파란 불길이 조그맣게 불거져 나오기 시작했다. 그러다가 마침내는 가늘고 긴 불길이 돈다발을 핥으며 찰싹 달라붙더니 종이 다발의 네 귀퉁이가 위로 확 퍼져서 갑자기 벽난로 속을 환하게 밝혔다. 불길이 위쪽을 향해 넘실거렸다. 모두들 안타까워 어쩔 줄 모르는 신음을 내뱉었다.

이 정도면 독자는 돈뭉치가 대부분 불에 탔다는 가정을 할 것이다. 등장인물들도 역시 "다 타네, 다 타!"라고 외치며 발만 동동 구른다. 그러다가 가냐가 기절을 하자 나스타샤는 부젓가락으로 돈뭉치를 꺼낸다. 그런데 이게 웬일인가. 10만 루블 중 1,000루블 정도만 타고 거의 전액이 전혀 안 탄 채 고스란히 남아 있다는 것이 아닌가! 허, 그것 참!

바깥에 싼 종이가 몽땅 타버리고 연기를 뿜고 있었다. 그러나 불길이 안쪽까지는 닿지 않았다. 돈뭉치는 신문지로 세 겹이나 싸여 있어서 돈은 고스란히 남아 있었다. 모두들 안도의 한숨을 쉬었다.

이게 다 무슨 소리인가? 활활 타는 불구덩이에서 신문지 세 겹만 타고 그 속에 있는 지폐 다발은 안 탔단 말인가? 그 돈뭉치는 종이가 아닌 쇳덩어리로 만들어졌단 말인가?
아무리 소설이라지만 너무하지 않은가.
이 에피소드의 의미는 사실 조금 무섭기까지 하다.

돈은 파괴할 수 없는 존재처럼 보인다. 인간은 그것을 파괴할 수도 없고 파괴할 엄두도 못 내기 때문이다. 노예가 주인을 창조하는 것이다. 심리적 판단에서 비롯된 이 테마는 자주 반복되면서 그보다 훨씬 더 강력한 느낌, 즉 돈은 그 자체로서 파괴 불가능한 것이라는 느낌을 창조한다. 심리적 리얼리즘에서 상징으로의 이 변화는 나스타샤가 돈을 불태우는 장면에서 가장 선명하게 드러난다.[37]

돈은 그 자체가 불멸이라는 이야기다. 앞에서 우리는 돈이 있어야 불멸을 획득할 수 있다는 논리를 말했는데, 이쯤 되면 돈은 인간의 불멸을 위한 도구가 아니라 그 자체가 불멸이다.

불타지 않는 돈의 이미지는 사실상 살벌하다. 불가코프가 "원고는 불타지 않는다"라고 말했을 때 그가 의미한 것은 예술은 불멸이라는 것으로 해석된다. 그런데 우리의 도스토옙스키는 돈은 불멸이라는 이야기를 하고 있는 것이다.

요헨 회리쉬의 말이 기억난다. "부는 그것을 소유한 사람보다 오래 산다. (…) 돈은 죽지 않을 수 있다. 낡아빠진 동전이 새로 주조된 동전보다 가치가 뒤처지거나 합법성에서 떨어지는 것은 아니다."[38]

돈으로 재능을 살 수 있을까

나스타샤는 왜 모든 인물 중에서 유독 가냐를 지목하여, 그에게 불구덩이에 기어 들어가서 맨손으로 돈을 꺼내라고 주문하여 그를 모욕했을까? 가냐는 어떤 인물인가? 도스토옙스키의 소설에서는 거의 언제나 주변 인물이 매우 중요한 역할을 한다. 주인공 못지않게 중요한 발언도 하고 행동도 한다. 그래서 그의 인물 체계에서는 아무리 사소한 역할을 맡은 사람도 함부로 볼 수 없다. 가냐도 그런 인물 중 하나다.

그는 돈의 중요성을 일찌감치 간파하고 부를 축적하기로 작정한 청년이다. 온갖 비굴함과 치사함을 감수하면서 부를 향해 악착같이 달려드는 인간의 형상이 그에게 집약되어 있다.

2,000루블의 연봉을 받는 사람에게는 약간 과분한 듯한 넓은 아파트에 사는 그에게 아파트는 사실상 체면을 갉아먹는 공간이다. 어머니와 누이가 하숙을 쳐서 가계에 보탬이 되고자 얻은 집이기 때문이다. 그는 사교계에 진출하는 화려한 미래를 꿈꾸고 있기 때문에 내심 하숙이나 치며 사는 것을 수치로 생각한다.

로고진은 가냐를 가리켜 이렇게 말한다. "너는 내가 주머니에서 은화 세 개만 보여주면 발가벗고 바실리예프스키 섬까지 뛰어갈 놈이다! 너는 그런 작자야."

돈에 무한히 집착하는 가냐에게는 나름대로 생각이 있다. 그가 "부자의 첩"이라고 낙인찍힌 나스타샤와 모든 수치를 감수하고 결혼을 감행하려는 이유는 소위 그의 철학으로 설명이 된다.

"나는 정열과 집착에 의해 이끌려가고 있어요. 나에게는 커다란 자본이라는 목적이 있기 때문이지요. 내가 75,000루블을 받으면 당장에 마차라도 살 것 같지요? 그렇지 않아요. 나는 3년째 걸치고 있는 낡은 프록코트를 해질 때까지 입고 다니고 클럽 사람들과 손을 끊을 거예요. 우리나라에는 참을성이 있는 사람이 드물어요. 그런데 모두들 고리대금업에 관여하고 있다고요. 나는 참을성 있게 견뎌내고 싶어요. 제일 중요한 것은 마지막 순간까지 버티는 것이지요. 그게 무엇보다 중요한 과제랍니다."

그는 자신의 원대한 목표 앞에서 내핍과 저축 대신 도약이 필요함을 역설한다. 소위 "한탕"이 필요하다는 뜻이다. 그는 장래 자기 매제가 될 고리대금업자 프티친을 예로 들면서 그의 전철을 따르기보다는 편법을 택하겠다는 이야기를 한다.

"프티친은 17년간 노숙을 하며 펜을 깎는 칼을 팔아서 한 푼 두 푼 모아 지금은 6만 루블을 벌었습니다. 그러기까지 상당한 장애물을 극복해야 했지요. 나는 그런 장애물을 단숨에 뛰어넘어 아예 커다란 자본가로 시작하겠다는 겁니다. 15년 후에는 '저 사람이 유대인 왕 이볼긴이다'라고들 할 겁니다."

그는 방법에 상관없이 단숨에 돈을 얻어 신분을 바꾸려고 한다. 17년 동안 근검절약하며 돈을 모으기에는 그에게 인내심이 없다. 아니, 그럴 마음조차 아예 없다. 그에게 돈이 의미하는 것은 아주 많다. 그러나 무엇보다도 중요한 의미는 돈으로 독창적인 인간이 될 수 있다는 사실이다.

아주 평범하게 태어난 그에게 독창성이란 최대의 미덕이다. 공작은 그에게 별다른 뜻 없이 '당신은 악당이 아니다. 단지 평범한 보통 사람일 뿐이다'라고 이야기했는데, 그는 그것을 가장 지독한 모욕으로 받아들인다.

"당신은 나보고 남들과 다를 게 없는 보통 사람이라고 말했지요. 이 시대의 인간과 종족에게 그보다 더 모욕적인 말은 없어요. 말하자면 독창성이 없다든가, 성격이 약하고 별다른 재능이 없는 평범한 사람이라는 평이지요. 당신은 나를 괜찮은 비열한 축에도 끼워주지 않고 있어요. 아까 그런 이야기를 듣는 순간 당신을 물어뜯고 싶은 심정이었어요! (…) 돈을 벌면 그야말로 최고로 독창적인 사람이 되어 있을 겁니다. 돈보다 치사하고 증오스러운 게 없다는 말은 그것이 인간에게 재능까지 부여하기 때문이지요. 아마 세상이 끝나는 날까지 부여할 겁니다."

도스토옙스키는 선인과 악인을 뚜렷이 구분하지 않는다. 지독한 악당도 어떤 경우에는 매력적으로, 그리고 착한 사람도 어떤 때는 치졸하게 그린다. 그러나 그가 아주 죽도록 미워하는 인물 군상이 있다. 그것은 악인이라기보다는 야비하고 쩨쩨하고 비열한 유형의 인간이다. 앞에서 보았던 『죄와 벌』의 소인배 루진, 『카라마조프가의 형제들』에 등장할 속물 라키친 등등이 여기에 속하는데, 그들은 옳고 그르고를 떠나 아주 혐오스럽다.

그들의 공통적인 특징은 돈에 치사하고, 돈을 잘 안 쓰고, 어리석고, 사람의 마음을 제대로 읽을 줄 모른다는 점이다. 가냐도 이 인물군에 속한다. 『백치』에는 엄청나게 혐오스럽고 흉물스럽고 몰염치한 인간들이 대거 등장하지만 가냐만큼 치욕적으로 그려지는 인물은 없다. 그래서 그는 나스타샤한테 "불구덩이에 기어 들어가라"는 명령을 받도록 '선택된다'.

따지고 보면 토츠키나 예판친 같은 인물이 나이도 더 많으니까 엉큼하고 부도덕하기로 치면 가냐보다 몇 수 위다. 게다가 토츠키야말로 돈을 무기로 한 여자의 인생을 망친 장본인이 아닌가. 그러나 치욕의 오물을 옴팍 뒤집어쓰는 것은 가냐다. 가냐는 돈이면 다 되는 세상을 상징하는 인물로 당당하게 뽑힌 것이다.

도스토옙스키는 이렇게 하고도 아직 분이 안 풀렸는지 소설의 후반부에서 한 인물을 통해 가냐의 됨됨이를 직설적으로 설명하는 수고까지 아끼지 않는다.

"당신(가냐를 가리킴)은 가장 파렴치하고 가장 교만하고 가장 비열하고 가장 추악한 범인凡人의 전형이자 화신이자 그 극치이기 때문이에요. 당신은 거만한 범인이고, 자신을 의심할 줄 모르는 범인이며, 가장 태연자약한 범인의 챔피언이에요. 당신은 상투적인 인물의 대명사예요. 당신의 머리나 가슴에는 아무리 하찮더라도 자기만의 독자적인 사상이 전혀 없어요. 그 대신 끝없는 질투심으로 가득 찼지요."

가냐가 이렇게까지 당하는 이유는 무엇인가? 무슨 그렇게 죽을죄를 지었는가?

그는 '재능'을 돈으로 살 수 있다고 생각하는 점에서 작가의 불같은 분노를 사게 되었다. 도스토옙스키는 작품에서 대놓고 돈에 대해 심판하거나 분노하는 적이 많지 않다. 그렇지만 가냐 같은 인물은 아주 혹독하게 몰아붙인다.

'재능'이란 무엇인가? 영어로 '기프트gift'가 재능이다. 그것은 또 선물을 의미하기도 한다. 그러니까 재능은 인간의 힘으로 되는 것이 아니라 초인간적인 어떤 존재, 신, 하늘로부터 거저 받는 선물이라는 뜻이다.

영어의 '탤런트talent'도 마찬가지다. 그것은 성서에 기초하는 개념이다. 히브리의 화폐단위인 달란트는 『마태오의 복음서』 중 "달란트의 비유"에서 알 수 있듯이 하늘이 주신 재능을 의미하기도 한다.

그렇다. 재능, 영감, 천재, 창의성 등은 우리가 '천부적'이라는 형용사를 붙이듯이 타고나는 어떤 것, 하늘이 내려주시는 고귀

한 선물이다. 그런데 여기 한 둔재가 나서서 돈만 있으면 그것까지도 살 수 있다고 호언장담하고 있다. 지상의 돈으로 천상의 달란트를 살 수 있다고 주장하는 것이다.

천재 작가 도스토옙스키가 노여워하는 것은 당연한 일이다. 그러나 "재능은 돈으로 살 수 없다"고 못 박아 말하기에는 사정이 좀 더 복잡하다.

누구나 다 인정하듯이 재능은 돈으로 살 수 없다. 맞는 말이다. 가냐같이 어리석은 인간이 75,000루블을 가지게 된다고 해서 천재가 될 리는 없다. 누구나 아는 이야기다. 그러나 거꾸로, 돈이 없으면 타고난 재능도 사장될 수 있고 제 기능을 발휘하지 못할 수 있다. 문제는 여기에 있는 것이다. 멀리 갈 것도 없이 도스토옙스키의 경우를 가지고 이 문제를 살펴보자.

돈 때문에 사장되는 재능

도스토옙스키는 돈 때문에 한 번도 제대로 원고를 다듬을 시간이 없었다. 자타가 공인하듯이 그의 소설은 잘 정돈되고 매끄럽고 우아한 것과는 거리가 아주 멀다. 그는 이미 받아 써버린 선불 때문에 소설을 썼고 마감일에 맞추기 위해 서두느라고 자신이 쓴 것을 다시 읽어볼 시간조차 없었다. 특히 소설들은 대부분 잡지에 연재하는 식으로 발표했기 때문에 소설이 끝날 무렵 앞 장에서 저지른 실수를 발견한다 해도 고칠 길이 없었다. 안나 부인은 회고록에서 이런 상황을 한탄한다.

생계를 위해, 빚을 갚기 위해 돈이 필요했고, 그래서 몸이 아파도, 어떤 때는 발작이 있은 다음 날에도 서둘러 일해야 했으며, 기한 내에 글을 보낼 수 있도록 최소한의 선에서 필사본을 검토해야 했다. 그래야만 좀 더 빨리 돈을 받을 수 있었으니까. 표도르 미하일 로비치는 (그의 첫 중편소설인 『가난한 사람들』을 제외하고는) 소설의 플롯을 세밀하게 숙고하고, 모든 세부 사항을 검토한 후 허겁지겁 서두르는 일 없이 작품을 쓸 수 있었던 적이 생애 단 한 번도 없었다. 운명은 표도르 미하일로비치에게 그런 큰 행운을 주지 않았다.[39]

도스토옙스키 자신도 이런 상황에 괴로워하며 지인들에게 편지로, 구두로 무수히 하소연했다. 돈이 그가 생각하는 모든 문제의 근원이었다. 빈곤의 악순환이라고나 할까. 그는 돈에 쫓겨 막 썼고 절박한 나머지 출판업자가 제시하는 가격을 흥정해 볼 겨를도 없이 그냥 받았다. 결국 형편없는 보수로 일했고, 그 결과 또 형편없는 보수를 받아야만 했다. 그가 1859년 6월 말에 형 미하일에게 보낸 편지를 읽어보자.

나는 이 소설을 쓰기 위해 1년 반 동안 앉아 있어야 하고, 그 1년 반 동안 앉아서 글을 쓰기 위해 먹고살 것이 제공돼야 하지만 나에겐 아무것도 없어. 형은 계속해서 무슨 곤차로프가 자기 소설(내 생각에는 쓰레기)에 7,000루블을 받았다는 둥, 카트코프(그에게 나는 인쇄 전지당 100루블을 요청하고 있어)가 투르게네프의 소설 『귀족의 보금자리』(마침내 그걸 읽었어. 아주 훌륭하더라고)에 4,000루블, 즉 인쇄 전지당 400루블을 지급했다는 둥, 그런 이야기를 해왔어. 사랑하는 형! 나는 내가 투르게네프보다 못 쓴다는 것을 알고 있지만, 아주 엄청 더 못 쓰지는 않으며 언젠가는 결국 그의 소설에 버금가는 걸 쓸 것이라 희망하고 있어. 농노 2,000명을 가진 투르게네프가 400루블씩 받는데 어째서 이토록 궁핍한 나는 100루블을 요청해야 하지? 나는 가난 때문에 서둘러야만 하고 돈을 위해 써야만 하기 때문에 결국 모든 걸 완전히 망쳐버릴 수밖에 없는 거야.

1874년 12월 20일에 아내에게 보낸 편지도 보자.

『시민』지에서 이런 기사를 읽었소. 레프 톨스토이가 자기 소설(『안나 카레니나』를 말함)을 『러시아 통보』에 넘겼는데 인쇄 전지 40장 분량의 그 소설이 1월부터 실리기 시작할 거라는 것이오. 인쇄 전지 한 장당 500루블이니 모두 합쳐서 2만 루블에 팔린 셈이오. 나에게는 장당 250루블도 줄까 말까 망설였던 그들이 톨스토이에게는 선선히 500루블을 주었단 말이오! 아니, 나는 너무나 저평가되고 있소. 그리고 그것은 내가 글로 벌어먹고 사는 처지이기 때문이오.

그의 지인이었던 솔로비요프는 회고록에서 다음과 같은 에피소드를 이야기한다. 1875년 어느 날, 도스토옙스키는 사람들이 자기가 톨스토이를 질투하고 있다고 말한다며 노발대발했다. 그러면서 실제로 자기가 톨스토이를 부러워하긴 하는데 그 이유는 다른 데 있다고 하소연했다.

"『백치』를 다시 읽어보니까 훌륭한 부분들도 있지만 너무 서둘러 쓴 대목들이 많소. 개선의 여지가 지대한 대목들이……. 나는 언제나 급히 써야 했소. 그런데 톨스토이는 부자요. 그는 모든 걸 가지고 있소. 그는 내일 어떻게 어디서 돈을 벌어야 할지 전전긍긍하지 않아도 되오. 글을 쓰고 다듬을 때 충분한 시간적 여유를 가질 수 있소. 그건 굉장히 중요한 점이오. 그래서 그런 의미에서 그가 부럽소. 그래요, 나는 그가 부럽소."

이런 식의 글은 도스토옙스키 전기나 회고록이나 편지 모음집 곳곳에서 심심치 않게 발견된다. 참으로 안타깝다. 작가 자신도, 주변 사람들도 돈 때문에 그의 글이 그가 타고난 어마어마한 재능에 부응하지 못하는 것을 한스러워했다. 후대의 독자로서도 원통한 마음을 금할 길이 없다.

그러니 『백치』의 하찮은 인물인 가냐가 재능을 돈으로 산다고 했을 때 작가가 그를 완전히 '죽사발'로 만들어놓은 것은 당연한 일일 것이다. 가냐는 돈과 연줄 덕분에 미미한 재능을 과대 포장할 수 있었던 수많은 당대, 전대의 군소 예술가들, 돈푼깨나 있다고 세상을 좌지우지할 듯 거들먹거리는 졸부들을 대변한다고 볼 수도 있을 것 같다. 물론 도스토옙스키는 톨스토이 같은 거장에게는 그런 억하심정을 내비친 적이 없다. 실제로 톨스토이는 위대한 재능과 돈을 함께 타고난 복 받은 작가로 선망의 대상이었을 뿐이다.

가난은 창작의 원동력

남아프리카공화국의 어느 곳에 가면 다이아몬드 광산이 있다. 그것을 보면 도스토옙스키가 생각난다. 잘 연마된 다이아몬드 반지 한 개와 다이아몬드 광산을 비교하는 심정으로 나는 이 책을 쓴다. 자다가 웬 봉창 두드리는 소리인가 하고 놀라는 독자는 잠시만 기다려주시길 바란다.

다시 도스토옙스키로 돌아가자. 정말로 도스토옙스키는 돈이 없기 때문에 영감을 충분히 살리지 못하는 졸작을 써낸 걸까? 그건 어느 정도 사실일까? 그의 작품은 정말로 다듬어진 적이 없는 걸까? 이 모든 한탄과 자괴감은 어느 정도 진실인 걸까?

도스토옙스키는 자기가 글을 팔아 먹고사는 사람임을 인정하면서도 '장사꾼의 윤리'를 분명히 밝힌다. 즉 자신이 선불을 받고 글을 쓰는 것은 사실이지만, 선불을 받는 시점에서는 글에 대한 아이디어가 무르익어 있기 때문에 그 선불이 공수표는 아니라는 것이다. 들어올 돈도 없는데 카드를 긁으며 사는 대책 없는 인생과는 본질적으로 다르다는 것이다. 1870년 4월 5일에 쓴 편지를 보자.

저는 한평생 제가 받은 돈, 선불로 받은 돈을 위해 일해왔습니다. 언제나 그런 식이었습니다. 한 번도 다른 적이 없습니다. 경제적 측면에서 볼 때 그건 참 나쁜 것이지만 어쩌겠습니까? 그렇지만 제가 선불을 받을 때 저는 언제나 이미 존재하고 있는 것을 팔았습니다. 다시 말해서 저는 문학적인 아이디어가 탄생하여 가능한 한 많이 무르익었을 때 팔았습니다. 텅 빈 공간을 내세워, 즉 마감 날짜까지 뭔가를 발명해서 창작한다는 희망을 가지고 돈을 받은 것이 아니란 말입니다.

옹색한 선불 인생을 정당화하는 방법치고는 너무 문학적인 것 같지만, 어쨌든 그는 작가로서 양심에 위배되는 일은 안 했다고 여겨진다. 문제는 이렇게 무르익은 아이디어를 작품으로 완성하는 과정인데, 그 과정에서 그가 언제나 지나치게 서둘러야 했다는 사실은 논란의 여지가 없다. 상식적으로 볼 때 서둘러 쓴 작품이 좋을 수는 없을 것 같다.

실제로 당대 독자와 비평가 들은 도스토옙스키의 작품들이 거칠다고 평가했다. 안나 부인은 이 점을 두고두고 섭섭해했다.

그렇게 떠맡은 빚이 없었더라면, 그래서 서두를 필요 없이 원고를 인쇄에 넘기기 전에 다시 검토하고 다듬으면서 소설을 썼더라면, 남편은 작품의 예술적 측면에서도 성공할 수 있었을 것이다. 문단과 사회에서는 자주 도스토옙스키의 작품과 다른 재능 있는 작가들의 작품을 비교하면서, 도스토옙스키의 소설이 너무 복잡하고 혼란스러우며 너저분하게 쌓인 잡동사니 더미인 반면, 다른 작가들의 소설은 잘 다듬어져 있다고, 예를 들어 투르게네프의 경우는 거의 보석같이 정교하게 다듬어져 있다고 도스토옙스키를 비난하곤 했다.[40]

그러나 다른 한편으로 그가 자신의 작품에 얼마나 심혈을 기울였나는 여러 측면에서 증명된 바 있다. 그는 아무리 돈과 시간에 쫓길 때라도 자신이 정해놓은 최소한의 기준에 못 미치는 글이면 미련 없이 파기해버렸다. 일례로 『백치』만 놓고 보아도 최소한 여덟 가지 이본이 존재한다. 한번은 전체 소설 분량의 절반이 넘는 원고를 완전히 무시해버리고 새로 쓰기도 했다. 『백치』를 집필할 당시 그가 처한 빈곤을 상기하면 이건 대단한 일이다.

도스토옙스키는 늘 돈에 시달리며 글을 써야 하는 상황을 가리키며 "죽었거나 살아 있거나 그 어느 작가도 나와 같은 상황에서 글을 쓴 적이 없습니다. 투르게네프 같으면 그런 처지를 상상만 해도 죽어버릴 겁니다!"라고 자조와 일종의 자랑(?)이 뒤섞인 말을 했다.

그러나 그는 굶주림보다 평범함을 더 두려워했다. 질녀에게 보낸 편지에서 그는 말한다. "내가 두려운 것은 평범함이란다. 작품이 아주 좋지 않을 바에는 아주 나쁜 것이 차라리 나을 듯하다. 인쇄 전지 30장 분량의 평범함이란 절대로 용서할 수 없는 것이지." 마이코프에게 보낸 편지에서도 그는 "완벽하게 훌륭한 작품"이 아닌 "그냥 만족스러운 작품"에는 절대로 만족할 수 없다고 못 박았다.

그는 최고를 원했고 자기 자신에게 최고의 작품을 주문했다. 설령 독자의 반응이 아주 좋은 작품이라도 스스로 만족할 수 없을 때 그는 그 작품을 혐오했다. 예를 들어 『영원한 남편』의 경우 독자의 호응을 얻었음에도 그는 처음부터 그 작품은 싫었다는 둥, 돈 때문에 어쩔 수 없이 썼다는 둥 구시렁거렸다. 그리고 자기 작품이 게재될 잡지사 측에서 자신의 창작 방향과 다른 것

237

을 요구할 경우 "설령 구걸을 하며 먹고사는 한이 있더라도" 단 한 줄도 타협하지 않겠다고 엄포를 놓았다.

그러니까 그가 자신의 작품을 가리켜 덜 다듬어졌다고 한 것은 어디까지나 그의 기준이라는 이야기다. 그리고 당대의 비평가들이 그렇게 말한 것은 어쩌면 그의 작품에 대한 좀 더 진지한 이해가 부족했기 때문인지도 모른다. 오늘날 그의 작품을 읽으면서 문체나 형식이 다듬어지지 않았다고 예술적 가치를 폄하하는 독자는 없다. 그의 기준은 너무나 높이 있었고, 그는 자기 자신에게 너무도 가혹했다. 그는 타고난 천재이면서 동시에 그 천재성을 작품으로 응고시키는 데 장인의 정신을 발휘했다. 서둘러 쓰긴 썼다. 그러나 그 서두름 속에서 평범한 작가는 꿈도 꿀 수 없는, 일반적인 예술의 차원을 넘어서는 작품이 탄생했다.

만일 그에게 돈이 넉넉해서 작품을 탁마할 시간이 충분했더라면 어쩌면 이토록 형언할 수 없이 심오한 작품은 나오지 않았을지도 모른다. 위대한 고전 작품을 놓고 내용과 형식을 분리해 바라보는 것은 무의미하다. 솔직히 당대에는 어땠는지 모르지만, 지난 세기부터 오늘날에 이르기까지 도스토옙스키와 투르게네프를 비교하면서 문체나 형식미에 대한 평가를 내리는 독자는 많지 않다.

위대한 작가들을 평가하여 순위를 매기는 것이 내 직업은 아니므로 이런 말을 하기가 조금 조심스럽지만, 그래도 내 생각에 도스토옙스키는 투르게네프와 비교할 수 없다. 그냥 한 가지 예만 들어보자. 나는 그동안 도스토옙스키를 읽고 러시아 문학을 전공할 마음이 생겼다는 학생은 여럿 만났지만, 투르게네프를 읽고 그랬다는 학생은 한 번도 만나보지 못했다. 도스토옙스키를 읽으며 눈물을 흘렸다는 독자는 만났지만, 투르게네프를 읽고 감동하여 울었다는 사람은 한 번도 만나보지 못했다.

"보석같이 다듬어진" 투르게네프 작품과 "너저분한 잡동사니 더미"의 비교는 100년이 넘는 세월 동안 전 세계 독자와 학자와 비평가가 내린 판결 앞에서 무의미해진다. 투르게네프의 잘 연마된 다이아몬드 반지는 거대하게 우뚝 솟은 다이아몬드 광산 앞에서 왜소하게 느껴진다. 이 사실을 작가 자신과 그의 부인조차 살아생전에 깨닫지 못한 것이 안타까울 뿐이다.

좌우간 깊이라는 문제는 차치하고서라도 문체건 형식미건 예술성이건, 혹은 그 어떤 것이건 간에 그는 당대의 모든 작가들을 뛰어넘었다. 물론 톨스토이는 예외다. 톨스토이의 『안나 카레니나』 같은 작품은 정말로 훌륭하다. 도스토옙스키의 작품보다 한 수 위라고 누군가 주장한다 해도 대꾸할 말이 없다. 그러나 두 사람에 대한 독자의 호응은 취향의 문제이지 우열의 문제는 아닐 것 같다.

그러니 돈의 부족이 그의 재능을 사장한 것은 아니라는 결론을 내려도 좋지 않을까. 창조 과정은 신비다. 어쩌면 돈의 부족

239

이야말로 그의 재능을 발휘하는 데 촉진제 역할을 했을지도 모른다.

천재는 돈, 그리고 경제적 여유가 확보해주는 넉넉한 시간과는 다른 영역에 속한다. 다듬어진 소설이건, 다듬어지지 않은 소설이건 어떤 단계 이후에는 인간의 돈, 인간의 시간, 인간의 능력을 초월한다. 중요한 것은 천상의 '달란트'일 뿐이다. 언젠가 보리스 파스테르나크는 창작의 절정에 올랐을 때 작가는 하늘이 불러주는 것을 그냥 받아쓸 뿐이라고 했는데, 이 말이 새삼 의미심장하게 느껴진다.

팔리는 소설을 써라

조금 다른 이야기가 될지 모르지만, 돈의 부족은 도스토옙스키의 소설에 다른 작가는 도저히 흉내 낼 수 없는 독특한 특성을 부여해주었다. 20세기가 되면 사정은 달라지지만 19세기 작가들은 대부분 먹고살기 위해 집필을 하지는 않았다. 그들은 어떤 의미에서 전업 작가라기보다는 딜레탕트에 가까웠다.

그러나 도스토옙스키의 경우 집필과 생계의 가장 적나라한 인과관계 때문에 반드시, 반드시 '팔리는' 소설을 써야 했다. 잘 팔리면 그만큼 인세가 더 들어오고 원고료도 올라가는 만큼 소설의 판매는 집필 과정에서 가장 중요한 변수가 되었다.

그러면 팔리는 소설을 쓰려면 어떻게 해야 하는가? 세상을 읽고 당대 일반 대중의 마음을 읽고 취향을 읽어야 거기에 부합하는 작품이 생산될 수 있다. 가혹한 이야기이지만 작품은 상품이므로 상품 가치를 높이기 위해서는 소비자의 기호를 알아야 한다.

도스토옙스키는 시장의 움직임에 촉각을 곤두세우고 살아야 했다. 그에게 소비자의 기호를 알 수 있는 가장 중요한 창구는 신문이었다. 텔레비전도 라디오도 인터넷도 없던 시절, 신문은 세상과 소통하는 거의 유일한 매체였다. 그는 열심히 신문을 읽었다. 잘 알려진 바대로 그는 신문의 기사를 한 가지도 빼놓지 않고 게걸스럽게 읽었다. 그가 외국 체류 중에 러시아 신문을 읽지 못하면 얼마나 초조해했는가는 부인의 회고록이나 편지에 잘 나타나 있다. 그는 돈을 호소할 때와 똑같이 절실한 어조로 지인들에게 러시아 신문을 좀 보내달라고 읍소하곤 했다. 신문에 대한 갈증은 돈에 대한 갈증과 마찬가지로 생존 본능과 직결된 것이었다. 러시아 신문을 읽지 못하면 러시아 독자의 마음을 읽을 수 없다는 아주 간단한 공식이 그의 마음속에 일찍부터 뿌리박혀 있었다. 그래서 그는 아무리 사정이 어려울 때라도 신문만큼은 꼭 읽어야 했다. 신문에 대한 집착에는 도박에 대한 집착처럼 어딘지 처절한 점이 있었다.

그러니 그의 대작들이 대부분 신문 기사에 기초하는 것도 당연한 일이다. 『죄와 벌』, 『백치』, 『악령』, 『미성년』, 『카라마조프가의 형제들』은 모두 신문에 났던 범죄 기사에서 소재와 아이디어를 얻은 것들이다. 그는 러시아 사회의 '지금 이곳'에서 일어나고 있는 일들에 초점을 맞추어 글을 썼고, 그의 글과 현실에서 일어나는 일들은 같은 정도로 독자의 관심을 휘어잡을 수 있었다. 특히 범죄는 언제나 독자의 흥미를 자극한다. 그의 소설이 범죄소설의 요소를 특별히 많이 갖추고 있는 것은 이런 사정에 기인한다.

또 한 가지, 그의 소설은 언제나 통속적이고 멜로드라마적인 요소를 다분히 포함한다. 동서고금, 남녀노소를 막론하고 교육의 정도와 상관없이 독자는 언제나 어느 정도 통속적이다. 고전을 읽는 독자도 때로는 통속소설을 즐긴다. 클래식 음악을 사랑하는 사람도 간혹 유행가 가락을 읊조리곤 한다. 도스토옙스키는 이 만고의 진리를 일찌감치 터득했다. 소설을 '팔아먹으려면' 적당히 통속적이어야 한다. 적당히 멜로드라마적이어야 한다. 좀 더 과감한 비유를 하자면, 오늘날 퓨전이니 크로스오버니 하는 말이 정석이 되다시피 했지만, 도스토옙스키는 한 세기 전에 이미 통속과 심오를 함께 버무려 퓨전 소설을 요리했다.

어쨌든 이렇게 해서 탄생된 것이 도스토옙스키의 소설들이다. 그래서 그의 소설은 독특하다. 가장 통속적인 이야기들이 가장 심오한 주제와 어우러져 오늘날까지 독자에게 어필할 수 있는 것이다. 통속적이고 멜로드라마적인 특성 덕분에 그의 소설은 시공을 초월한다. 그러니 돈의 부족이야말로 이 놀라운 혼종의 예술품을 탄생시킨 장본인이 아니고 무엇이란 말인가.

나눔에의
희망

『악령』

FYODOR MIKHAILOVICH DOSTOEVSKY

스테판이 죽기 조금 전에 마신 보드카는 작은 행복의 상징이다.
그리고 그 작은 행복은 모든 이념과 돈과 범죄보다 훨씬 높은 곳에서,
아주 완전히 다른 차원에서 인간의 삶을 삶으로 만들어준다.
농부의 아낙과 나누어 마신 5코페이카어치의 보드카,
여기에 진리가 있다고 말한다면 지나친 걸까.

FYODOR MIKHAILOVICH DOSTOEVSKY

『악령』 줄거리

　이 소설은 도스토옙스키의 소설들 중 정치적 색채가 가장 짙은 작품이다. 이 소설의 소재는 당시 일어났던 네차예프 사건을 토대로 한다. 과격한 혁명가 네차예프는 비밀결사를 조직했는데, 조직원 중 하나인 이바노프가 사상적으로 전향한 것처럼 보이자 그가 조직을 밀고할지도 모른다는 생각에서 이바노프를 살해했다. 1869년에 일어난 이 사건은 러시아 전역을 떠들썩하게 했는데, 도스토옙스키는 여기서 영감을 얻어 『악령』을 집필했다.

　러시아의 어느 작은 마을에 니힐리스트 그룹이 있다. 이 그룹은 정신적인 지도자인 스타브로긴과 그의 하수인 겸 모든 더러운 일을 도맡아 하는 표트르를 중심으로 사회를 전복하려는 계획하에 온갖 추악한 범죄를 저지른다. 그들은 자기들의 일에 방해가 되는 사기꾼 레뱌드킨 남매를 살해하고, 조직의 일원인 샤토프가 혹시라도 밀고할까 봐 그 역시 살해한다.

나중에 사건의 전모가 밝혀지자 조직원들 중 일부는 도주하고 일부는 자백한다. 스타브로긴은 자살하고 모든 범죄를 총괄해서 주도했던 표트르는 해외로 도주한다. 허무주의, 혁명, 사회주의, 진보, 자유주의 등을 혐오했던 도스토옙스키는 이 소설에서 아주 노골적으로 그 모든 사상을 희화하고 조롱하며 그 사상들의 추악한 일면을 과장해서 비난한다. 스타브로긴을 비롯한 일당은 이념에 의해 행동하는 사상가가 아니라 '악령'에 들려 미친 듯이 내달리는 범죄자로 그려진다.

특히 표트르는 이들의 모든 단점과 결점을 총체적으로 구현하는 인물로 도스토옙스키의 혐오감과 우려와 경멸을 단적으로 대변해준다. 등장인물들이 대부분 자살 혹은 살인으로 죽는 음울한 소설이다. 그러면서도 곳곳에 희극적인 장치가 마련되어 있어 기괴하고 살벌하다. 마지막 장면에서는 이 모든 엽기적인 현실 속에서도 구원의 가능성이 러시아에 있음을 강조한다.

그 많은 돈이 다 어디로 갔나

자크 카토는 도스토옙스키가 결코 '가난한 작가'가 아니었다

고 강변한다. 그는 단지 언제나 돈을 필요로 했을 따름이라는 것이다.[41] 일리가 있는 말이다. 소득이라는 측면에서 보자면, 그는 절대로 극빈자가 아니었다. 생활 방식이나 씀씀이나 안목이나, 하여간 모든 점에서 그는 빈곤층이 아니었다.

가난하다는 것과 돈을 필요로 한다는 것은 확실히 별개의 문제다. 그럼 우선 도스토옙스키의 소득을 한번 살펴보자. 카토는 친절하게도 그가 벌어들인 인세와 원고료 등등을 잘 정리해서 우리에게 알려준다.[42] 그가 쓴 저술을 모두 포함하지는 않지만 적어도 대략적인 수입 정도는 알 수 있다.

『가난한 사람들』: 250루블

『분신』: 600루블

「아홉 통의 편지로 이루어진 소설」: 125루블

「작은 영웅」과 「아저씨의 꿈」: 2,000루블

『죄와 벌』: 14,000루블

『백치』: 6,000루블(그런데 부인의 회고록에는 7,000루블로 되어 있다)

잡지 『시간』과 『시대』에서 나온 연 수입: 7,000~8,000루블

잡지 『시민』의 편집장 직책: 연봉 3,000루블

『작가 일기』: 연봉 2,000루블

물론 여기에다 『지하 생활자의 수기』, 『죽음의 집의 기록』,

『미성년』, 『악령』, 『카라마조프가의 형제들』 및 여러 다른 중·단편과 잡문 등도 포함해야 한다. 그러나 간단한 숫자만 보아도 상당한 돈을 벌어들였다는 것은 알 수 있는데, 실제로 당대 물가나 다른 직업의 월급 수준과 비교하지 않는다면 이 숫자들만으로는 별 의미가 없을 것이다.

그래서 카토는 비교를 위해 다른 매우 유용한 자료를 제공해준다. 도스토옙스키가 살았던 당시 러시아의 월급 수준과 물가를 살펴보자.[43]

서기의 월급: 10, 17, 23, 25, 35루블 정도
교사의 연봉: 1,000루블
가정교사의 연봉: 700루블
비서의 월급: 50루블

방 하나짜리 아파트 월세: 3~6루블
모피 코트: 25루블
관리의 제복: 11.5루블
샴페인: 9루블
푸슈킨 책 한 권: 7.5루블

그렇다면 중편 정도의 소설을 한 권 쓰면 1년 동안 교사나 가

정교사나 비서보다는 훨씬 풍족하게 살 수 있다는 이야기다. 사실 도스토옙스키 가족의 생활비를 보면 그의 창작 대가가 결코 허술하지는 않았다는 것을 알 수 있다. 그의 가족은 해외 체류 중 연간 2,000루블을 소비한 것으로 되어 있다. 그렇다면 연 3,000루블이면 러시아에서 호사스럽지는 않더라도 대충 편안하게 살 수 있는 돈이라는 뜻이다.[44]

이제부터는 단순한 산수다. 『죄와 벌』로 받은 원고료가 14,000루블이라면, 즉 5년 정도는 한 가족이 그럭저럭 먹고살 수 있는 돈이라는 뜻이다. 가만, 세계적인 베스트셀러를 쓰지 않는 한 요즘 어느 작가가 소설 한 편을 써서 5년 동안 먹고살 수 있겠는가. 그냥 대충 생각해도 도스토옙스키가 소설 원고료로 받은 돈이 만만치 않다는 느낌이다. 어쨌든 당시에는 작가에 대한 대우가 지금보다 훨씬 나았음이 틀림없다.

그러면 도스토옙스키는 결코 '가난한' 사람이 아니었다는 이야기인데…… 그럼 그렇게 많이 벌어들인 원고료와 인세는 다 어디로 갔단 말인가?

형의 빚을 갚고 형의 유가족을 부양하는 데, 룰렛 게임에 아주 많은 돈이 들어갔다는 것은 앞에서도 말한 바 있다. 그러나 그런 지출 명세서에 덧붙여 도스토옙스키의 '소비 습관'도 가계의 적자에 단단히 한몫했음을 부인하기 어렵다.

언젠가 우스갯소리로 인류는 두 부류, 즉 돈 버는 맛에 사는 사람과 돈 쓰는 맛에 사는 사람으로 나뉜다는 말을 들은 적이 있다. 도스토옙스키는 확실히 후자에 속한다. 다시 말해서 '그 많은 돈'이 다 어디로 갔냐 하면, 그가 다 써버린 것이다! 그냥 다 어디엔가 써버렸다는 말이다! 그러니 정말이지 그는 가난을 운운할 자격이 없는 것이다! 가난하다는 것은 쓸 돈이 없는 상태이고 도스토옙스키는 있는 돈을 다 써서 없는 것이니, 양자는 절대로 같은 것이 아니다.

그러면 그는 앞에서 말한 지출 명세서 외에 어디다 돈을 썼는가? 청년 시절의 과시용 소비는 유배 이후 더 이상 문제가 아니었다. 이미 '본색'이 다 드러난 마당에 과시하고 말고 할 것도 없었다.

그가 호의호식에 탐닉했다는 기록도 찾아볼 수 없다. 그가 당대 최고의 작가 반열에 오른 후에도 그의 집을 방문했던 지인들은 그 소박한 서재에 놀라곤 했다. 그는 미술관에 가서 훌륭한 작품을 감상하는 것을 좋아했고, 비싼 음식은 아니더라도 약간의 호사를 부린 달콤한 간식을 좋아했다. 또 그는 단정한 옷차림을 좋아했고, 가끔은 좋은 음악회에 가고 싶어 했다. 술은 거의 마시지 않았다. 간질 때문에 술까지 마실 수가 없었다. 그러나 담배는 즐겨 피웠다. 그 자신과 관련된 소비는 이게 전부다.

그가 돈을 쓴 것은 주로 다른 사람을 위해서였다. 그는 주는 것을, 특히 자기가 사랑하는 아내에게 뭔가 사 주는 것을 매우 좋아했다. 부인의 회고록을 읽다 보면, 그가 꼭 필요하지도 않은 비싼 내복을 아내에게 선사해서 아내가 돈을 아까워했다는 대목이 나온다. 그는 예쁜 물건을 아내에게 사 주고는 가슴 벅찬 행복을 느꼈다. 그토록 궁핍한 처지에서도 아내에게 다이아몬드 귀고리를 선사하기도 했다. 그리고 아내가 그 귀고리를 단 모습은 아주 즐겁게 바라보며 행복해했다. 그는 자식들에게도 아주 자상한 아버지였다. 장난감 같은 것을 사 주며 흐뭇해하는, 그런 보통의 아버지였다. 이런저런 일로 돈은 모이지 않고 어디론가 다 사라져버린 것이다.

만일 도스토옙스키가 이런 하찮은 일에 돈을 낭비하지 않고 독하게 한 푼 두 푼 모았더라면 어떻게 되었을까? 부자가 되지는 않았을지 모르지만 그런 궁핍에서는 빠져나왔을 것이다. 그렇지만 그렇다고 해도 그의 낭비의 역사를 검토하다 보면 간혹 비판하는 대신 가슴 찡한 느낌이 드는 것은 웬일일까.

도스토옙스키는 소설에서 자신의 낭비를 정당화하고 싶었는지도 모르겠다. 「프로하르친 씨」라는 단편소설은 돈 모으기의 허무를 단적으로 보여준다. 프로하르친 씨는 거지처럼 살면서 요며 이불이며 베개 속에 닥치는 대로 은화와 동전 들을 축적해 놓고 있었다. 주위 사람들은 모두 그가 무일푼 가난뱅이라고 믿었다. 그러나 어느 날 그가 죽자 사람들이 그 돈을 '발굴'해낸다. 돈이 너무 많아 보여서 사람들은 처음에 100만 루블 가까이 된

다고 예상했다. 그의 궁색한 삶과 그가 죽고 난 뒤에 나타난 돈
더미, 그 차이는 믿을 수 없을 정도로 드라마틱했다. 그런데 실
제로 돈을 다 세어보니 2,497루블 50코페이카였다. 적은 돈은
아니지만 아주 어마어마하게 큰돈도 아니다. 2,500루블 때문에
그토록 인간 이하의 생활을 했단 말인가? 그렇게까지 해서 살아
야 할 만큼 돈이 중요했단 말인가?

인물 중 하나가 말한다. "그건 말이죠, 그 사람이 미련해서 그
랬던 겁니다."

미련한 건지, 현명한 건지 잘 모르겠다. 그러나 도스토옙스키
는 프로하르친 씨처럼 살지 않았음이 틀림없다. 어쨌든 먹지도,
입지도, 주지도 않고 인생이 제공하는 기쁨을 전부 거부하고 오
로지 돈, 돈만 모은 사람들에 비하면 우리의 낭비가는 인간적으
로 보인다.

재테크는 아내에게 맡겨라

안나 부인은 도스토옙스키가 가정의 경제권을 자신에게 일
임했노라고 자못 뿌듯한 어조로 회고한다. 실제로 도스토옙스
키는 모든 수입을 아내에게 맡기고 자기는 그녀에게 돈을 타서
썼다.

그러나 말이 '경제권'이지 사실상 그것은 빚을 갚아야 하는 의무 이상의 별 의미가 없었다. 뭐가 있어야 권력이지 아무것도 없는 마당에 권력은 무슨 권력……. 그런데 참으로 우습게도, 그렇다 하더라도 경제의 '실권'을 쥐고 있다는 것은 그리 나쁜 기분은 아니었을 거란 생각이 든다. 엄청난 부자를 남편으로 두었다 하더라도 가정의 경제권에서 완전히 소외된 여성은 늘 불행하다. 무엇을 하든 남편에게 보고하고 비용을 타서 써야 한다면 그것 또한 참기 어려운 부자유이리라. 그런 의미에서 안나 부인은 행복했다고 볼 수도 있다. 그녀의 위대한 작가 남편은 심지어 도박장에 갈 때조차 경제의 '실권자'인 아내에게 돈을 타서 썼다.

어쨌든 이렇게 옹색한 가정의 유명무실한 경제권을 쥔 여성은 상당히 높은 수준의 재테크 마인드를 지녔던 것 같다. 그녀의 재테크 마인드는 우선 '잔소리 안 하기'에서 시작한다. 그녀는 남편의 경제 능력(수입과 지출 모든 면에서)에 대해 일찌감치 마음을 비웠다. 바가지를 긁어봤자 아무것도 나올 게 없다는 것을 깨달은 그녀는 남편에게 잔소리를 하는 대신 자신의 제한된 지식을 활용하여 가정경제를 지원하는 방향으로 마음을 굳혔다.

이런 이야기는 대부분 그녀의 회고록에 기초한 것이지만 다른 전기 작가들도 그녀의 현명함에 대해서는 여러 번 지적한 바 있다. 결혼 초에 남편의 빚 사정을 알게 된 그녀는 머뭇거리는 남편을 재촉하여 해외로 줄행랑을 쳤다. 당시의 상황을 고려할 때 그것은 매우 현명한 결정이었다.

러시아로 귀국한 뒤에도 계속 이어지는 빚쟁이들의 독촉에 대해서 그녀는 남편보다 훨씬 단호하고 치밀한 방식으로 대처했다. 그녀의 회고록에 의하면, 어느 독일인 빚쟁이가 악의에 가득 차 당장 빚을 갚지 않으면 도스토옙스키의 동산을 차압하고 그러고도 모자라면 채무자 감옥에 집어넣겠다고 협박했을 때, 이 슬기로운 부인은 아파트는 자기 이름으로 세를 들었고 가구는 모두 할부로 구입한 것이므로 차압할 수 없다는 점, 남편이 채무자 감옥에 들어갈 경우 빚 전액이 탕감될 때까지 감옥에 앉아 있을 테니 채권자는 한 푼도 받을 수 없다는 점 등등을 조목조목 들어가며 역으로 그를 협박했다.

이 협박은 먹혀들어 채권자는 부인이 제시한 방식, 즉 일부만 변제하고 나머지는 할부로 변제하는 제안을 받아들였다. 결국 부인 덕분에 도스토옙스키는 채무자 감옥에 들어가는 것을 면할 수 있었다. 부인은 이런 식으로 빚쟁이들과 협상했고 어떤 때는 남편의 정신 건강을 위해 경제 사정이나 빚쟁이들과의 실랑이 같은 것들을 숨기기까지 했다.

그녀는 자신의 속기술을 활용하여 어떻게든 여분의 돈을 벌고자 했다. 당시 여자가 할 수 있는 부업은 그리 많지 않았다. 게다가 간질병이 있는 남편과 어린 자식을 돌봐가며 짬을 내어 돈을 벌기란 여간 어려운 일이 아니었다. 결국 그녀의 속기술은 번

듯한 부업으로 성장하지 못했다.

그러자 그녀는 이번에는 출판업에 뛰어들었다. 비즈니스에 아무런 경험도 없는 젊은 부인이지만 그녀는 타고난 명민함으로 결국 상당한 돈을 벌 수 있었다. 처음에 그녀는 남편의 책을 출판해서 서적상에게 파는 방식을 택했다. 1873년 『악령』의 출판과 판매는 부인의 치밀한 시장조사와 상술의 힘으로 꽤 짭짤한 수입을 이 궁핍한 부부에게 안겨주었다.

부인의 회고록에 따르면,[45] 『악령』을 3,500부 출판할 경우 4,000루블 정도의 비용이 들었다. 책값은 3.5루블이었다. 당시에는 위탁판매가 관행이었으므로 그녀도 처음에는 위탁판매를 생각했다. 그러나 판매 수수료 50퍼센트를 제하면 별로 수익이 없다는 것을 알고 서점과 직접 거래하기 시작했다. 서점에 책을 넘길 때 그녀는 단호하게 20퍼센트의 할인율을 고수했고 그런 식으로 첫날 150권을 팔았다. 물론 현금만 받았다. 나중에 판매상에게 대량으로 넘길 때는 30퍼센트까지 할인해주었고 판매상이 믿을 만한 경우에는 어음도 받았다. 이런 식으로 해서 그 한해에 3,000권을 팔았고 4만 루블의 순이익을 벌어들였다.

첫 사업에 성공한 그녀는 그 이후에도 계속해서 출판업에 관여했다. 인쇄와 판매, 배포 등의 일에 뛰어난 수완을 발휘했다. 그녀는 남편의 책을 출판하는 것에서 한 걸음 더 나아가 1880년에는 '도스토옙스키 서적 판매상'이라는 회사를 창립했다.[46]

그녀는 이것이 집안 살림을 하면서도 돈을 벌 수 있는 상당히 훌륭한 사업이라고 생각했다. 게다가 창업비가 거의 들지 않는다는 장점이 있었다. 따로 장소를 얻을 필요도 없고 상품을 갖출 필요도 없었다. 사업 허가서를 받는 데 드는 돈, 책을 사서 포장하여 우체국으로 배달할 사환을 고용하는 데 드는 돈이 유일한 지출이라는 것이다. 그런 경비로 드는 돈은 1년에 250~300루블 정도였다. 그래서 창업 첫해에 벌어들인 돈이 811루블이었고, 이 사업은 계속하기만 하면 고수익 사업이 될 것이라는 전망이 보였다. 아내 덕분에 도스토옙스키는 명목상 사업가로 변신한 셈이다.[47]

그러나 이 낭비가 작가와 사업가는 어차피 어울릴 수 없는 것이었나 보다. 딱하게도 도스토옙스키는 사업가로서의 삶을 1년밖에 살지 못하고 세상을 하직했다. 1881년에 남편이 작고하자 부인은 사업을 접었다. 지금 생각하면 그녀가 사업을 계속했더라면 유가족이 그나마 좀 안정된 삶을 누릴 수 있지 않았을까 하는 아쉬움이 남는다. 그러나 그녀의 말에 따르면, 남편이 작고하자 그녀는 모든 시간과 정력을 남편의 전집 출간에 바쳐야 했기 때문에 계속 사업을 할 수 없었다.

이미 도스토옙스키의 명성으로 인해 회사의 가치가 높아져 있었으므로 회사를 매입하고자 하는 구매자까지 꽤 있었다고 한다. 그러나 부인은 역시 낭비가 작가의 미망인답게 그런 금전적인 이득은 초개같이 여겼다. 누군가 회사를 매입하여 비양심적으로 운영할 경우 그토록 사랑하고 존경했던 남편의 이름이 더럽혀질 것을 우려하여 그녀는 아예 회사 문을 닫아버렸던 것이다.

그런데 부인의 놀라운 사업 활동과 경제행위를 모두 훑어보고 나자 어쩐지 재테크가 문제의 핵심은 아니라는 생각이 든다. 물론 그녀의 경제활동은 돈을 벌기 위한 것이었다. 그러나 그보다 더 우선적이고 근원적인 이유는 남편에 대한 사랑이었던 것 같다. 무한히 사랑하고 존경하는 남편이 돈에 허덕이는 모습을 보다 못해 자기라도 돈 버는 일에 뛰어든 것이다. 즉 돈을 번다는 사실보다 남편을 돕는다는 사실이 더 중요했다. 그녀는 회고록 곳곳에서 자신의 사업을 흐뭇한 마음으로 기억하곤 하는데, 그 흐뭇함은 얼마나 많은 액수의 돈을 벌었나 하는 것과는 거의 관계가 없다. 자기가 사랑하는 '페자(도스토옙스키의 애칭)'에게 얼마나 도움이 되었나 하는 것이 그녀의 유일한 관심사였다.

이 대목에서 '재테크라는 것이 과연 무엇인가?' 하는 의문이 떠오른다. 안나 부인의 재테크는 남편을 향한 진실한 애정과 존경을 현실적으로 입증해주는 아주 작은 가시적 증거였을 뿐이 아닌가. 결국 재테크건, 사업이건, 투자건 뭐건 간에 사랑이 없으면 아무것도 아닌 것이다.

딩크족, 거세된 돈

요헨 회리쉬는 『동전의 양면』에서 아주 흥미로운 이야기를 한다. 돈이 갖는 생식력phallic power은 인간의 자연스러운 생식력과 대립하면서 '딩크족dink, double income no kids'의 출현으로 가시화된다는 것이다.[48]

『백치』에서 미슈킨 공작과 함께 나스타샤를 두고 경합을 벌이는 통 큰 사내 로고진을 돈과 생식의 시각에서 한번 살펴보자.

로고진의 아버지는 소설이 시작하는 시점에서 이미 고인이 되어 있지만, 그의 의미는 소설 전체에 깊이 새겨져 있다. 거대한 부를 축적한 아버지와 관련하여 주목을 끄는 것은 그가 러시아 종파 중 하나인 '거세파'에 동조적이었다는 점이다.

거세파란 무엇인가. 그것은 18세기에 생겨난 아주 겁나는 그리스도교 이단인데, 말 그대로 신도들은 스스로를 '거세'함으로써 하느님에게 도달할 수 있다고 믿었다. 이 종파가 생겨난 데는 여러 가지 정치적 상황이 변수로 작용했지만 이 책에서는 자세한 이야기는 생략하기로 하자.

좌우간 이 엽기적인 종파(거세라니, 생각만 해도 끔찍하지 않은가!)는 의외로 무수한 추종자를 불러들였던 것으로 알려져 있다. 부를 축적했으나 귀족으로 편입하는 데 실패한 상인들, 승진에서 누락된 군 장성들, 궁정의 이너서클에서 소외된 귀족들이 그 교단에 들어갔다.

　그런데 이 부유한 상인이 하필이면 거세파라는 것은 무슨 의미가 있는가.

　그의 집부터 살펴보자.

　그런 집들은 도시 자체의 변화를 좇아가지 못하고 거의 옛 모습 그대로 남아 있었다. 견고하게 세워진 집들의 벽은 두꺼웠고 창문은 아주 띄엄띄엄 드물게 나 있었다. 아래층 창문에 창살이 끼워져 있는 집도 더러 보였다. 아래층은 대부분 환전상들이 차지하고 있었고, 위층에는 환전상에서 일하는 거세파 교도들이 세를 살고 있었다. 이런 집들은 안이나 밖이나 별로 인심이 좋아 보이지 않고 메말라 보였다. 모든 것이 숨어 들어가 비밀스러워 보였다. 왜 집들이 한결같이 그런 인상을 풍기는지는 설명하기가 곤란할 것이다. 물론 건축에서 선의 결합은 나름의 비밀을 간직하고 있었다. 이런 집들에는 거의 예외 없이 상인들이 살고 있었다.

　그의 집은 소설의 한 대목에서 아예 "무덤"에 비유되기도 한다. 무덤 같은 집, 컴컴한 집에서 로고진의 아버지는 환전상들과 함께 평생을 돈만 세다가 죽은 것이다. 그의 전 재산은 아들 로고진에게 대물림됐다. 그의 아버지가 거세를 했는지 안 했는지는 확실하게 언급되지 않았다. 다만 그는 거세파에 동조적이고 거세파 환전상들이 사는 건물에 살았던 것으로만 기술된다.

어찌 되었건 그는 돈, 오로지 돈만을 위해 이 세상의 모든 것을, 성과 사랑을 포함한 모든 것을 포기한 인간으로 그려진다. 그의 유일한 열정, 유일한 삶의 원동력은 돈이었다. 도스토옙스키는 이 아버지를 통해 돈에 대한 집착과 광신을 같은 맥락에서 바라본다. 거세파는 신체적인 위해를 통해 신에게 도달한다고 설파했다. 그러나 실질적으로 그들이 추구했던 것은 천상의 행복이 아닌 지상의 천국이었고, 그 점에서 그들은 훗날의 러시아 혁명을 예고한다고 보는 학자도 있다. 아버지에게 거세란 세상을 등졌다는 표시가 아니라 세상의 부에 집중한다는 표시인 셈이다. 여기서 한 가지 흥미로운 것은 러시아어로 '거세skopets'와 '축적skopit'이 같은 어근을 갖는다는 것이다.

아버지는 자손을 불리는 기능을 의도적으로 포기하고 돈을 불리는 기능에 초점을 맞추었다. 인간은 죽는다. 인간이 결혼을 하고 자식을 낳는 것은 그 죽음에 대한 저항이다. 그러나 그는 자식을 낳고 또 그 자식이 자식을 낳음으로써 대대로 이어지는 삶 대신 돈이 돈을 불리는 삶을 선택했다. 셰익스피어의 『베니스의 상인』에서 샤일록은 자신의 고리대금을 가리켜 "돈이 새끼를 치게 한다"라는 표현을 사용한다. 돈은 영원히 증식한다. 인간은 자식은 낳지 못해도 돈은 스스로 자식을 낳아 영원히 번식한다. 작가가 로고진의 아버지를 거세파로 정한 데는 이런 의미가 있다.

그런데 그의 장남은 아버지가 이렇게 모든 돈을, 한 여자를 얻기 위해 정신없이 탕진한다. 그는 돈에는 관심이 없다. 오로지 나스타샤, 그 여자만이 그의 모든 집착의 대상일 뿐이다. 아버지가 그토록 집착했던 돈이 아들에게는 살아 있는 여자로 바뀐 것인데, 아이러니하게도 아버지가 돈을 위해 제거한 인간의 성은 아들에게서 병적인 집착으로 복제되는 것이다.

그러므로 아버지와 아들이 가진 열정(집착)은 그 대상만 다를 뿐 동일한 것이다. 미슈킨 공작은 로고진에게 말한다.

"자네에게 이런 불행이 없었더라면, 즉 이런 사랑이 일어나지 않았더라면, 자네는 아주 가까운 미래에 저기 걸려 있는 아버지와 똑같은 사람이 될 거야. 순종적이고 과묵한 아내와 함께 이 집에서 홀로 살며 아무도 믿지 않고, 또 그럴 필요도 느끼지 않으며, 간혹 엄한 말이나 한마디씩 내뱉으며 시무룩한 표정으로 말없이 돈만 벌고 있을 거네."

여주인공 또한 로고진의 선친의 초상화를 오랫동안 바라보고는 이렇게 결론을 내린다.

"로고진 씨, 당신에게는 강한 열정이 있어. 그런 열정과 더불어 만

263

약 이성이 없었더라면 벌써 시베리아로 유형을 갔을 거야. 하지만 당신에게는 사리 판단력이 있어. 당신은 지금과 같은 어린애 장난을 당장에 그만두는 게 좋을 거야. 당신은 일자무식이니까 돈이나 벌고 이 집에서 거세파 교도들을 데리고 앉아 있는 게 어울릴 거야. 그러다가 결국은 거세파 교도로 개종하게 될지도 모르지. 그리고 돈, 돈 하며 살다가 나중에는 200만이 아니라 1000만 루블까지 벌게 되어 돈 자루 속에 파묻혀 굶어 죽게 될 거야. 당신은 무슨 일에나 정열적인 사람이니까. 그래, 그놈의 정열을 빼면 시체나 마찬가지이지.”

아버지와 아들이 공유하는 집착의 끝은 무엇인가. 도스토옙스키의 답은 죽음이다. 두 남자의 삶에서 증식하는 것은 아무것도 없다. 아버지는 한평생 돈을 모으고 또 모았지만 죽어버린다. 그가 남긴 것은 백치처럼 되어 시커먼 옷을 입고 그린 듯이 앉아 있는 마누라와 변태 아들, 그리고 썩어 문드러지도록 많은 돈이다.

그는 돈을 위해 스스로를 거세했지만 돈 역시 거세된다. 그의 돈은 자기 증식에 실패한다. 그냥 썩어 문드러진다. 한 인물은 그가 쌓아놓은 돈을 시체에 비유한다. “어딘가 마루 밑에 이미 죽은 그의 아버지가 숨겨놓은 시체가 있는 듯한 느낌이 줄곧 들었어요.”

아들도 아버지와 같은 종말을 맞는다. 나스타샤에 대한 그의 끝없는 소유욕은 그녀를 소유할 수 없다는 것을 깨닫는 지점에서 살인으로 마무리된다. 그는 여자를 죽임으로써 소유하려고 한다. 그러나 아버지가 돈을 두고 떠났듯이, 그리고 아버지가 두고 간 돈이 시체처럼 부패해가듯이, 그는 자신이 영원히 소유할 수 없는 여인의 시체를 뒤로하고 시베리아 유형 길에 오른다. 시체를 썩지 않게 하려고 미제 방수포로 싸고 방부제를 네 병 열어두었지만 그 아름다운 여인은 썩어서 흙으로 돌아간다.

앞에서 우리는 도스토옙스키의 지폐가 불타지 않는다는 이야기를 했다. 그런데 이제 거기에 덧붙여 한마디 해야 할 것 같다. 어쩌면 돈을 불타지 않을지 모르지만 그래도 썩는다. 돈은 썩을 때 시체가 부패하는 고약한 냄새를 풍긴다. 어떤 이들은 방부제 병을 열어놓기도 하지만 별로 소용이 없다.

부의 재분배

도스토옙스키는 스스로를 가리켜 프롤레타리아 작가라고 했다. 1863년 9월 18일 스트라호프에게 선불을 청하는 편지에서 "나는 프롤레타리아 문학가입니다. 그래서 내 작품을 원하는 사람은 나를 먼저 먹여 살려야 합니다"라는 유명한 말을 했다.[49]

265

아무리 돈이 급해도 참 엉뚱한 곳에 프롤레타리아라는 말을 붙이는구나 하는 생각이 든다. 그렇게 돈을 물 쓰듯 쓴 사람이 무슨 프롤레타리아란 말인가. 그의 아버지는 서류상으로나마 어쨌든 귀족 계급에 속했던 사람이고, 그 역시 '귀족적인' 소비 습관을 꽤 오랫동안 유지했던 사람이다. 돈이 없긴 했으나 그건 다 써서 없는 것이지 그가 프롤레타리아이기 때문은 아니었다.

도스토옙스키는 기회만 있으면 정치사회적 논평을 통해 유럽 자본주의와 러시아 당대 사회에 자리 잡아가고 있는 자본주의 마인드에 대해 통렬히 비난했다. 그의 『겨울에 쓴 유럽의 여름 인상』, 『작가 일기』 등은 부르주아 속물근성에 대한 신랄한 비판과 황금만능주의에 대한 우려로 가득 차 있다.

"돈주머니의 위력은 예전에도 누구나 이해하고 있었지만 오늘날 러시아에서처럼 돈주머니가 세상에서 가장 위대한 것으로 취급된 적은 없다."(『작가 일기』, 1876년 10월) 『백치』의 한 인물은 이를 비유적으로 표현한다. "요즈음에는 모두 다 저울과 계약에 의거해 살아가고 있지요."

그런데 그는 돈의 위력과 추악함을 아주 상세하게 소설화했지만 모든 부자를 부정적으로 그리지는 않았다. 일부 연구자들이 지적한 바대로, 그는 유산으로 물려받은 돈에 대해서는 상당히 묵인하는 경향이 있었다.[50] 그의 불같은 화를 돋운 것은 오히려 가냐같이 치사한 인간, 루진 같은 인간, 쩨쩨한 소인배, 인색하고 옹졸한 상인들, 혹은 '한탕'을 갈구하는 범인들이었다. 또 그는 '가진 자haves'가 '더 많이 가진 자have-mores'가 되려고 몸부림치는 모습도 못 참아 했다. 반면 돈을 함부로 쓰는 등장인물들은 인간적인 혐오감을 별로 유발하지 않았다.

또 한 가지 덧붙이고 싶은 것은, 그는 열심히 노력하여 돈을 벌어 저축하되 인간적인 한계를 알고 지나친 욕심은 부리지 않는 인간 유형에 대해서는 상대적으로 관대했다는 점이다. 설령 그가 고리대금업자라고 하더라도 말이다.

『백치』에 나오는 프티친은 그 대표적인 예다. 그는 소싯적부터 온갖 극기를 거쳐 자본을 모아 고리대금으로 한 재산 장만한 젊은이다. 그는 가냐의 누이동생 바르바라와 결혼하는데 그에 대해서 소설의 다른 인물은 이렇게 평한다.

예를 들어 가브릴라(가냐)는 프티친이 로스차일드 같은 부호가 되길 바라지도 않고 그것을 생애의 목적으로 삼지 않는다는 데 화내곤 했다. "고리대금을 하는 이상 철두철미하게 해야지. 사람들을 쥐어짜서 돈을 긁어모으란 말이다. 폭군이 되어 유대의 왕처럼 되라고!" 원래 온순하고 말수가 적은 프티친은 그런 말을 들으면 그저 빙긋이 웃을 따름이었다. (…) 그는 가브릴라에게, 자기는 결코 비양심적인 짓을 하고 있는 게 아니니까 자신을 유대인이라 부르는 건 부질없는 짓이라고 밝혔다. 그리고 돈이 지금처럼 위력을 떨치게 된 것도 자기 잘못이 아니고, 자기는 공정하고 정직하게 행동하고 있으며, 실질적으로 자기는 '이런' 사업의 대리인일 뿐이라고 주장했다. (…) "나는 로스차일드가 되지 않을 거요. 그렇게 될 만한 까닭이 없소." 프티친은 웃으면서 덧붙였다. "리테이나야 가에 집이나 한 채 장만할 셈이오. 어쩌면 두 채가 될지도 모르겠소. 난 그것으로 만족하겠소." 그는 속으로 생각해보았다. "어쩌면 세 채가 될지 누가 안담." 하지만 그는 자신의 꿈을 결코 겉으로 드러내지 않은 채 감추고 있었다. 자연은 이런 사람들을 사랑하고 귀여워하기 마련이다. 그러니 자연은 프티친에게 집 세 채가 아니라 네 채도 틀림없이 마련해줄 것이다. 그가 이미 유년 시절부터 결코 로스차일드가 되지 못하리라는 것을 알아왔던 데 대한 보상이기 때문이다. 하지만 다섯 채 이상을 소유하는 것은 자연도 용납하지 않을 것이다. 프티친의 사업도 그 선에서 끝나게 될 것이다.

도스토옙스키는 제도를 통한 부의 재분배에 대해서는 회의적이었다. 그는 가난한 사람들에게 무한한 동정과 연민을 가지고 소설을 썼지만, 그들을 미화하거나 이상화하지 않았으며 그들에게 정의를 실현하기 위한 제도가 하루아침에 생겨날 수 있다고는 믿지 않았다. 그는 빈곤이 폭력과 유혈을 통해 개선될 수도 있다는 가능성에 대해 언제나 우려와 냉소로 일관했다.

『백치』에는 여러 가지 실제 범죄 사건이 플롯에 녹아 있는데,

그중에서 특히 고르스키라는 가난한 학생이 제마린 일가 여섯 명을 살해한 사건은 여러 번 언급된다. 당시 그를 변호했던 변호사의 변론은 도스토옙스키의 울화를 북돋웠던 것 같다. "본 피고인은 너무나 가난했으므로 갑자기 여섯 사람을 살해할 생각이 떠올랐던 것은 오히려 자연스러운 일이었습니다. 누구라도 그의 입장이라면 그런 생각을 하고 말았을 것입니다." 가난하므로 범죄를 저질러서라도 부자의 돈을 빼앗아야 한다는 생각에 도스토옙스키는 경악했다.

이런 변호사의 논리는 미슈킨 공작의 돈을 우려내려는 일부 '진보적인' 청년 일당에게서 반복된다. 그들은 미슈킨의 은인이었던 거부 파블리시체프가 서자를 낳았지만 몰인정하게도 그 아들과 어미를 저버렸다고 주장하면서, 이제 미슈킨은 엄청난 유산을 물려받았으니 그 돈을 은인의 서자에게 나누어주어야 한다는 논지를 폈다.

그들은 자기들의 주장을 관철하기 위해 파블리시체프를 음탕하고 인색한 인간으로 음해했고 미슈킨 역시 어리석은 사기꾼으로 중상모략하는 신문 기사까지 작성했다. 그들은 미슈킨에게 돈을 요구하는 것이 "이익은 사회로 환원돼야 한다"라는 대의하에 이루어진 "양심과 정의를 위한" 행위라고 주장한다.

이 모든 것은 결국 사기 음모였음이 밝혀진다. 파블리시체프는 고매한 인격의 소유자였으며, 그의 친자라고 주장하는 청년은 그와 아무런 혈연관계가 없을 뿐 아니라 오히려 어린 시절에 그의 사심 없는 은혜를 입은 인간이었던 것이다. 그 청년과 그의 동지들은 오로지 백치 공작 미슈킨에게서 돈을 우려내기 위해 모든 일을 꾸며냈는데, 그들에게는 자기들의 주장이 협잡이라는 인식조차도 없었다. 한 인물은 그들을 가리켜서 가난 때문에 여섯 명을 살해한 고르스키와 똑같은 인간들이라고 못 박는다. 그리고 이런 식의 재분배가 당연한 것으로 여겨지는 사회가 곧 '말세'라고 말한다.

도스토옙스키는 경제학이란 것에 대해서는 상당히 짧은 지식밖에 없었다. 아니, 아예 아는 것이 없었다. 그는 수학에서 낙제한 전력이 말해주듯 숫자에 약한 사람이었다. 금융 이론이나 경제지표 등에 대해서는 무지했다. 그러므로 자본주의나 사회주의에 대한 그의 이해는 학문적이라기보다는 감정적이었으리라고 추측할 수 있다.

간혹 그가 그리는 이상향은 어딘지 사회주의적으로 들리기도 한다. 『미성년』에서 마카르는 임종 전에 낙원의 비전을 이렇게 묘사한다.

"지금은 누구나 오로지 돈을 그러모으는 일에만 매달려 미쳐가고 있지만, 만일 보다 큰 목적에 헌신하게 되면 고아도 없어지고 거지도 다 사라지고 말 거야. 그렇게 되면 모든 것이 우리의 것이 되고

모든 사람이 가족이 되고 모든 사람과 화평을 이루며 상부상조할
수 있을 테니까!"

이렇게 이상향이라는 측면에서 도스토옙스키는 어딘지 사회
주의와 유사한 비전을 가지고 있었지만 '직관'으로는 사회주의
를 혐오했다. 그는 사회주의가 약속하는 부의 재분배를 믿지 않
았다. 사회주의가 자본주의의 부정의를 바로잡을 수 있다고 보
지 않은 것이다. 그는 사회주의와 자본주의 모두에 포함된 돈의
이념을 우려했던 것 같다.

『백치』의 한 등장인물은 이렇게 말한다. "나, 파렴치한 레베
제프는 인간에게 빵을 실어다 주는 수레를 믿지 않아요! 왜냐하
면 도덕적 근본이 없이 전 인류에게 빵을 실어다 주는 수레는 그
빵의 혜택을 받는 극소수 인간의 향락을 위해 대부분의 인류를
도외시하고 있기 때문이지요."『악령』에서는 "사회주의자가 철
저하게 되면 더욱 철저한 자본가가 된다"는 말로 도스토옙스키
자신의 심정을 요약하기도 했다.

그러면 정의는 어디 있는가? 자본주의도 아니고 사회주의도
아니면 돈의 무서운 위력에 파멸해가는 인류는 누가 구원하는
가? 기아와 질병과 빈곤에 허덕이는 저 많은 사람을 어떻게 해야
하는가? 그 답은 쉽게 구해지지 않을 것 같다.『백치』의 한 인물
이 미슈킨 공작에게 던지는 말이 의미심장하게 들릴 뿐이다.

"지상의 낙원은 쉽게 얻어지지 않습니다. 그런데 당신은 천국을 기대하는 눈치군요. 천국이란 힘든 길입니다. 공작, 그곳에 도달하는 길은 당신의 아름다운 마음씨가 생각하고 있는 것보다 훨씬 복잡하고 험합니다."

자선의 의미

부의 재분배와 관련하여 도스토옙스키는 때로는 조심스럽게, 때로는 노골적으로 자선의 문제를 제시한다. 빈곤층에 대한 그의 지대한 관심은 이미 처녀작 『가난한 사람들』에서부터 소설화되기 시작하여 『카라마조프가의 형제들』까지 줄기차게 이어진다.

모든 사람이 잘사는 사회는 이상이다. 불평등은 인간의 힘으로 어찌해볼 수 없이 너무도 무거운 문제다. 그러나 그렇다고 해서 모든 것을 '운명'이나 '팔자'로 돌리고 자신의 성공만을 좇으며 살 것인가. 저 가엾은 극빈층에 대해 제도가 할 수 있는 일이 제한적이라고 해서 그냥 손 놓고 앉아 있을 것인가. 마르멜라도프, 소냐, 그리고 돈에 짓밟혀 사라져간 저 무수한 인물을 못 본 척하고 살란 말인가.

도스토옙스키는 당대에 유행하던 사상을 소재로 하여 자선

7장 나눔에의 희망

에 관해 몇 가지 다양한 시각을 보여준다.

그중 한 가지는, 개인적인 자선은 무의미하다는 입장이다. 『죄와 벌』에서 소위 자유사상을 대변하는 한 인물은 주장한다. "원칙에 따르자면 개인적인 자선에 공감할 수 없다는 걸 인정합니다. 왜냐하면 그것은 악을 근본적으로 박멸하지 못할 뿐 아니라 더욱 키워주니까요." 이런 입장은 인간이란 본성적으로 개인주의적이고 이기주의적인 동물이라는 생각에서 나온 것으로, 한때 도스토옙스키의 신경을 몹시 자극했던 것 같다.

이와 비슷한 시각은 『악령』에서도 발견된다.

"하지만 자선에서 나오는 쾌감은 교만하고 부도덕한 쾌감이며, 부자가 헐벗은 자의 의의와 자신의 의의를 비교해서 자기 권력과 부에 탐닉하는 쾌감이에요. 자선은 베푸는 자도, 받는 자도 모두 다 타락시키고 더욱이 목표에 이르지도 못해요. 헐벗음을 배가할 뿐이니까요. 일하는 걸 원하지 않는 게으름뱅이는 마치 도박판의 도박자들처럼 돈을 따려는 희망에서 시혜자 주위로 몰려드는 거예요. 그렇지만 자선가들이 그들에게 던져주는 아쉬운 한 푼 한 푼은 100분의 1에도 못 미치잖아요? 10코페이카짜리 은화 여덟 개, 더 이상은 아니겠죠. (…) 자선은 법으로 금지돼야 해요. 새로운 체제 속에서는 가난한 사람들이 아예 없을 테니까요."

또 자선을 받는 사람들 중에는 『백치』의 일당처럼 베푸는 사람에 대해 철저한 냉소를 견지하는 이들이 있다. 그들은 가진 자가 못 가진 자에게 베푸는 것은 당연한 일이며, 더욱이 가진 자는 베푸는 행위에서 일종의 쾌감을 느끼므로 오히려 베풂을 받는 사람에게 고마워해야 한다는 논리를 가지고 있다. 인격자 부호 파블리시체프의 은덕을 입은 등장인물은 말한다. "나는 파블리시체프에게 아무런 고마움도 느끼지 않아요. 그가 나에게 호의를 베풀어준 것은 본인의 양심을 만족시키기 위한 것이니까요."

그러나 어쨌든 부의 나눔은 지속돼야 한다. 받는 사람이 고마워하건 안 하건, 주는 사람을 오히려 증오하건 말건, 또 주는 사람이 양심의 만족을 위해 그랬던 안 그랬건, 자선은 지속돼야 한다.

『백치』의 이폴리트는 이점을 강변한다. 도스토옙스키의 소설에는 꼭 긍정적인 주인공만이 작가의 입장을 대변하지는 않는다. 온갖 야비하고 저열한 사기꾼들도 자기 순서가 되면 제법 그럴싸한 말을 하거나, 정의를 위해 아주 훌륭한 역할을 한다. 이폴리트만 해도 그렇다. 그는 많은 점에서 도스토옙스키가 우려하는 사상을 대표하지만, 그래도 자선에 관해 절반 이상의 진실을 토로한다.

"개인적 자선을 모함하려는 자는 인간의 본성을 침해하고 인간 개인의 미덕을 무시하는 자라네. 그러나 '사회적 자선' 단체와 개인의 자유에 관한 것은 두 가지가 별개의 문제이지만 상치되는 문제는 아니라네. 개별적 선은 그것이 개성의 요구이자, 하나의 개성이 다른 한 개성에게 직접적으로 영향을 미치는 살아 있는 요구이기 때문에 영원히 남아 있기 마련이지.

어떤 형식이든 간에 자네의 씨앗을 뿌리고 자네의 '자선과 선행'을 베푼다는 것은 자네 개성의 일부를 타인에게 내주는 동시에 타인 개성의 일부를 받아들이는 걸세. 자네는 상호 교류하고 있는 거라네. (…) 자네의 모든 사상, 자네가 던진 모든 씨앗, 그것들은 자네에게서 이미 잊혔을지 모르지만, 아마도 형체를 얻어 쑥쑥 자라나게 될 것이네. 자네에게 베풂을 받은 자는 제삼자에게 그대로 베풂을 전해주기 때문이라네."

그런데 이렇게 개인의 자선에 대해 콕 집어 말하는 이폴리트 자신은 그 개인의 자선이 지니는 함정을 적나라하게 드러내는 행동을 한다. 이폴리트 한 사람에게 도스토옙스키는 자선에 관한 상반되는 입장을 동시에 구현한다.

개인적인 자선에 관해 그토록 진지하게 성찰한 이 청년은 같은 건물에 사는 가난한 수리코프에 대해서는 엄청난 경멸과 심지어 분노까지 표방한다.

수리코프는 다 떨어진 옷을 입고 다니는 '양반 출신'의 거렁

뱅이로 항상 죽는 소리를 해대는 남자다. 마누라는 병으로 죽고 아들은 겨울에 얼어 죽고 딸은 첩으로 팔려 갔다. 극빈자 중의 극빈자인 이 남자에 대해 이폴리트는 몰인정의 차원을 넘어 가학으로 일관한다.

> 그는 늘 흐느껴 울거나 소리 내어 운다. 그따위 바보 같은 인간에게는 손톱만큼도 불쌍한 마음이 들지 않는다. 지금도 그렇고 과거에도 그랬다. 나는 그런 자에게 다음과 같이 당당하게 말할 수 있다! 왜 그는 로스차일드가 되지 못하는가? 그가 로스차일드 같은 백만장자가 되지 못하고 사육제의 무대만큼 높이 쌓아 올린 임페리얼 금화와 나폴레옹 금화를 가지지 못하는 것은 대체 누구의 잘못인가? 그가 살기만 한다면 모든 것이 그의 수중에 들어올 텐데! 그가 이 사실을 이해하지 못하는 것은 누구의 잘못 때문인가?

즉 가난한 사람이 가난한 것은 자기 잘못이라는 것이다. 가난은 자업자득이므로 연민이나 동정은 불필요하다는 이야기다. 자기가 못나서, 자기가 게을러서 부자가 못 되었는데 누구를 탓하느냐는 것이다.

이폴리트는 그것도 모자라 가엾은 수리코프를 조롱한다.

> 나는 그의 궁핍함이 그의 책임이라는 말을 귀에 못이 박히도록 해

주었다. (…) 지난 3월에 '얼어 죽은' 수리코프의 아기를 보러 위층으로 올라갔을 때 나는 그 아기 시체를 보고 나도 모르게 코웃음을 쳤다. 나는 아버지가 잘못했기 때문에 아기가 죽은 것이라고 핀잔하기 시작했다. 그러자 가난뱅이 수리코프의 입술이 파르르 떨리더니, 그는 한 손으로 나의 어깨를 잡고 다른 손으로 문을 가리키면서 거의 속삭이는 듯한 말투로 조용히 "나가주시오!"라고 말하는 것이었다.

수리코프를 대하는 이폴리트의 태도는 사회 불평등에 대한 모종의 구역질 나는 극단을 보여준다. 물론 그것은 극적 효과를 위해 과장되어 있다. 그러나 도스토옙스키의 불평등이 가속화될 때 그런 식의 태도가 사회에 자리 잡을 수도 있다는 가능성을 미리 예고했던 것 같다.

한편 이폴리트는 실제로 가엾은 사람을 도와주기도 하는데, 이 경우에도 그것은 인간적인 연민과는 거리가 아주 멀다.

어느 날 그는 한 가난한 신사가 떨어뜨린 지갑을 줍게 된다. 그는 그 신사를 쫓아간다. 그 남자는 지방에 사는 의사인데 음모에 말려들어 직장도 잃고 소송비용으로 전 재산을 탕진했다. 그래서 수도로 와서 진정서를 내고 있는 판에 중요한 서류가 들어 있는 지갑을 길에서 잃어버릴 뻔했다가 이폴리트 덕분에 다시 찾게 되었다.

그는 현재 먹을거리도 떨어지고 아내는 해산한 직후라 절벽 끝에 서 있는 상태다. 이폴리트는 그의 딱한 처지를 듣고 잘 아는 고위 관료에게 의사의 문제를 탄원해보겠다고 약속한다. 마침 그 고위 관료는 의사 사건의 해결책을 손에 쥐고 있는 사람이었다. 이폴리트의 간청 덕분에 만사가 순조롭게 해결되어 의사는 직장도 얻고 보조금까지 받게 되었다.

그런데 이상하게도 이때부터 이폴리트는 의사와 연을 끊다시피 하고 의사가 고마운 마음을 표하러 찾아와도 냉담하게 맞이한다.

이폴리트가 의사를 회피하는 데는 사의를 거절하는 마음과는 다른, 좀 더 강한 뭔가가 있다. 그는 의사의 사의를 거절함으로써 의사에게 영원히 갚을 수 없는 빚을 남겨놓고자 했던 것이다. 그는 은근히 감지덕지하는 의사의 모습을 즐긴다. 그러면서도 의사에게 은혜를 갚을 수 있는 기회를 박탈한다. 여기에는 의사의 미래를 담보로 하는 권력에의 의지, 의사를 지배하고자 하는 파워 게임의 논리가 있을 뿐 진정한 자선은 없다.

나눈다는 것은 생각처럼 단순하지 않다. 주는 사람이나 받는 사람이나 언제나 복잡 미묘하고 이상한 상황에 놓이게 된다. 많은 경우에 주는 사람은 자기도 모르게 생색을 내게 되고, 받는 사람은 주는 사람을 지독히 증오하게 된다. 선행처럼 아름다운 일까지도 이토록 복잡하다는 것이 참 아이러니하지만, 인간이란 원래가 복잡하기 때문에 어쩔 수 없는가 보다. 도스토옙스키는 선행과 자선과 부의 재분배 문제에 관해 줄기차게 문제 제기를 하다가 결국 마지막 소설에서 미약하나마 일종의 답을 얻게 된다.

한 번에 한 사람

『죄와 벌』에서 찢어지게 가난한 알코올 중독자 마르멜라도프가 죽고 그의 추모식이 엉망진창이 된 뒤 부인 카테리나는 완전히 발광하여 거리로 나선다. 그녀는 피눈물을 흘리며 절규한다. "참으로 정의란 없는 것입니까! 우리같이 불쌍한 이들을 보호하지 않으면 누구를 보호한단 말입니까? 이제 곧 알게 될 거야. 세상에는 정의와 진실이 있다는 것을! (…) 세상에 정의가 있는지 없는지 곧 알게 될 테니까." 눈물 없이는 읽을 수 없는 장면이다.

참으로 많은 사람이 외치고 싶어 할 말이다. 정의가 어디에 있는가.

도스토옙스키는 소설 속에서 이 문제에 대한 답을 다각도로 모색한다. 그는 『백치』에서 가장 아름다운 인간, 그리스도를 닮은 인간을 창조했지만 그 인물 자체가 완전한 백치 상태로 돌아간다. 그의 소설에는 오히려 정의를 가져오려다가 더 큰 화를 초래하고 자기 자신도 멸망하는 인물이 많이 등장한다.

그는 천국을 꿈꿀 만큼 이상주의적이고 지상의 낙원이 불가능함을 믿을 만큼 현실주의적이었다. 그가 만년에 도달한 일종의 해결책은 그의 이상주의와 현실주의가 수렴하는 지점에서 희미하게나마 드러난다.

그는 『카라마조프가의 형제들』에서 유난히도 '하나'의 의미를 강조한다. 소설의 제사題詞는 이 점을 예고한다. "밀알 하나가 땅에 떨어져 죽지 않으면 한 알 그대로 남아 있고 죽으면 많은 열매를 맺는다."

『요한의 복음서』에 나오는 이 대목은 그동안 무수히 많은 종교적 해석을 불러일으켰다. 그런데 이 대목은 다만 종교뿐 아니라 아주 많은 부분에서 도스토옙스키를 대변하는 것 같다. 특히 자선과 선행이라는 측면에서 그렇다.

밀알 하나처럼 아주 작은 생각, 행위, 말이 결국에는 큰 선을 이룩한다는 이 이야기는 소설 전체에 걸쳐 울려 퍼진다. 천국에 다가가기 위해 거창한 이론이나 어마어마한 희생 같은 것이 요구되는 건 아니라는 것이다.

『카라마조프가의 형제들』에서 밀알의 변주로 울려 퍼지는 것은 '파 한 뿌리'다. 여주인공이 언젠가 들었던 우화의 형태로 기술되는 이 이야기의 내용은 이렇다. 옛날에 아주 심술궂은 할머니가 살았다. 평생 단 한 번도 선행도 하지 않은 노파가 죽자 지옥 불구덩이에 빠졌는데, 그녀의 수호천사가 곰곰 생각해보니 언젠가 할머니가 밭에서 파 한 뿌리를 뽑아 거지에게 준 적이 있는 것이다. 그래서 하느님에게 그 이야기를 했더니 하느님은 그것도 받아들여 할머니에게 자기가 베푼 적이 있는 파를 붙잡고 지옥 불구덩이에서 나오도록 하라는 명령을 내린다. 요컨대 단 한 번의 선행, 아주 작은 한 가지 일이 그걸 베푼 인간에게 지옥에서 빠져나올 수 있는 가능성으로 되돌아온다는 것이다.

또 다른 예는 '호두 한 푼트'에서 나타난다. 주인공 드미트리가 억울하게도 살인 누명을 쓰고 법정에 서게 되자, 그를 위해 나온 증인 중 한 사람인 독일인 의사는 그가 어린 시절에 베풀었던 '호두 한 푼트' 이야기를 한다. 의사는 어미도 없이 버려진 자식인 드미트리가 가엾어서 호두 한 줌을 사 주었는데, 청년이 된 드미트리가 그를 찾아와 그 옛날의 호두 한 줌을 잊지 않고 고마움을 표현했노라고 증언한다. 23년 전에 있었던 아주 사소한 일을 잊지 않고 감사할 줄 아는 청년은 좋은 사람이라는 것이 의사의 변론이다. 실제로 이 일화는 방청석에 앉아 있던 많은 사람이 피고에게 유리한 인상을 갖게 했다.

『카라마조프가의 형제들』에서는 이런 '단 하나'의 테마가 거창한 인류 구원 계획이나 제도, 이념과 대비를 이루며 반복되다가 결국 밀알만 한 믿음, 파 한 뿌리만큼의 자선, 호두 한 줌 분량의 고마운 마음이 세상을 바꿀 수도 있다는 결론으로 귀착한다.

도스토옙스키는 실생활에서도 이 '하나'의 법칙을 실천한 것으로 알려져 있다. 그가 돈에 쪼들린 이유 중 하나가 의붓아들과 형의 유가족 부양 의무에서 비롯됐다는 점을 누차 강조했다. 그는 멀리 갈 것 없이 자기가 아는 사람, 자기와 가까운 사람에게 자선을 한 것이다. 비록 그들이 그의 자선을 받을 자격도, 인간적인 가치도 없는 사람들이긴 했지만, 그래도 도스토옙스키는 그들에 대한 부양을 인간의 도리로 여겼다.

또한 안나 부인의 회고록에 의하면, 그는 거지를 보고 그냥 지나친 적이 없었다고 한다. 단돈 1코페이카라도 반드시 적선했으며, 더욱이 집 근처에서 거지를 만났을 때 마침 가지고 있는 돈이 없을 경우에는 거지를 집으로 데려와서 부인에게 돈을 얻어 주었다. 거지들이 여러 가지 핑계를 대어가며 구걸하는 경우에도 그는 그 말이 거짓이라는 것을 뻔히 알면서 적선했다.

나는 도스토옙스키가 성인군자라는 말을 하고 싶어서 이런 이야기를 하는 것이 아니다. 너무나 인간적인 사람이어서 그럴 수도 없다. 그는 어쩌면 자기에게 가까운 사람, 자기 손이 미치는 범위 내에 있는 사람들에게 '파 한 뿌리'를 나누어주고 싶은 마음을 가졌던 것이 아닐까.

도스토옙스키 전기의 이 대목을 읽을 때면 마더 테레사의 「한 번에 한 사람」이라는 글이 생각난다.

난 결코 대중을 구원하려고 하지 않는다.

난 다만 한 개인을 바라볼 뿐이다.

난 한 번에 단지 한 사람만 사랑할 수 있다.

한 번에 단지 한 사람만 껴안을 수 있다.

단지 한 사람, 한 사람, 한 사람씩만······.

따라서 당신도 시작하고 나도 시작하는 것이다.

난 한 사람을 붙잡는다.

만일 내가 그 사람을 붙잡지 않았다면

난 4만 2천 명을 붙잡지 못했을 것이다.

당신에게도 마찬가지다.

당신 가족에게도,

당신이 다니는 교회에서도 마찬가지다.

단지 시작하는 것이다.

한 번에 한 사람씩.

종말의 경제학전 비전

『악령』은 정치적인 메시지가 너무 강해서 돈의 문제가 끼어들 여지가 없어 보인다. 그러나 이 소설도 역시 도스토옙스키 특유의 돈 문제가 곳곳에서 소설 플롯과 뒤얽힌다. 『백치』가 돈을 통해 썩을 대로 썩은 자본주의 상류층의 모습을 그리고 있다면, 『악령』은 돈을 통해 그 못지않게 부패한 급진주의 니힐리스트의 모습을 그린다.

『악령』에는 상식적인 의미에서 긍정적인 인물이 등장하지 않는다. 인물들은 하나같이 광기에 사로잡혀 있으며 어딘가 이상하다. 모두들 작가의 지독한 캐리커처 덕분에 저런 인간이 어찌 있단 말인가 할 정도로 추악하고 우스꽝스럽다.

도스토옙스키는 이 추악한 인물들의 관계를 이끌어나가는 동인으로 돈을 사용한다. 인물들은 돈을 통해 만나고 사건에 휘말리고 파멸하고 파멸시킨다. 니힐리스트들의 세계는 돈을 통해 추악함과 어리석음과 우스꽝스러움을 고스란히 드러낸다. 인물들은 돈을 받기 위해 밀고를 하고, 살인을 사주하기 위해 돈을 주고, 훔치기 위해 죽이고 죽이기 위해 돈을 뿌린다. 그들은 어떤 이념도 돈으로부터 자유롭지 못함을 보여준다.

특히 이 소설은 돈 때문에 자살하는 소년을 등장시켜서 돈과 사회악의 관련성을 시사하는데, 도스토옙스키가 즐겨 사용한 자살의 소재는 이 소설에서 가장 많은 관심을 받는다.

도스토옙스키의 소설에는 자살자가 많이 등장한다. 자살은 가장 용서받을 수 없는 죄악으로, 살인에 버금가는 무서운 범죄로 그려진다. 그의 소설에서 자살자는 대부분 악의 결정을 보여준다. 『죄와 벌』의 스비드리가일로프, 『백치』의 이폴리트에 이어, 『악령』에는 허무를 이기지 못해 자살하는 주인공 스타브로 긴, 이념 때문에 자살하는 키릴로프 외에도 돈 때문에 자살하는 소년이 등장한다.

소년의 자살은 도스토옙스키가 진단하는 당대 사회의 병폐를 보여주는 좋은 예라 할 수 있다. 스타브로긴의 자살이 어딘지 신비한 구석이 있고, 키릴로프의 자살에 뭔가 형이상학이 숨어 있다면, 소년의 자살과 그것을 바라보는 구경꾼의 시선에서는 돈과 종말의 직접적인 방정식이 드러난다.

자살자는 아직도 소년이라 할 수 있는 열아홉 살의 청년이다. "숱이 많은 금발에 계란형의 똑바른 얼굴선과 깨끗하고 아름다운 이마를 가진 매우 잘생긴 소년이었다." 소년은 홀어머니와 누이들의 심부름으로 시골을 떠나 도시로 갔다. 어머니는 소년에게 수십 년 동안 모은 400루블을 주며 도시에 사는 아주머니의 지시를 받아 시집갈 큰누나의 혼수를 이것저것 장만해 오라는 심부름을 시켰다. 그는 이제까지 검소하고 올바른 삶을 살아온 터였다.

그런데 이 아이는 친척 아주머니에게 가는 대신 도시의 여관에 방을 잡고 샴페인과 하바나산 시가와 일곱 가지 코스 요리를 주문했다. 다음 날, 그는 집시 마을로 간 뒤 이틀 동안 잠적했다가 다시 여관으로 돌아왔다. 그리고 또 포도주, 음식, 종이 등을 주문한 뒤 간단한 유서를 쓰고 밤중에 권총 자살을 했다. 유서에는

400루블을 탕진했으므로 자살한다는 글이 쓰여 있었다. "그의 얼굴에는 죽음의 고통이 전혀 나타나 있지 않았다. 표정은 평온하다 못해 마치 살아 있는 것처럼 거의 행복해 보이기까지 했다."

400루블 때문에 자살하는 소년. 감소하고 착실하게 살아오다가 생전 처음 보는 거액의 돈을 손에 들게 되자 완전히 이성을 상실하여 탕진하고는 공포에 질려 자살하는 소년.

이 소년의 자살 자체는 어쩌면 별다른 의미가 없을지도 모른다. 빚에 몰려 자살하는 사람이 어디 한둘인가. 자살자가 너무 어린 소년이라는 것이 사태를 좀 더 우울하게 만드는 건 사실이지만, 그렇다고 이걸 가지고 크게 떠들어댈 일은 아닐 수도 있다.

그런데 도스토옙스키는 이 자살자를 바라보는 니힐리스트들의, 그리고 니힐리스트에게 전염된 보통 사람들의 시선을 첨가함으로써 단순한 에피소드를 아주 음울한 사회의 초상화로 만든다.

마을의 니힐리스트들, 그리고 그들과 뜻을 같이하는 부인네들까지 합세한 방탕한 무리는 어느 날 심심함을 해소하기 위해 나들이에 나선다. 마차를 대절해 가던 그들은 여관에서 누군가 자살했다는 소식을 듣고 뛸 듯이 기뻐한다. 그들은 "정말 지겨워 죽을 판인데 기분 전환 거리라면 뭐든 가릴 게 없지. 그저 재미있기만 하면 되니까"라고 떠들며 당장 자살자를 보러 가기로 한다. 그들은 탐욕스러운 호기심으로 시체를 요리조리 뜯어보고 나서 제각기 몇 마디씩 논평하는데 그것이 참으로 가관이다.

어느 사람은 "이건 가장 훌륭한 최후이며 이 소년은 이보다 더 현명한 일을 생각해낼 수 없었을 것이다"라고 지적한다. 또 어느 사람은 "비록 짧은 순간이지만 멋지게 살다 갔다"라고 결론지었다. 어떤 사람은 자살자의 방에 남아 있던 포도를 슬쩍하고, 또 어떤 사람은 포도주 병에 손을 뻗쳤다. 다들 시시덕거렸고 이 자살자를 구경한 다음 "모든 이들의 공통된 즐거움, 웃음, 그리고 발랄한 대화는 아직 반쯤 남아 있는 여정 동안 거의 갑절로 생기를 띠게 되었다."

돈에게 잡아먹힌 것이나 다름없는 소년의 시신은 '관객들'에게 신나는 볼거리 이상 아무것도 아니다. 카드 빚, 한탕주의, 생명 경시……. 옛날이나 요즘이나 사회 질병의 성격은 비슷한 것 같다. 이런 세상의 끝은 무엇일까. 도스토옙스키는 『미성년』의 인물 베르실로프의 입을 빌려 종말의 모습을 보여준다. 종말에 대한 그의 비전은 '경제학적'인 차원에서 그려진다.

"아무런 특별한 이유 없이 모든 국가들은 균형 잡힌 예산과 부채가 없는 상황인데도 어느 날 아침 결정적으로 혼란에 빠져 어떤 예외도 없이 지불을 거부해야 할 상황에 직면하게 될 거야. 전체적으로 파산이 일어나는 소동을 막으려 하기 때문이지. 그렇게 되면 물론 파산 정리가 대대적으로 시작될 것이고 많은 유대인들이 와서 유대왕국을 건설하겠지. 그러나 그런 상황이 되면 지금까지 한 번도 주식을 가져본 일이 없는 사람들, 즉 부랑자와 같은 모든 사람들이 당연히 그런 일방적인 파산 정리에 참가하기 싫다고 거부할 거야. 그렇게 되면 커다란 싸움이 벌어지겠지. 그리고 77회의 격렬한 싸움을 거쳐 부랑자들이 주주들을 전멸시키고 그들의 주식을 빼앗아 새로운 주주의 자격으로 그들의 자리를 차지하게 될 거야. 어쩌면 그들이 뭔가 새로운 것을 말할지도 모르지만, 어쩌면 또 아무 말도 안 할지 몰라. 그러나 확실한 것은 그들도 결국에는 역시 파산하고 말 것이라는 점이지. 그다음에는 어떤 운명이 도래해서 지구의 상황을 변화시켜나갈지 나는 무엇 하나 자신 있게 예견할 수 없구나. 그런 것에 관해서는 『요한의 묵시록』을 들여다보는 편이 좋을 것 같다."

아르카디가 그러면 무엇을 해야 하느냐고 묻자 그의 대답은 성서로 돌아간다.

"무엇을 해야 하느냐고? 어느 상황에서든지 항상 정직하고 절대로 거짓말하지 마라. 그리고 이웃 사람의 것을 탐하지 말아야 한다. 한마디로 말한다면, 십계명에서 말하고 있는 바를 지키는 거야. 그 속에 모든 영원한 진리가 담겨 있으니까."

도스토옙스키는 금융자본주의라는 것이 생겨나기도 전에 세상을 하직한 사람이다. 게다가 앞에서 이야기했듯이 그는 경제학에 관해서는 아무것도 몰랐다. 그런 그가 무슨 국가의 파산이니 주주의 전멸이니 하는 이야기를 한다는 것이 신기하게 들리기만 한다. 그러나 이 빵점 경제학자가 그리는 종말의 비전이 왠지 섬뜩하게 다가오는 것은 어쩐 일인가.

5코페이카어치의 보드카

『악령』은 등장인물들이 대부분 살해당하거나 자살하는 아주 어두운 소설이다. 그러나 그 궁극적인 메시지는 결코 어둡지 않다. 도스토옙스키는 악령에 사로잡힌 니힐리스트들도 인류의 한 부분이며 그들도 신의 무한한 섭리에 의해 구원받으리라는 사실을 분명하게 전달한다.

그리고 이 메시지를 전달하는 것은 놀랍게도 소설 내내 우스꽝스럽게 그려지는 늙은 자유주의자 스테판이다. 그는 소설의 말미에서 집을 떠나 방랑길에 오른다. 그리고 최후를 맞이하기 직전에 놀라운 각성을 하게 되는데, 그가 임종시에 횡설수설하는 대목은 이 소설의 핵심적인 부분이라 할 수 있다.

스테판은 러시아는 악령에 사로잡힌 환자나 마찬가지이지

만, 결국 악령은 환자에게서 빠져나와 돼지 떼 속으로 들어갈 것이며, 위대하고 높은 존재의 섭리에 의해 환자는 완치될 것이라는 취지의 말을 한다. 그리고 열광적으로 삶의 영광을 찬미하면서 임종을 마무리한다.

"삶의 모든 1분이, 삶의 모든 순간이 인간에게는 축복이 되어야 합니다. 그래야 합니다. 꼭 그래야 합니다! 그것이 바로 인간의 의무인 것입니다. 그것이 인간의 율법입니다. (⋯) 이미 나에 비하면 말할 수 없이 정의롭고 행복한 뭔가 존재한다는 한 가지 생각이 늘 한량없는 감동과 영광으로 나를 온통 가득 채우고 있습니다. 오, 내가 누구든 무엇을 했든 간에! 기필코 인간은 무엇보다도 자기 자신의 행복을 알아야 하고, 매 순간 어딘가에 모든 사람과 모든 것을 위한 완전하고도 평온한 행복이 이미 존재하고 있음을 믿어야 합니다."

그런데 이런 그의 환희에 들뜬 헛소리와도 같은 행복 예찬론은 농가의 오두막에서 주문해 마신 5코페이카어치의 보드카에서 촉발된다. 그는 무아지경 속에서 기름기가 잘잘 흐르는 러시아 팬케이크를 먹으며 보드카를 생각한다. 아주 약간의 보드카만 있다면⋯⋯. 그는 조금, 아주 조금의 보드카, 즉 5코페이카어치의 보드카를 주문한다.

곧 보드카 반병과 술잔이 그 앞에 놓인다. 그는 너무나 좋아 환호성을 지른다. "나에게는 언제나 보드카가 있었지만 5코페이카어치가 이렇게 많은 줄 몰랐답니다!" 그는 보드카를 농부의 아낙에게도 권하고 자신도 마신다. 그러고 나서 얼마 후에 열락에 들뜬 그의 장광설이 나오게 되는 것이다.

갑자기 500원어치의 막걸리가 엄청나게 많다는 것을 느끼게 되는 순간은 일상의 아주 작은 행복으로 이어진다. 스테판이 죽기 조금 전에 마신 보드카는 작은 행복의 상징이다. 그리고 그 작은 행복은 모든 이념과 돈과 범죄보다 훨씬 높은 곳에서, 아주 완전히 다른 차원에서 인간의 삶을 삶으로 만들어준다. 농부의 아낙과 나누어 마신 5코페이카어치의 보드카, 여기에 진리가 있다고 말한다면 지나친 걸까?

『악령』의 이 대목을 읽다 보면 어쩐지 천상병 시인의 「나의 가난은」이라는 시의 첫 연이 생각난다.

오늘 아침을 다소 행복하다고 생각하는 것은
한 잔 커피와 갑 속의 두둑한 담배
해장을 하고도 버스 값이 남았다는 것.

8장

돈을
넘어서

『카라마조프가의 형제들』

FYODOR MIKHAILOVICH DOSTOEVSKY

도스토옙스키 사상의 매력은
그가 인간을 인간답게 읽어냈다는 데 기인한다.
그는 인간의 모든 변덕과 인간의 모든 이상한 측면과
인간의 모든 욕구를 파악하려 노력했고,
인간을 생긴 그대로 존중하려 노력했다.
돈의 추구는 이 다양한 욕구들의 한 면만을 구성한다.
돌을 빵으로 만들어 인간 앞에 가져다 바친다 해도
나머지 욕구들은 충족되지 않은 채 남아 있을 것이다.

FYODOR MIKHAILOVICH DOSTOEVSKY

『카라마조프가의 형제들』 줄거리

방탕하고 탐욕스럽고 불경한 홀아비 표도르 카라마조프는 두 번의 결혼으로 세 아들을 얻는다. 첫째 아들 드미트리는 다혈질의 잘생긴 청년으로 머리보다는 가슴으로, 지성미보다는 야성미로 사람들에게 어필한다. 둘째 아들 이반은 무신론자로 두뇌가 매우 발달한 청년이다. 두 아들은 아버지를 지독하게 혐오한다. 셋째 아들 알로샤는 수도사가 되려는 목표를 가지고 있는 지극히 선하고 순수한 청년이다. 이 집안에는 표도르가 동네 백치 여자와 장난삼아 관계를 맺어서 얻은 아들이 하인이자 요리사로 함께 살고 있다. 이 청년 스메르자코프는 뒤틀린 심성으로 세상을 증오하고 아버지를 지독히 미워하지만 이반만은 존경한다.

드미트리는 양갓집 아가씨 카테리나와 약혼한 상태이지만, 동네 부유한 상인의 첩인 그루센카를 보고 그만 완전히 넋이 나가 그녀와 결혼할 마음을 먹는다. 그런데 아버지 표도르도 그루센카에게 흠뻑 빠져 3,000루블을 미끼로 그녀를 유혹하려 한다.

드미트리는 그루센카와 결혼하기 위해 절실하게 돈이 필요한 상황에서 아버지에게 억지로라도 돈을 받아낼 생각을 한다. 그러던 중 아버지가 의문의 살인을 당하고 그루센카를 위해 마련해두었던 3,000루블이 없어지자 드미트리는 가장 유력한 용의자로 체포된다. 모든 증거는 드미트리가 범인임을 지목한다. 그러나 사실은 하인 스메르자코프가 둘째 아들 이반을 위해, 그리고 이반의 묵인하에 아버지를 살해한 것이다. 스메르자코프는 자신의 살인이 이반의 동의를 얻는 데 실패했음을 알게 되자 자살한다. 결국 드미트리는 유죄판결을 받는다.

3,000루블

『카라마조프가의 형제들』은 3,000루블에 관한, 3,000루블에 의한, 3,000루블을 토대로 하는 소설이다. 번역본으로 1,700쪽에 달하는 이 소설은 3,000루블로 시작해서 3,000루블로 끝난다고 해도 과언이 아니다. 소설 전체를 통틀어 3,000루블에 관한 언급은 정확하게 191번 나오며, 그 외에 돈의 액수가 언급되는 것은 300번 정도다.

3,000루블이 정확하게 어느 정도의 돈인지 알려면 당시의 물가 등 여러 가지 요인을 고려해야 한다. 러시아 경제 전문가에게 자문을 구했더니 복잡한 환율 계산에 근거하여 대략 오늘날 우리 돈으로 5000만에서 6000만 원 정도로 보면 될 것 같다는 대답이 돌아왔다. 아주 어마어마하게 큰돈, 이를테면 수십억 원 같은 액수는 아니지만, 그래도 보통 사람들에게는 꽤 큰돈이라 하지 않을 수 없다.

이 소설에서 도스토옙스키는 단순히 돈을 언급할 뿐 아니라 3,000루블이라는 특정 액수의 돈을 가장 일관된 소설의 모티프로 삼는다. 이 돈은 등장인물들을 엮어주고 그들의 심리를 드러내고 플롯을 이끌어나간다. 어디 그뿐인가. 주인공 드미트리의 운명은 이 돈 3,000루블에 의해 완전히 뒤바뀐다. 요컨대 그의 일시적인 파멸과 영원한 구원은 이 돈에 의해 결정된다.

도스토옙스키 최후의 걸작, 그의 모든 소설적 역량이 집대성되어 있는 작품, 세계 문학사상 열 손가락 안에 꼽히는 불후의 명작, 다름 아닌 바로 이 소설에서 돈은 이전 소설들에서 수행했던 모든 역할을 총 정리해서 보여준다. 이 소설에서 돈에 대한 작가의 관점은 완벽하게 소설화된다.

그럼 도대체 3,000루블이 어쨌단 말인가?

3,000루블이 무대의 중앙에 나오기까지 좀 복잡한 사연이 있

는데 그 이야기를 차근차근 풀어나가보자. 좀 지루하더라도 꾹 참고 읽어주시길 바란다.

카라마조프가의 큰아들 드미트리는 방탕한 삶을 살아왔다. 여자들을 유혹하고 술을 퍼마시고 카드 게임을 하는 데 아낌없이 돈을 써댔다. 적어도 아버지가 그를 비난하는 이유 중 하나가 그의 방탕함이다. 그러나 그는 탐욕과는 거리가 멀다. 그에게 돈은 "액세서리, 영혼의 열기, 소도구" 정도에 불과했다. 그래서 돈을 아낌없이 쓸 수 있었을 것이다. 돈에 큰 의미를 두는 사람은 절대로 돈을 함부로 쓰지 않는다. 드미트리는 씀씀이로 보면 작가 자신을 연상시킨다.

그는 전선의 어느 부대에 근무할 당시 인근 마을에서 상당한 인기를 누렸다. 돈을 뿌려대는 미남자에다 호기와 박력 또한 알아주는 사내였으므로 누구나 그에게 호감을 가졌다. 그는 아버지가 관리하면서 보내주는 죽은 어머니의 유산을 곶감 꼬치 빼먹듯이 써대고 있었지만, 그 자신도 주위 사람들도 그가 큰 부잣집 아들이라 생각하고 있었다.

그런데 어느 날, 그와 사이가 나쁜 중령의 둘째 딸 카테리나가 수도에서 대학을 졸업하고 돌아온다. 자존심 강하고 도덕적이며 교육도 많이 받은 이 미인 아가씨가 당시 지역에서 인기 만점의 신랑감이었던 드미트리에게 고압적인 자세를 취하자, 드

298

미트리는 상처받은 자존심 때문에 복수를 다짐한다.

그때 두 가지 사건이 일어난다.

첫째, 그는 어머니의 유산을 관리해오던 아버지와 서면으로 최종 담판을 한다. 즉 아버지에게서 그동안 자신이 보내준 돈으로 유산이 대부분 소비됐으며 남은 돈은 6,000루블이라는 연락이 오자, 그는 6,000루블을 일시불로 받고 그 대신 유산에 대한 권리 포기 각서를 써주는 일에 동의한다. 그는 이런 큰 문제에 대해 별 생각 없이 서명하고 돈 문제는 완전히 잊어버린다.

둘째, 그의 수중에 6,000루블이라는 거액의 현찰이 들어온 시점에서 좀 전에 말한 그 중령의 횡령 사건이 발생한다. 중령은 국고의 자금 4,500루블을 횡령했는데, 후임자에게 그 돈을 인수인계해야만 하는 때에도 국고에 되돌려놓을 수가 없어 덜컥 병에 걸리고 말았다. 당장에 4,500루블을 구하지 못하면 그는 불명예에서 벗어나지 못하는 것은 물론이거니와 목숨마저 부지하기 어려운 상황이었다.

드미트리는 지인을 통해 중령의 오만한 딸 카테리나가 자신의 숙소에 혼자 찾아온다면(남자의 하숙집에 아가씨가 혼자 찾아온다는 사실의 의미는 부연이 필요 없을 정도로 명백하다) 4,500루블을 거저 주겠다는 뜻을 그녀에게 전달한다.

콧대 높고 도덕적인 이 귀족 아가씨는 아버지를 구하려는 거룩한 희생정신에서 '비열하고 방탕한' 소위 드미트리의 숙소에 혼자 아무도 몰래 찾아온다. 드미트리는 쾌감과 희열, 자신에 대한 수치 등이 복잡하게 뒤섞인 상태에서 그녀에게 아무런 모욕적인 언사나 행위도 하지 않고 말없이 5,000루블짜리 수표를 건네준다. 그녀는 드미트리에게 깊숙이 머리 숙여 절하고 총총 사라진다. 이렇게 해서 횡령 사건은 무마됐다. 중령은 아무런 불명예도 없이 인수인계를 했으나 너무 스트레스를 받았던지 얼마 후에 사망했다. 카테리나는 아버지가 사망한 후 모스크바로 떠났다. 그런데 거기서 그녀의 운명은 극적인 변화를 맞는다. 먼 친척 아주머니가 그녀를 유일한 상속인으로 정한 것이다. 우선 지참금 조로 마음대로 쓰라며 8만 루블을 주었다. 그녀는 당장에 드미트리에게 받았던 돈 4,500루블을 되돌려주고는 그에게 청혼을 한다.

'이게 웬 떡이냐' 할 만한 사건이지만 자세히 보면 그렇지가 않다. 이 청혼은 사랑과 거리가 먼 것으로 상처받은 자존심을 회복하려는 한 젊은 여성의 오만을 반영할 뿐이다. 이제 부와 미모와 교양을 두루 갖춘, 최고의 신붓감인 카테리나가 방탕하고 무식하고 가난한 장교인 드미트리, 언젠가 그녀에게 돈을 내주며 심각한 정신적 수치를 입힌 드미트리에게 그를 "구원해주겠다"며 손을 내민 것이다.

얼떨결에 드미트리는 그녀의 약혼자가 된다. 어쨌든 그녀는 대단한 미인이었으니까. 그런데 두 사람 사이에서 심부름을 해주던 카라마조프가의 똑똑한 차남 이반이 카테리나에게 반하고, 카테리나 역시 이반의 지적인 면에 매혹되어 그를 숭배하게 된다. 그러나 자신의 도덕을 사랑하는 카테리나는 끝까지 드미트리의 구원 어쩌고 하며 약혼 관계를 지켜나간다.

그러던 어느 날, 드미트리는 읍내에서 소문난 악녀인 그루센카를 찾아가게 된다. 드미트리를 미워하는 아버지가 어느 이등 대위를 시켜서, 드미트리 명의의 약속어음을 그루센카에게 넘기고 그녀더러 돈을 청구해서 드미트리를 파멸시키라고 했기 때문이다. 그루센카는 부유한 노인 삼소노프의 첩으로 이악스럽게 돈놀이를 하는 지독한 요부로 알려져 있다. 드미트리는 한 대 갈겨줄 요량으로 그녀를 찾아가지만, 첫눈에 완전히 반해 모든 것을 잊고 그녀에게 사랑을 구걸하는 처지가 된다.

이때 등장하는 것이 바로 운명의 3,000루블이다.

그루센카를 찾아간 날, 드미트리의 수중에는 마침 3,000루블이 있었다. 그것은 약혼녀인 카테리나가 언니에게 송금해달라며 그에게 맡긴 돈이었다. 그는 송금하는 대신 첫눈에 반한 그루센카의 환심을 사기 위해 그녀를 데리고 집시 마을로 가서 흥청망청 먹고 마시고 노는 데 그 3,000루블을 몽땅 탕진한다. 적어도 본인이 그렇게 떠벌렸으므로 모든 사람이 그렇게 믿는다. 그리고 이제 그는 카테리나와 파혼하고 그루센카와 결혼할 결심을 한다. 그러나 그는 자신이 "천박하고 비열한 악당이긴 하

301

지만 도둑은 아니다"라고 믿고 있다. 그는 그루센카와 결혼하여 새 삶을 시작하기 전에 카테리나에게 위임받아 다 써버린 돈 3,000루블을 꼭 갚아야 한다고 생각한다. 그래서 비록 한참 전에 유산 포기 각서를 썼지만 아버지에게 3,000루블을 달라고 요청한다. 그는 법적으로 아무런 권리가 없지만, 아버지가 자신에게 상속된 어머니의 유산 28,000루블을 불려서 10만 루블을 만들었으므로 그 정도 돈은 그냥 줄 수도 있다고 생각한다. 그는 말한다. "3,000루블만 있다면 내 영혼은 지옥에서 구원받을 거야"라고.

그러나 아버지 카라마조프는 절대로 그 돈을 줄 마음이 없다. 돈도 물론 아깝지만, 이 늙은 호색한 자식이 그루센카에게 빠져 있기 때문이다. 아들이 3,000루블만 있으면 그루센카와 결혼하게 될지도 모른다는 사실을 안 이상 절대로 내줄 수가 없다. 오히려 노인은 그루센카가 돈만 아는 무서운 여자라는 것을 알기 때문에 그녀에게 '밤에 혼자 찾아오면' 3,000루블을 주겠다는 제의까지 해놓은 상태다. 그는 "3,000루블을 꺼내어 100루블짜리 지폐로 바꾸어서는 큰 봉투에 싸서 다섯 군데나 도장을 찍은 다음 빨간 끈으로 열십자로 묶고 겉에다 '나의 천사 그루센카, 만약 찾아온다면'이라고 써놓았다."

아버지와 아들은 한 여자와 3,000루블을 사이에 두고 피 튀기는 대결 국면에 들어간다. 아들은 아버지가, 그루센카가 찾아올 경우 비밀 노크하는 법까지 만들어둔 사실을 알게 된다. 아들은 여자가 아버지를 찾아갈까 봐 노심초사하고, 아버지는 아들 몰래 그녀와 밀회를 하려고 노심초사한다. 그런데 정작 그루센카는 소싯적에 그녀를 버린 첫 애인 폴란드 남자가 인근에 찾아왔다는 소식을 듣고는, 비록 드미트리에게 호감은 가지고 있었지만 모든 것을 뒤로하고 첫사랑을 만나기 위해 집시 마을로 떠난다.

문제의 그날 밤, 사방팔방으로 돈 3,000루블을 구하려고 뛰어다니다가 실패한 드미트리는 자신이 아끼던 권총을 저당 잡히고 10루블을 얻는다. 그 돈을 가지고 그루센카를 찾아가지만 그녀는 없다. 하녀는 그녀가 집시 마을로 갔다고 알려주지만 혹시라도 그녀가 아버지와 밀회를 하고 있을지도 모른다는 의심 때문에 부지불식간에 절굿공이를 집어 들고는 아버지 집으로 미친 듯이 뛰어간다.

아버지 집에 달려간 그가 미리 알아둔 암호 노크를 하자 아버지가 문을 연다. 다행히 그루센카는 거기에 없다. 그는 욕망으로 번들거리는 노인의 얼굴을 보자 너무나 혐오스러워 살의까지 느끼지만 자제한다. 그때 잠에서 깬 하인 그리고리가 나온다. 그리고리는 절굿공이를 손에 든 드미트리가 아버지를 해친 줄 알고 소리를 지르며 달려든다. 드미트리는 자기도 모르게 절굿공이로 그를 때리고 도망친다. 그리고리가 피를 흘리며 쓰러지자 드미트리는 자신이 그를 죽였을지도 모른다고 생각한다.

몇 시간 뒤 손에 피를 묻힌 드미트리는 권총을 저당 잡힌 친구에게 찾아가서 돈 10루블을 주고 권총을 되찾는다. 그리고 지폐 뭉치를 흔들어 보이며 파티를 준비해달라고 청한다. 친구는 몇 시간 전만 해도 땡전 한 푼 없던 사내가 옷과 손에 피를 묻힌 채 돈다발을 흔드는 것을 보고 대경실색한다. 친구는 드미트리가 보여준 돈이 한 2,000~3,000루블쯤 된다고 생각했고, 드미트리 자신도 암암리에 3,000루블 정도 된다는 의미의 말을 한다. 그는 돈을 물 쓰듯 쓰며 온갖 술과 음식을 사 가지고는 그루센카가 있는 집시 마을로 마차를 대절해 흥허케 떠난다.

그러고 나서 상황은 급변한다. 그의 피 묻은 손과 갑자기 생긴 '3,000루블'에 대한 소문이 마을에 좍 퍼져나가고, 곧이어 아버지 카라마조프의 시체가 발견된다. 영감은 머리가 으깨진 채 피살됐고, 그가 그루센카를 위해 마련해두었던 3,000루블도 온데간데없이 사라졌다. 마당에는 피 묻은 절굿공이가 나뒹굴고 있었다.

그다음부터는 2×2=4다. 경찰서장은 곧장 집시 마을로 가서 드미트리를 체포한다. 집시 마을에서 그루센카를 만나 정신없이 돈을 뿌리고 있던 드미트리는 꼼짝없이 친아버지를 살해하고 돈을 강탈한 패륜아가 된 것이다.

이때부터 드미트리가 법정에서 서서 판결을 받을 때까지

3,000루블은 줄곧 소설의 핵심으로 언급된다. 돈, 살인, 치정의 삼중 모티프는 긴밀하게 얽혀서 주인공의 운명을 이끄는 역할을 하는 것이다.

돈과 성性

앞으로 꽤 오랫동안 드미트리와 3,000루블에 관해 지루할 정도로 길게 이야기할 작정이므로 잠깐 한숨 돌리는 의미에서 주제를 바꿔보기로 하겠다.

앞에서 딩크족 이야기를 하면서도 잠깐 언급했지만 돈의 증식과 자손의 증식은 짝을 이룬다. 요헨 회리쉬에 의하면[51] 돈의 생식은 인간의 생식의 반대편에서 전자와 대립한다. 그래서 돈에 집착하는 문학 속의 주인공들은 공통적으로 자식에 대한 본능을 돈에 대한 본능으로 대체한다.

러시아 속담에도 있듯이 확실히 "돈은 돈을 낳는다." 100달러 지폐에 그려지기까지 한, 저 유명한 벤저민 프랭클린의 말을 인용해보자. "돈은 돈을 낳고 그 자손들은 더 많은 돈을 낳는다. 회전된 5실링은 6실링이고 다시 회전되면 7실링 3펜스 등등, 그러다가 결국 100파운드에 이른다. 많을수록 더 많은 회전이 이루어지고 이익은 더욱 빨리 성장한다. 씨받이 암퇘지를 죽이는 사람은 두고두고 번성할 자손을 죽이는 것과 마찬가지다."[52]

　프랭클린이 돈의 생식을 긍정적으로 권장하고 있다면, 그 반대편에는 언제나 돈의 생식에 대한 우려가 존재한다. 그 고전적인 예는 이미 아리스토텔레스에게서 발견된다. "돈이란 교환에 사용되도록 만들어진 것이지 이자로 불어나라고 만들어진 것은 아니다. 돈에서 돈이 탄생되는 것을 의미하는 고리대금이란 말은 돈의 번식에 적용되는 바, 이는 자손은 부모를 닮기 때문이다. 돈을 버는 모든 방법 중에서 이것이 가장 부자연스러운 것이다."[53]

　회리쉬는 더 나아가 돈의 생식에 대한 비판을 여러 신학적·종교적 명언들에서 발췌해서 보여준다. 간단히 말해서 종교적 시각에서 인간의 성이 하느님의 섭리에 따라 이루어지는 자연스러운 것이라면 돈의 생식은 부자연스러운 것, 돈의 본성(교환 기능)에 반대되는 것, 심지어 동성애적인 것으로 간주될 수 있다는 것이다.

　『카라마조프가의 형제들』에서 부자 노인 삼소노프는 돈의 성과 인간의 성의 대립을 보여주는 흥미로운 사례라 할 수 있다. 그는 소설 중간에 죽어버리는 부차적인 인물에 불과하지만, 그래도 상당히 인상적인 존재라 아니할 수 없다.

　삼소노프는 열일곱 나이에 폴란드 장교라나 뭐라나 하는 인간한테 버림받고 빈곤에 허덕이며 살던 고아 소녀 그루셴카를 '거두어준' 돈 많은 고집불통의 상인이다. 말이 거두어준 것이지

첩으로 삼았다는 뜻이다.

그루셴카는 삼소노프에게 충절을 지켜 마을 한량들이 주변에서 아무리 추파를 던져도 거들떠보지 않는다. 그리하여 노인은 자신의 신임을 얻게 된 그루셴카에게 돈 버는 법을 전수해준다. 그래서 4년 만에 그녀는 풍만한 러시아 미녀로 둔갑하는 동시에 "대담하고 결단력 있고 오만하면서도 뻔뻔스러운 여인", "인색하고 조심스러우며 수단과 방법을 가리지 않고 돈을 벌어들이는 재산가"로 변모한다. 사업에도 뛰어들어 진짜 "유대년"이라는 별명까지 얻은 그녀에게 장사꾼은 말년을 의지한 채 살고 있다.

초창기에는 어땠는지 모르지만 소설이 시작되는 시점에서 삼소노프는 고령에 병까지 얻은 상태인지라 두 사람 사이에 성적인 관계를 상상할 근거는 없다. 그루셴카가 주변에서 건들거리는 동네 한량들에 대해서, 그리고 자기한테 흑심을 품고 달려드는 늙은 표도르 카라마조프에 관해서 모조리 고해바칠 정도로 두 사람 사이는 허물없어 보인다. 외관상 두 사람의 관계는 보호자와 피보호자처럼, 심지어 아버지와 수양딸처럼 보인다.

그런데 정말 그럴까? 천만에. 비록 몸은 늙어서 말을 안 듣지만 그루셴카에 대한 노인의 끈끈한 집착은 가히 상상을 초월한다. 그는 그루셴카가 다른 남자와 정상적인 육체관계를 맺는 것을 절대로 용납할 수 없다. 그래서 그녀에게 돈의 생식법을 전수

307

해준다.

삼소노프의 치밀한 지도 편달하에 고리대금업에 뛰어든 그녀는 돈이 만들어주는 '자식'에 흠뻑 빠져 인간적인 자손 증식에는 관심이 없다. 노인은 더욱이 자기가 죽고 나서까지 그녀를 풀어줄 용의가 없다.

젊고 아리따운 그루센카에게 집착하는 만큼 그녀에게 물질적인 혜택을 많이 베풀어줄 것이라는 동네 사람들의 예상과는 달리, 그는 미리 유언장에 그녀에게 최소한의 돈만을 물려주겠다고 분명히 밝혀놓았다. 그러면서 병석에 누운 채 그녀에게 돈을 관리하는 법, 돈을 불리는 법에 대해서는 소상하게 지도한다. "너도 빈틈없는 여자이니 손수 관리해라. 내가 죽을 때까지 매년 대주는 생활비 외에 그 이상의 돈을 받을 생각은 하지 마라. 유언장에서도 더 이상 아무것도 물려주지 않겠다."

요컨대 노인은 여자에게 종잣돈만 달랑 물려주고는 현재에도 미래에도 그 돈 불리는 재미로만 살라고 저주를 내린 것이다. 인간이 정상적으로 누려야 하는 육체의 기쁨, 자손을 보는 기쁨 대신 돈을 증식시키는 부자연스러운 기쁨만을 누리라는 것이니 얼마나 잔인한가.

그는 자신과 그루센카 사이에 자식을 보지 못한 것에 철천지한을 품었는지도 모른다. 돈으로도 살 수 없는 젊음과 건강에 한이 맺혔는지도 모른다. 아무튼 그랬기 때문에 그는 못생긴 영감

표도르가 치근댄다는 이야기를 듣고도 별로 괘념치 않는다. 표도르도 노인이니 설령 그녀와 표도르가 맺어진다 해도 앞날이 뻔해 보였을 것이다. 적어도 돈의 성으로 덮어버렸던 인간의 성, 돈의 증식으로 막아놓은 인간의 번식이 되살아날 우려는 없어 보인다.

그런데 드미트리가 나타나자 이야기가 완전히 달라진다. 드미트리는 노인이 가지지 못한 것을 모두 가지고 있다. 잘생긴 얼굴, 호탕함, 건강한 육체, 젊음, 열정, 순수함, 낭만, 혈기……. 그에게는 다만 노인이 질리도록 쌓아놓은 돈만 없을 뿐이다. 그의 싱싱한 활력 앞에서 돈 많은 노인은 뼈만 앙상한 화석처럼 보인다. 그리하여 노인에게 비상이 걸린다. 잘못하면 자기가 죽어서도 소유하려 했던 그루센카를 빼앗길지도 모른다는 생각으로 노인은 초긴장 상태에 돌입한다.

그러나 치밀하고 노회하고 계산이 빠른 노인은 자못 그루센카를 생각해주는 듯이 조언한다. "아버지와 아들, 두 사람 중에서 선택하려거든 아버지를 택해라. 하지만 그 늙은 악당이 반드시 너와 결혼식을 올리고 얼마간의 재산을 미리 넘겨주는 조건이어야만 해. 그 대위하고는 사귀지 마라. 앞이 캄캄하니까."

무척 생각해주는 듯한 노인의 조언에 숨은 계략은 너무 빤해서 구역질이 난다. 저 건강하고 잘생긴 드미트리와 결혼해서 아들딸 낳고 잘 사는 꼴은 못 보겠으니 늙고 추하게 생긴 표도르와 결혼해서 돈이나 세며 살라, 뭐 이런 뜻이 아니겠는가. 나 참.

이런 사정을 알 리 없는 드미트리는 그루셴카와 결혼하기 위해 필요한 3,000루블을 꾸러 노인에게 찾아간다. 너무도 몰지각한 행동이다. 아니, 그에게 폐인이나 다름없는 노인은 남자로 보이지가 않았으니 그럴 수밖에 없다. 그는 노인이 그루셴카에게 품은 감정이 부성애와 다름없을 것이라고 지레 짐작하고는 노인에게 가서 돈을 빌려달라고 졸라댄다. 노인은 이 철없는 젊은 이에게 무서운 증오심을 느낀다. 그래서 말도 안 되는 가능성을 제시하면서 그에게 헛된 희망을 불어넣고 그가 가지고 있던 몇 푼 안 되는 돈, 희망, 시간을 완전히 소진하게끔 만들어버린다. 드미트리의 이후 비극적인 운명에는 이 노인도 책임이 있는 것이다. 노인은 부글부글 끓어오르는 분노와 끝없는 증오심과 혐오감을 부드러운 미소 속에 감추고서는 자신의 젊은 연적을 완전히 농락한다. 참 흉측하다.

노인은 소설 중간에 죽는다. 드미트리의 판결도 못 보고 그루셴카의 향후 운명도 못 보고 사라진다. 그러나 어쨌든 그의 계획은 이루어지지 않는다. 그루셴카는 노인이 물려준 종잣돈을 불리는 삶이 아니라 땡전 한 푼 없는, 게다가 살인죄를 뒤집어쓰고 유형에 처해진 드미트리와 영원히 함께 사는 삶을 선택한다. 무덤 속의 노인은 무척 억울했을 것이다. 그러나 역시 자연스러운 것이 부자연스러운 것보다는 더 낫지 않겠는가.

돈과 자존심 2

푸슈킨의 단편「역참지기」중 한 대목이 생각난다. 가난한 역참지기에게는 어여쁜 딸이 있다. 어느 날, 기병 대위가 역참에 묵었다 가면서 딸과 함께 도망친다. 역참지기는 딸을 되찾기 위해 수도로 기병 대위를 찾아가지만 문전박대당한다. 기병 대위는 역참지기의 소맷부리에 지폐 몇 장을 쑤셔 넣는다.

> 그는 한동안 꼼짝도 않고 서 있다가 마침내 소맷부리 접은 곳에 종이 뭉치가 있는 것을 발견했다. 종이 뭉치를 꺼내서 펴 보았더니 구겨진 5루블짜리와 10루블짜리 지폐 몇 장이었다. 또다시 그의 눈에서 눈물이 솟구쳤다. 분노의 눈물이! 그는 지폐를 꽁꽁 뭉쳐 땅바닥에 내동댕이치고는 구둣발로 짓뭉개고 걸음을 옮겼다. 몇 발자국 가다 말고 멈추어 서서 잠시 생각하다가 되돌아갔지만 이미 지폐는 보이지 않았다.

자존심과 분노와 돈 욕심이 어우러진 이 상황에서 늙은 역참지기는 갈등한다. 결국 돈에 대한 생각이 자존심을 앞질렀지만 이미 때는 늦었다. 돈이 없어진 것이다!
도스토옙스키의 인물들은 역참지기보다 좀 더 복잡하다. 그들의 자존심은 하늘을 찌를 듯 높지만 돈 또한 아주 경시하지는

않는다. 『카라마조프가의 형제들』에 나오는 작은 에피소드를
예로 들어보자.

드미트리는 욱하는 성질이 있다. 그는 아버지의 대리인으로
그루셴카에게 어음을 전달해준 이등 대위 스네기료프에게 화풀
이를 한다. 여러 사람이 보는 앞에서 그의 수염을 잡아채어 끌고
다닌 것이다. 그의 어린 아들은 그 모습을 보고 엄청난 수치심을
느꼈지만, 가난하고 힘없는 이등 대위는 온갖 수모를 견딜 수밖
에 없다. 아들은 아버지에게 그자(드미트리)를 절대로 용서하지
않겠노라고 다짐한다. 그 이야기를 전해 들은 카테리나는 자기
약혼자를 대신해서 대위에게 위로금 200루블을 전해달라고 알
료사에게 부탁한다.

스네기료프는 형편없이 가난한 퇴역 대위로 여러 식솔을 거
느리고 이렇다 할 수입 없이 오두막에서 살고 있다. 그와 아들의
대화 한 토막은 집안의 사정을 그대로 보여준다.

"아빠, 세상에서 부자가 가장 힘이 센가요?"
"그래, 일류샤, 부자보다 힘센 사람은 없단다."

알료샤는 이등 대위를 찾아가서 정중하게 사과하고 혹시라
도 그가 돈을 위로금이라 생각할까 봐, 카테리나가 누이동생 같
은 심정으로 약간의 도움을 주려는 것이라며 아주 조심스럽게

200루블을 건네준다.

스네기료프는 대경실색한다. 그는 상대편으로부터 그런 식의 제안을 전혀 기대하고 있지 않았던 터라 입을 딱 벌린다. "이건 내게, 내게 너무 과한 돈입니다. 200루블이라니요! 맙소사, 이런 거액은 지난 4년 동안 구경해본 적도 없습니다!" 그러나 돈을 보고 당장 떠오르는 감격은 의심으로 전이된다. 그에게는 자존심이라는 것이 있기 때문이다. "돈을 받게 되면 나는 비열한 이 되지 않을까요?" "혹시 속으로 나를 경멸하지는 않을까요?"

200루블은 가난한 대위 가족에게 엄청난 부를 의미한다. 그 돈이면 아픈 아내를 치료할 수도 있고, 소고기를 사 먹을 수도 있고, 딸을 수도에 보낼 수도 있고, 가족의 소원인 말과 마차를 사서 다른 고장으로 이사하여 새 출발을 할 수도 있다. 대위는 감격에 겨워서 그 모든 꿈같은 일들을 실현할 수 있게 되었다며 기뻐 날뛴다.

그러나 그것도 한순간, 갑자기 그의 태도가 돌변한다. 이 부분 전체를 읽어보자.

그러고 나서 그는 이야기를 계속하는 동안 내내 오른손 엄지와 검지로 그 귀퉁이를 함께 쥐고 있던 무지갯빛 지폐 두 장을 내보이더니, 별안간 분노에 휩싸인 듯 그것을 움켜쥐고 마구 구긴 다음 오른손 주먹으로 꽉 눌렀다.

"보셨습니까? 보셨어요?"

이등 대위는 알료샤를 향해 울부짖었다. 몹시 흥분하여 얼굴이 백지장처럼 창백해진 그는 갑자기 주먹을 위로 치켜들더니 구겨진 지폐 두 장을 흙바닥에 힘껏 팽개쳤다.

"자, 보셨습니까?"

그는 손가락으로 돈을 가리키며 다시 울부짖었다.

"바로 이겁니다……!"

그리고 그는 갑자기 오른발을 들어 악에 받친 표정을 지으면서 구두 뒤축으로 돈을 짓밟기 시작했다.

(…)

그는 갑자기 뒤로 물러나더니 알로샤 앞에 버티고 섰다. 그의 모습에는 온통 자기 자신도 뭐라고 설명하기 힘든 자부심이 넘쳐흐르고 있었다.

찢어지게 가난한 퇴역 대위가 거금을 짓밟는 이유는 "명예를 팔지 않았음"을 보여주고 싶기 때문이다. "치욕의 대가로 당신들의 돈을 받는다면 내가 우리 아이한테 무슨 말을 할 수 있겠소?"

그런데 흥미로운 것은 그가 이토록 드라마틱하게 돈을 짓밟아 본때를 보여주었는데도 돈은 조금도 손상되지 않았다는 사실이다. "알료샤는 지폐 두 장을 집어 들었다. 돈은 몹시 구겨져서 납작해진 채 모래 속에 파묻혀 있었으나 전혀 파손되지 않았

고, 알료사가 돈을 곱게 펴서 문지르자 새 돈처럼 빠닥빠닥 소리
가 났다."

"마구 구기고""팽개치고""짓밟은" 돈이 어떻게 금방 이렇게
새 돈처럼 빳빳할 수 있을까? 대답은 한 가지밖에 없다. 이등 대
위는 돈을 짓밟는 척했을 뿐 실제로는 짓밟지 않았거나 아주 조
금 밟는 흉내만 내었다는 뜻이다.

그가 일부러 그랬다고는 여겨지지 않는다. 어쩌면 이것은 그
냥 자존심을 유지하려는 욕구와 돈을 가지고 싶은 욕구의 언제
나 끝나지 않는 줄다리기를 보여주는 작은 사례인지도 모른다.
운명을 바꿀 수 있는 큰돈 앞에서 대위가 체험했을 갈등을 생각
해보면 이해가 된다.

자존심을 지키고, 돈을 주는 사람한테 큰소리를 치고, 통쾌하
게 상대편을 한 방 먹이고…… 다 좋은데 그럼 돈은 어떡하란 말
인가. 가장 좋은 것은 돈도 챙기고 자존심도 유지하는 것일 텐데
그런 일은 좀처럼 일어나지 않는다. 밟혀도 새 돈 같은 돈…….

돈에 관한 사실

도스토옙스키는 언제나 사실fact과 진실truth의 차이를 강조했
다. 그의 소설에서 눈에 보이는 사실, 과학적인 사실 혹은 과학

적으로 입증된 사실 들은 눈에 보이지 않는 진실, 과학적으로 입증되지도 않고 입증될 수도 없는 진실과 각축을 벌인다.

『죄와 벌』에서 라스콜리니코프의 유죄를 밝혀내는 것은 물적인 증거가 아니라 인간의 마음을 읽어내는 예심판사의 보이지 않는 눈이며, 『백치』에서는 몇 가지 '사실'만을 토대로 작성된 신문 기사가 완전한 허위임이 드러나게 되고, 『악령』, 『미성년』에서도 부정적인 인물들만이 과학과 사실을 추구한다.

『카라마조프가의 형제들』에서 사실 대 진실의 대립은 3,000루블과 관련하여 가장 첨예하게 드러난다. 사실 대 진실의 형이상학적인 문제를 소설화하는 데 촉매로 작용하는 것은 역시 돈이다.

결론부터 말하자면, 드미트리는 결국 아버지를 살해하고 3,000루블을 훔친 기소 사실에 대해 유죄판결을 받는다. 요즘같이 과학수사가 발달한 시대가 아니라 DNA 검사 같은 것은 물론이거니와 지문 대조도 없던 시절이니만큼 눈에 보이는 사실은 범죄를 입증하는 데 유일한 증거가 된다. 특히 3,000루블이라는 현금, 엄연한 사실로서 존재하는 그 종이 뭉치는 그를 유죄로 만드는 데 결정적인 역할을 한다. 그러나 이 사실로서의 돈은 오히려 진실을 가리는 허구임이 드러나게 되고, 반드시 존재하는 줄 알았던 3,000루블은 상상 속의 돈이 되고 만다.

일단 드미트리가 저질렀다고 추정되는 친부 살해 및 강도죄를 요약해보자.

동기

- 명예를 지키고 애인과 결혼하기 위해 3,000루블이 절대적으로 필요했다.
- 아버지를 지독하게 미워했으며, 특히 애인을 가운데 두고 아버지와 연적 관계가 성립된 이후 말버릇처럼 아버지를 죽여버리고 싶다고 했다.

물증

- 피해자가 봉투에 넣어 지니고 있던 3,000루블이 사라졌다. 빈 봉투만 시체 옆에 있었다.
- 오후 5시경에 한 푼도 없어 권총을 저당 잡히고 10루블을 얻었던 사내가 오후 9시경에는 3,000루블 정도 '되어 보이는' 지폐 다발을 흔들었다.
- 범인이 절굿공이를 집어 들고 갔는데 피해자는 무거운 것에 얻어맞고 죽었다. 살인에 사용된 흉기가 틀림없어 보인다.
- 하인 그리고리가 범인이 아버지 집에 들었다가 도망가는 것을 목격했다.

드미트리가 유죄임을 입증하는 데 이보다 더 많은 증거는 필요할 것 같지 않다. 이만큼 동기, 흉기, 목격자가 고루고루 갖추어져 있는 산뜻한 사건도 참 드물 것이다. 게다가 드미트리가 쓰고 있는 돈은 지폐 번호 같은 것을 조사해볼 엄두도 못 내던 시절임을 감안하자면 더할 나위 없이 완벽한 물증인 셈이다.

검찰 측의 추정은 단순, 명쾌 그 자체다. 즉 범인은 사건 당일 무일푼이었다. 그날 밤, 아버지를 죽이고 3,000루블을 훔쳤다. 그가 돈을 들고 있는 것을 본 증인들은 한결같이 그것을 3,000루블 정도 된다고, 절대로 그보다 적은 돈은 아니라고 증언했다. 그러므로 아버지가 가지고 있던 돈 3,000루블은 현재 아들이 훔쳐서 쓰고 있는 바로 그 3,000루블이다.

이런 사실을 입증하기 위해 검찰은 드미트리의 수중에 남아 있던 돈의 액수를 조사한다.

체포 당시 그가 가지고 있던 돈은 모두 846루블 40코페이카다. 그가 체포되기 전에 소비한 돈의 액수는 가게에서 술과 안주를 장만하는 데 쓴 돈 300루블, 저당 잡힌 권총을 되찾는 데 쓴 돈 10루블, 마부한테 팁으로 준 돈 10루블, 폴란드인들한테 카드 게임에 져서 뜯긴 돈 200루블 등이다. 그러니까 그가 가지고 있던 돈과 쓴 돈을 합치면 1,500루블 정도가 된다는 계산이 나오는데, 그렇다면 3,000루블에서 1,500루블을 뺀 나머지 1,500루블은 어디로 갔단 말인가?

검찰 측의 추론은 여기서도 아주 단순하고 소박하다. 드미트리가 훔친 돈의 절반을 어딘가에 숨겨놓았다는 것이다! 사람들은 3,000루블의 절반이 읍내 어딘가에, 혹은 집시 마을 어딘가

에 숨겨져 있다고 굳게 믿었으며, 여인숙 주인은 자기 집 마룻바
닥까지 다 뜯어가며 혈안이 되어 그 돈을 찾아보았다.

　이것이 돈에 관한 사실의 전말이다. 단순한 덧셈 뺄셈, 그리
고 목격자들의 증언으로 철통같이 완벽하게 입증된 사실이다.
이 '사실'이 진실이 아니라고 의심하는 사람은 아무도 없다. 모
두들 그 사실만이 진실이라고 굳건하게 믿는다. 그러면 이 사실
이 정말 진실일까?

돈에 관한 진실

　피고는 끝까지 자신이 아버지를 죽이지도 않았고 돈을 훔치
지도 않았다고 주장한다. 그렇다면 그가 집시 마을에서 쓴 돈
3,000루블은 어디서 난 것인가? 3,000루블에 관한 진실은 무엇
인가? 그가 한동안 언급을 회피하다가 결국 털어놓은 진실은 다
음과 같다.

　드미트리가 처음 그루셴카를 만났을 때 약혼녀 카테리나에
게서 위임받은 돈 3,000루블을 집시 마을에서 탕진했다는 것은
앞에서도 밝힌 바 있다. 그런데 그때 그가 낭비한 돈은 3,000루
블이 아니라 그 절반인 1,500루블이고, 나머지 절반은 나중에라
도 카테리나에게 돌려주기 위해 부적 주머니에 넣어 아무도 모

르게 목에 걸고 다녔다는 것이다.

그렇다면 아버지가 봉투에 넣어서 준비해두었던 3,000루블은 어디로 갔나? 드미트리의 변호사는 두 가지 가정을 제시했다.

첫째, 3,000루블은 원래부터 존재하지 않았다. 그 돈이 있다는 것을 아는 사람은 그 집의 서자이자 하인인 스메르자코프 한 사람뿐이다. 그 돈의 존재는 그의 입을 통해서 알게 되었을 뿐이다. 그런데 드미트리의 재판이 진행되는 동안 스메르자코프가 자살했으니 이 세상에서 그 돈에 관해 말할 수 있는 사람은 한 사람도 없다. 그러므로 돈의 실존 여부가 불확실한 마당에 그 돈이 강탈당했다고 주장할 수는 없다. "알아볼 수 있고, 눈으로 확인할 수 있으며, 손으로 만져볼 수 있는 돈"만이 증거로 간주될 수 있으므로, 피고가 돈을 훔쳐서 일부는 집시 마을 어딘가에 숨겨놓았다는 추정 자체는 완전히 소설이다.

변호사의 주장은 상당히 일리가 있지만 돈에 관한 진실을 밝혀주지는 않는다. 드미트리가 3,000루블을 훔친 것이 아니라는 사실은 옳지만, 그 돈이 실제로 존재하지 않았을지도 모른다는 가정은 틀린 것이다. 실제로 돈은 있었다. 다만 그것을 훔친 사람이 드미트리가 아닌 것이다. 진실에 가까운 것은 오히려 변호사의 두 번째 가정이다.

두 번째 가정은 돈은 있었을 수도 있지만, 실제로 표도르를 죽이고 3,000루블을 훔친 사람은 그 집의 서자이자 하인인 스메르자코프일 가능성이 있다는 것이다. 변호사의 추론에 따르면, 스메르자코프는 매우 독살스러운 데다가 속셈을 드러내지 않는 야심가이며 복수심이 강하고 시기심이 많은 사내다. 자기 이외에는 누구도 사랑할 줄 모르고, 이상할 정도로 자존심이 강하며, 훌륭한 옷과 깨끗한 셔츠, 반짝거리는 구두가 문명이라고 생각하고 있었다.

또한 합법적인 자식들과 자신을 비교하며 자기 처지를 증오하고 있었다. 그런 그가 무지갯빛 지폐를 보자 갑자기 주인을 죽이고 3,000루블을 탈취한 뒤 큰아들에게 자기 죄를 덮어씌우자는 무서운 생각이 들어 충동적으로 표도르를 죽이고 돈을 가져갔다는 것이다. 변호사의 주장은 실제로 스메르자코프의 인간 됨됨이나 그의 범행을 정확하게 집어내고 있지만 그의 범행이 우발적이라는 데에서 진실과 다르다.

스메르자코프는 오래전부터 치밀하게 범행을 계획하고 있었다. 그는 자기가 존경하는 둘째 아들 이반이 아버지를 증오하는 것을 알았고, 그래서 그를 위해 대신 살인을 저지른다. 이반은 살인을 교사하고 스메르자코프는 그의 하수인이 되어 살인을 실천한 것이다. 이반의 무신론적 사상, 즉 "신이 없으면 모든 것이, 심지어 살인까지도 허용된다"는 사상이 그의 뒤틀린 머릿속에서 살인을 정당화해주었다. 이렇게 보면 범행의 동기는 다소 형이상학적으로 들리기도 한다.

그러나 실제로 그가 이반을 위해, 그리고 궁극적으로는 자기 자신을 위해 살인을 저지른 데는 좀 더 현실적인 이유가 있었다. 이반은 결코 인정하고 싶지 않았지만, 스메르자코프의 진술은 이 현실적인 이유를 정확하게 지적한다.

"아니, 무엇 때문이라뇨? 유산 때문이 아닌가요? 도련님의 아버지가 돌아가시면 세 형제분들은 각각 적어도 3만 루블씩 받게 됩니다. 아니, 그보다 더 많을지도 모르지요. 그런데 아버지가 그루센카와 결혼하게 되면 그 여자는 결혼 후 당장 돈을 자기 명의로 돌려놓을 겁니다. 그 여자는 바보가 아니니까요. 그렇게 되면 아버지가 돌아가신 후에 형제분들한테는 땡전 한 푼도 돌아가지 않을 겁니다."

그러니까 아버지가 그루센카와 결혼하기 전에 아버지를 처치해야만 했다는 것이다. 그러면 왜 드미트리에게 죄를 뒤집어 씌워야 했는가? 역시 돈이다. 드미트리가 유죄판결을 받게 될 경우 그는 재산과 호칭 등 모든 것을 박탈당하고 이반과 알료샤에게는 3만 루블이나 4만 루블이 아닌 6만 루블이 돌아가게 된다. 그러므로 최대의 이익을 위해 범죄를 뒤집어쓸 희생양은 바로 드미트리가 되어야만 했다. 그리고 설령 스메르자코프가 범인으로 의심을 받는다 하더라도, 그 덕분에 부자가 된 이반이 유산으로 받은 돈을 써서 그를 변호해줄 것이라고 믿어 의심치 않았으므로 그는 안전하게 될 터였다. 아니, 더 나아가 이반이 유산의 일부를 그에게 떼어줄지도 모를 일이었다. 어쨌거나 이반과 스메르자코프는 쓸모없는 버러지 같은 아버지를 없앰으로써 물질적인 풍요를 누리게 될 터였다.

스메르자코프는 이반에게 자신의 범행을 고백하면서 감춰두었던 3,000루블을 건네준다. 이반이 아버지의 살인에 대해 자기한테 고마워하기는커녕 후회와 혐오감을 내보이며 법정에 출두하여 자백해야 한다고 말하자, 그는 이 모든 것에 싫증이 나서 얼마 후에 자살한다. 그는 자살하기 전에 이반에게 말한다. "도련님은 돈을 좋아하시죠. 전 그걸 알고 있습니다. (…) 도련님은 다른 어떤 형제보다도 아버지 표도르 파블로비치를 많이 닮으셨어요. 똑같은 영혼을 가지고 계시지요."

이반은 자신의 무의식에 스메르자코프가 지적한 그대로의 욕구가 숨겨져 있었다는 것을 인정하지 않을 수 없다. 그는 고뇌한다. 그리고 스메르자코프가 넘겨준 3,000루블을 가지고 법정에 출두하여 사실을 그대로 말한다. 그러나 아무도 그의 말을 믿지 않는다. 형을 구하기 위해 자살한 하인에게 죄를 뒤집어씌우고 있다고 모두들 생각한다. 그리고 그가 물증으로 제시한 3,000루블이 살해당한 아버지가 가지고 있던 돈이라고 믿는 사람은 아무도 없다. 특히 이반이 일주일 전에 1만 루블 채권을 현금으로 바꾼 사실이 드러나자 사람들은 더더욱 확고하게 이반이 법정에 제출한 돈은 그의 돈이 틀림없다고 믿게 된다.

자, 이것이 3,000루블에 관한 진실이다. 그러나 이 진실을 알아보는 사람은 아무도 없다. 진짜 물증인 3,000루블은 물증이 아닌 것으로 되어버리고, 드미트리가 쓰지도 않고 훔치지도 않은 3,000루블은 엄연히 존재하는 물증으로 굳어져버린 것이다. 돈에 관한 사실과 진실의 차이는 엄청나다. 그 차이로 인해 많은 사람의 운명이 뒤바뀐다. 때로는 실재하는, 때로는 사람들의 상상력 속에 존재하는, 때로는 눈에 보이기도 하고 때로는 감춰져 있기도 한 이 3,000루블은 인간과 돈의 관계 전부를 함축해주는 불길한 상징이다.

낭비의 매력

3,000루블 건을 더욱 복잡하게 만든 것은 드미트리의 심리다. 그의 허풍만 아니었더라도 3,000루블의 진실은 어쩌면 밝혀졌을지도 모른다. 돈 잘 쓰는 것을 자랑삼아 살아온 이 남자는 자기가 실제로 쓴 돈보다 더 많이 쓴 것처럼 보이게 하는 데 재주를 타고난 것 같다.

우선 맨 처음 3,000루블(이쯤에서 독자는 '아이고, 또 3,000루블

이야. 이제 그만 좀 하자' 할지도 모른다. 그런데 앞으로도 좀 더 그 돈 이야기를 해야 할 것 같다), 즉 카테리나의 돈 3,000루블을 가지고 집시 마을에 갔을 때 그는 그루센카의 환심을 사기 위해 돈을 물 쓰듯 쓴다. 이때 그가 쓴 돈은 1,500루블이지만, 모든 사람은 그가 3,000루블을 썼다고 믿고 그는 구태여 그 사실을 수정하려 들지 않는다. 그가 "그곳에서 하룻밤을 묵었는데 그날 밤부터 다음 날까지 단숨에 3,000루블을 날리고 세상에 태어날 때처럼 지갑에 땡전 한 푼 없는 상태로 되돌아왔다"고 읍내에 소문이 파다하게 났다.

이렇게 드미트리는 3,000루블처럼 보이는 1,500루블을 쓰고도 그날 그루센카에게서 어떤 사랑의 보상도 받지 못했다 그녀의 발에 키스하는 걸 허락받은 것이 다였다. 그때 그가 보여준 소비 형태는 그야말로 아무런 '이익'도 못 얻은 어리석은 낭비에 불과하지만, 다른 한편으로는 그의 진정한 사랑을 증명해주는 낭만적인 행위일 수도 있다. 노래에도 있지 않은가. 'When a man loves a woman, he will spend his very last dime……' 어쩌고 하는…….

그는 실제로 3,000루블의 절반은 떼어서 '저축'을 해놓은 상태이지만 마지막 땡전 한 푼까지 다 쓴 것처럼 보이고 싶었다. 그는 오히려 자신이 돈을 다 쓰지 않고 남겨둔 것에 대해 두고두고 창피해했다. 그래서 아무에게도 자신이 저축해놓은 돈에 관해서는 입도 벙긋 안 하고 체포되어 돈의 출처를 추궁당할 때조차 입을 열지 않았다. 그는 목숨이 중해져서야 비로소 부끄러워하며 전말을 밝히지만, 그때는 너무 늦어 아무도 그의 말을 믿지 않는다.

그는 저당 잡힌 권총을 찾으러 갔을 때 친구가 그의 손에 있는 지폐 다발을 보고 2,000~3,000루블은 되어 보인다고 했을 때도 구태여 친구의 짐작을 바로잡지 않았다. 또 그루셴카를 찾아서 두 번째로 집시 마을에 갔을 때 여인숙 주인의 틀린 계산도 암묵적으로 인정했다.

"트리폰 보리시치, 그때 내가 여기에 뿌린 돈이 1,000루블은 넘었지. 알고 있나?"
"나리, 돈을 많이 쓰셨는데 어떻게 잊을 수 있겠습니까. 저희한테 거의 3,000루블은 뿌리셨죠."
"자, 지금도 그만한 돈을 가져왔지. 보라고."

따라서 모든 증인과 목격자가 드미트리가 처음에도 3,000루블을 뿌리고 두 번째도 3,000루블을 가져왔다는 사실을 추호도 의심하지 않은 것은 당연하다. 결국 그 때문에 그의 유죄판결은 피할 수 없는 궤도를 따라 흘러가게 된다.

물불을 가리지 않고 사랑하는 여자를 위해 모든 것을 다 써버리는 행위는 경제학적 관점에서 보면 지극히 멍청한 행위일지 모르지만, 적어도 도스토옙스키는 사랑의 표현과 돈의 소비를 같은 맥락에서 보려고 했던 것 같다.

되풀이해서 말하지만 도스토옙스키가 돈과 관련하여 가장 멸시했던 인간의 유형은 쩨쩨한 남자, 특히 여자에게 돈을 아끼는 남자, 여자의 돈을 갈취하려는 남자였다. 부자, 가난뱅이, 절약가, 낭비가, 모두 다 다양한 모습으로 등장하지만 가장 추악한 유형은 『죄와 벌』의 루진, 『백치』의 가냐, 혹은 돈 많은 과부와 결혼해서 팔자를 고치려는 『카라마조프가의 형제들』의 라키친 같은 인물이다.

도스토옙스키 자신이 돈을 마구 쓰며 살았기 때문일까. 그는 결코 소비하는 인물을 부정적으로 그리지 않는다. 드미트리도 역시 말보다 주먹이 앞서고 아무 대책도 없는, 어찌 생각하면 미련해 보이는 사내이지만 이 긴 소설의 주인공이라 하기에 부족함이 없이 매력적이다. 그 매력의 상당 부분이 막 써버린 돈에 있다는 것은 두말하면 잔소리다.

도스토옙스키에게 인간의 매력은 언제나 소비와 함께 간다. 또한 사랑의 정도 언제나 써버린 돈의 양과 함께 간다. 물론 여기서 양이란 절대적인 것이 아니다. 상대적인 것이다. "마지막 한 푼까지 다 쓴다는 것"은 양의 문제가 아닌 것이다. 아무튼 그루센카는 결국 드미트리의 진심을 알게 되고, 그와 영원히 운명을 같이할 것을 약속한다. 그녀는 그가 "짐승 같은 사람이긴 하지만 마음씨는 고결한 분이라는 것"을 안다.

드미트리가 3,000루블의 진실을 밝히면서 자기가 카테리나의 돈을 꿀꺽했다는 것을 알리자 그녀는 외친다. "아니, 당신은 돈을 훔치지 않았어요. 그 여자한테 돈을 갚으세요. 내 돈을 가져가세요. 왜 고함을 지르시는 거죠? 이제 내 것은 모두 당신의 것인데. 우리한테 돈이 무슨 소용이 있겠어요. 그렇지 않아도 함께 써버릴 돈인데……. 우리는 돈을 쓰지 않고는 못 배기는 사람들이잖아요. 그보다 당신과 함께 농사를 짓는 편이 더 나아요."

그렇지 않아도 다 써버릴 돈……. 이 철딱서니 없는 두 남녀의 사랑은 이렇게 다 써버릴 돈에 의해 완벽하게 표현된다. 돈만 아는 여자로 알려진 그루센카에게 이런 낭비욕을 부추긴 것은…… 다름 아닌 저 매력적인 낭비의 귀재 드미트리다.

갱생에 드는 비용

『카라마조프가의 형제들』은 궁극적으로 부활에 관한 소설이다. 등장인물들은 영혼의 부활과 갱생을 체험하는 가운데 점진적으로 작가 도스토옙스키의 열렬한 신앙을 전달해준다. 호방한 성격의 드미트리는 그 부활 체험의 중심에 서서 줄곧 소설의 줄거리를 흥미진진하게 이끌어나간다. 그런데 갱생이라고 하는 형이상학적인 사건 역시 돈을 필요로 한다. 이 소설의 장점, 아니 모든 도스토옙스키 소설의 특성은 이렇게 어마어마한 정신적 사건이 꼭 돈과 결부되어 일어난다는 점에 있다. 갱생에는 비용이 든다.

드미트리가 카테리나에게 위임받은 돈 3,000루블을 다 안 쓰고(심정적으로는 다 쓴 것이나 다름없지만) 어울리지 않게 절반을 감춰둔 것은 이런 맥락에서 설명이 된다. 그것은 인색이나 절약, 만약을 대비한 저축 정신, 뭐 그런 문제가 결코 아니다.

그에게 그것은 우선 최소한의 명예와 관련된다. 3,000루블을 다 쓰는 것과 1,500루블만 쓰는 것의 차이를 그는 심리적으로 설명한다. 다 써버리면 도둑이지만 일부라도 가지고 있다가 갚으면 도둑은 안 될 수 있기 때문이다. 그리고 써버린 절반도 어떡하든 꼭 갚겠다는 것이다. 그러니까 그가 아버지에게 요구한 3,000루블은 카테리나에게 갚을 돈이고 목에 찬 1,500루블은 그루센카와 새살림을 차릴 돈이 된다.

검사의 주장처럼 '그런 성격의 사나이'가 1,500루블을 안 쓰고 한 달 가까이 참고 있었다는 것은 말도 안 되는 일처럼 보인다. 1,500루블을 목에 차고 있으면서 시계도 팔고 권총도 저당 잡힌다는 것은 모순이다. 그러나 그에게는 도저히 넘을 수 없는 '선'이라는 것이 있다.

옛 약혼녀의 돈을 훔쳐서 다른 여자와 도망가는 것은 살인보다 더 추악한 범죄라는 것이 그의 생각이다. 또 사랑하는 여자의 돈으로 결혼을 한다는 것도 그에게는 살인보다 더 용서할 수 없는 범죄다. "카테리나에게 돈을 갚지 않으면 나는 소매치기 악당이 된다. 절대로 새로운 삶을 악당으로 시작할 수는 없다." 그러므로 그는 반드시 3,000루블이 필요한 것이다. 그가 취중에 카테리나에게 쓴 편지를 보자.

내일 돈을 장만해서 당신한테 3,000루블을 갚겠소. (⋯) 내일 사람들한테 돈을 구해보겠소. 만약 돈을 구하지 못하면, 당신한테 맹세하거니와 아버지를 찾아가서 머리통을 부수고 그의 베개 밑에 숨겨진 돈을 가져오겠소. (⋯) 자살해버리고 말 거지만, 어쨌든 먼저 그 개자식부터 없애고 말겠소. 그자한테서 3,000루블을 뺏어다가 당신 앞에 집어 던지겠소. 나는 당신한테 비열한 인간인지는 몰라도 도둑놈은 아니라오! 3,000루블을 기다리시오. 그 개자식의 베개 밑에는 장밋빛 리본으로 묶은 돈 봉투가 있다오. 나는 도둑놈이 아니라 내 도둑놈을 처치할 뿐이오. (⋯) 드미트리는 도둑놈이 아니라 살인자요! (⋯) 아버지를 죽이고 나도 죽어버리겠소.

이 절박한 상황에서 그는 산지사방으로 뛰어다니며 정말 미친 사람처럼 돈을 구하려고 한다. 심지어 애인의 기둥서방인 노인에게까지 가서 돈을 빌려달라고 조른다. 그러니까 이제 3,000루블은 단지 그냥 돈이 아니라 한 사내의 '갱생'에 필요한 비용이 되는 것이다. 드미트리는 살인 사건이 일어나기 전부터 '새로운 삶'에 대한 열망으로 불타오르고 있었다.

그는 잔뜩 흥분한 채로 건전한, 새로워진 삶에 대해(반드시 건전한 삶이어야 했다) 끊임없이 공상했다. 그는 부활과 갱생을 너무나도 열망하고 있었던 것이다. (…) 만사가 새로워지고 만사가 새롭게 풀리리라. (…) 그는 그루셴카를 자기 힘으로 데려가서 그녀의 돈이 아닌 자신의 돈으로 그녀와 새로운 삶을 시작하고 싶었다. (…) 만일 그루셴카가 자신을 사랑하며 결혼하고 싶다는 말 한마디만 하면 당장에라도 새로운 그루셴카가 시작될 것이니, 완전히 새로운 드미트리 표도로비치 자신은 그녀와 더불어 모든 악과 손을 끊고 착한 일만 하며 살아가겠다고 불타는 정념 속에서 굳게 마음먹었다. 즉 두 사람은 서로를 용서하고 완전히 새롭게 삶을 시작하는 것이다.

참으로 갸륵한 생각이 아닌가. 모든 악을 접고 착하게만 살겠다니…….

그러나 이 어마어마하고 거룩한 갱생, 한 인간의 완전한 거듭나기에는 3,000루블의 비용이 요구된다. "3,000루블만 있으면 내 영혼은 지옥에서 구원받을 거야!"

그러면 드미트리는 진짜 갱생하는가? 그는 지옥에서 구원을 받는가? 그렇다. 이 소설의 주제는 그의 갱생을 중심으로 하는 인간 보편의 갱생이므로 당연히 그래야만 한다. 그러나 정신적인 동시에 물질적인 그의 새로운 삶은 3,000루블의 비용에 의해서가 아니라 아버지의 죽음에 의해서 얻어진다.

그는 사건 당일 아버지 집에 들렀을 때 절굿공이로 하인 그리고리를 내리치고 달아난다. 그는 자기가 그리고리를 죽였을 것이라는 생각에 결국 자포자기하여 마지막으로 그루셴카를 만난 후 자살할 결심을 한다. 그가 짐시 마을에 가서 1,500루블을 뿌린 것은 죽기 직전의 남자가 보여주는 처절한 행동이다. 그런데 경찰이 들이닥쳐 그에게 그리고리가 죽지 않았고, 살해된 사람은 아버지 표도르라는 이야기를 하자, 그는 자신이 부활했다고 외친다. "여러분은 단 한순간에 저를 다시 태어나게 해주셨고 부활시키셨습니다!"

이후 아버지의 살인을 둘러싸고 벌어지는 일련의 사건들은 드미트리가 새로운 삶을 체험하는 데 박차를 가한다. 판결을 기다리며 감옥에 앉아 있는 동안 그는 생전 처음 영혼의 갱생과 부활에 대한 희망을 느낀다.

나는 지난 두 달 동안 내 안에서 새로운 인간을 느꼈어. 내 안에서 새로운 인간이 부활했어! 나는 내적으로 갇혀 있었는데, 이런 날 벼락이 없었더라면 결코 밖으로 나오지 못했을 거야. 나는 아버지를 죽이지 않았어. 하지만 나는 그 길을 가야 해. 그걸 받아들이겠어! 우리는 쇠사슬에 묶일 것이고 자유를 잃게 될 거야. 하지만 그때 그 위대한 비애 속에서 우리는 인간이 살아가는 동안 반드시 필요한 기쁨에 휩싸여 다시 태어날 거야.

결국 드미트리를 구원의 길로 인도하는 것은 3,000루블이 아니라 3,000루블 때문에 빚어진 일련의 사건을 통해 그에게 신비하게 다가온 각성이다. 갱생의 비용은 3,000루블이 아니라 돈으로 환산할 수 없는 다른 어떤 것이라는 이야기다. 인간의 갱생을 말하기 위해 도스토옙스키가 사용하는, 저 상투적인 '돈-여자-살인'의 삼중 모티프는 어느 틈에 슬그머니 눈에 보이는 현실을 넘어 완전히 다른 차원으로 들어간다. 이것이 바로 도스토옙스키를 읽는 묘미가 아닌가 싶다.

돈 vs 자유

앞에서 이야기했듯이 도스토옙스키의 명언 중에 "돈은 자유다"라는 말이 있다. 도스토옙스키 자신은 물론이거니와 그의 많은 인물이 바로 '돈 = 자유'의 등식 때문에 돈을 벌려고 몸부림 쳤다. 그들은 돈의 부족에서 오는 무시무시한 부자유의 속박을 끊어버리기 위해 절실하게 돈을 필요로 했다. 『카라마조프가의 형제들』의 주인공 드미트리는 이 점을 가장 극명하게 보여주는 예라 할 수 있다.

그러나 도스토옙스키의 소설들을 다 읽고 나면 작가의 메시지가 어느덧 '돈 = 자유'의 등식에서 '돈 vs 자유'의 대립으로 바뀐다는 사실을 깨닫게 된다. 드미트리는 돈 때문에 유배지에 구속되는 삶을 살게 되었지만, 아이러니하게도 바로 그 신체적인 구속의 상태에서 진정한 자유를 찾는다.

한쪽에 돈이 주는 자유, 자유로서의 돈, 돈 덕분에 확보되는 자유가 있다면 다른 한쪽에는 돈이 있는데도, 아니 바로 돈 때문에 생기는 예속의 굴레가 있다. 이 경우에 자유는 오로지 돈의 속박에서 벗어날 때만 가능해진다. 두 가지 자유 중 어느 쪽이 진짜 자유이고 어느 쪽이 가짜 자유인가, 어느 쪽이 더 좋은 자유이고 어느 쪽이 덜 좋은 자유인가, 이런 이야기를 하자는 것은 아니다. 다만 두 가지 자유는 다르다는 점, 그리고 어떤 자유를 추구하느냐는 각 개인의 결정에 따른다는 점만은 납득할 수 있을 것 같다.

『카라마조프가의 형제들』에서 도스토옙스키는 '돈 vs 자유'의 문제를 '대심문관'이라고 하는 장에서 가장 명료하게 요약해준다. 이반이 지은 서사시의 형태로 삽입된 '대심문관' 이야기는 사실상 전체 텍스트의 가장 중요한 부분 중 하나로, 이 부분에 관해서만 전 세계의 무수한 학자들, 평론가들, 철학자들이 엄청난 양의 논평을 써왔다. 여기에서 그 심오하고 복잡한 내용을 구구절절 설명할 생각은 없다.

아주 골자만 콕 집어서 말하자면, 가상의 인물 대심문관은 재림하신 그리스도를 공박하는 가운데 작가 도스토옙스키의 생각과 정반대되는 입장에서 무신론과 물질만능주의를 설파한다. 그 점에서 그는 이반, 스메르쟈코프, 그리고 이반의 꿈속에 등장하는 악마와 한통속이라 할 수 있다.

대심문관이 그리스도를 비난하는 이유는 이렇다. 인간이 추구하는 것은 두 가지인데 한 가지는 물질적인 행복, 즉 돈이고 다른 한 가지는 자유다. 양자는 결코 양립할 수 없다. 그리스도는 인류에게 진리가 너희를 자유롭게 하리라 했고 지상의 빵으로 복종을 사는 것을 거부했다. 그러나 극소수의 인간을 제외한 대부분의 인간은 "무력하고 영원히 모순 속에서 허덕이며 영원히 비천한 존재"이므로, 그들에게 가장 확실한 것은 지상의 빵을 나누어주는 것이다. 여기서 대심문관이 말하는 자유와 행복, 혹은 천상의 빵과 지상의 빵은 돈과 자유에 대한 비유이며, 그의 모든 철학적이고 신학적이고 형이상학적인 주장을 간략하게 요약하면 곧 '돈 없는 자유'가 아닌 '돈 있는 굴종'이 인간을 편안하게 해준다는 것이다.

그러므로 인류를 자유라는 이름으로 굶주림 속에 방치한 그리스도 대신 기적, 신비, 권위로 무장한 절대적인 지도자가, 인류가 반납한 자유의 무거운 짐을 홀로 진 채 그들을 배불리 먹여주고 그들을 지배해야 한다는 것이다.

대심문관의 주장은 상당히 일리가 있다. 사실 당장 끼니조차 해결할 수 없는 빈곤한 사람에게 자유 운운하는 것은 잔인한 일이다. 그리스도는 빵만으로 살 수 없다고 했지만 빵이 없으면 목숨조차 부지할 수 없다. 돈이 다는 아니지만 자유가 다라고 할 수도 없는 것이다. 도대체 자유가 뭔가. 돈이 자유가 아닌가.

대심문관의 말은 어느 순간 철학을 넘어서 사회학과 이데올로기 차원의 무수한 질문으로 이어진다. 도스토옙스키 자신도 이 질문들에 확실한 답을 제공하지 못한다. 대심문관의 주장은 너무나 설득력이 강해서 많은 연구자는 심지어 그의 주장이 곧 도스토옙스키의 주장과 같다고까지 생각했다.

도스토옙스키는 '설교'를 자제한 작가로 알려져 있다. 특히 설교의 고수 톨스토이와 달리 도스토옙스키는 다양한 의견과 말을 여러 다른 주인공의 입을 통해 다양한 강도로 전달하므로 작가의 단일한 의도가 잘 부각되지 않는다. 그러나 자유와 돈의 문제에 관한 한 대심문관의 의견을 반박하기 위해 그는 대놓고 설교를 한다. 드미트리의 갱생 과정을 중심으로 하는 소설 전체에 해답을 숨겨놓긴 했으나 어쩐지 불충분하다는 생각이 들어서일까. 그는 조시마 장로의 입을 통해 '설교'를 한다.

"세상은 자유를 선언했고 현대에 들어서는 더욱더 그렇습니다. 그들의 자유 속에서 우리는 무엇을 보고 있습니까? 그것은 예속과 자살에 지나지 않습니다! 세상은 이렇게 말하기 때문입니다. '욕구가 있으면 충족하시오. 당신들도 귀인들이나 부자들과 똑같은 권리를 가지고 있지 않소? 욕구 충족을 두려워하지 말고 오히려 더욱 증대하시오'라고 말입니다. 이것이 오늘날 이 세상의 교리이며 세인들은 그 속에서 진리를 발견하고 있는 것입니다. 그런데 욕구 확대라는 권리는 어떤 결과를 낳았습니까? 부자들에게는 '고독'과 정신적 자살을, 가난한 사람들에게는 질투와 살인을 낳았을 뿐입니다. 왜냐하면 권리를 주었으되 욕구를 충족하는 방법은 미처 가르쳐주지 않았기 때문입니다. 날이 갈수록 세상은 하나로 합쳐지고, 이로써 거리를 줄여나가고 허공을 통해 사상을 전달하는 형제적 관계를 형성해간다고 사람들은 믿고 있습니다. 아아, 인류의 그 같은 결합을 믿지 마십시오. 자유를 욕구의 증대와 신속한 충족으로 이해함으로써 자신의 본성을 왜곡할 뿐입니다. 왜냐하면 그것은 무의미하고 어리석은 수많은 욕망과 관습과 비합리적인 망상을 탄생시켰기 때문입니다. 사람들은 육욕과 자만, 서로에 대한 질투만을 위해 살고 있는 것입니다. 호의호식, 나들이, 사륜 마차, 관직, 노예나 다름없는 하인들을 소유하는 것이 필수적이라고 생각하기 때문에 그것을 얻기 위해서 사람들은 심지어 생명, 명예, 그리고 인간애조차 희생시키고 그것을 충족하지 못하는 경우에는 자살하기도 합니다. 가난한 사람들의 경우에도 똑같은 현상을 목격하게 됩니다만, 가난한 사람들은 욕구불만과 질투를 술로 억누릅니다. 하지만 얼마 후 그들은 술 대신 피를 마시게 되며 그것을 향해 이끌려 가는 중입니다. 그 같은 인간이 자유로울 수 있겠는지 나는 여러분한테 묻겠습니다."

우리는 일반적으로 설교를 싫어한다. 누군가 나한테 가르치겠다고 달려드는 것을 좋아할 사람이 어디에 있겠는가. 나도 싫다. 조시마의 설교가 돈이면 다 되는 세상에서 어느 정도 설득력을 가질지 잘 모르겠다. 한 가지 확실한 것은 "돈은 자유다"라는 명제는 양날의 칼과도 같다는 것이다. 그리고 인간은 너무도 다양하고 인간의 심리는 너무도 복잡하므로 모든 인간을 싸잡아 돈만 있으면 자유롭다고 말하는 것은 부정확한 지적일 뿐 아니라 궁극적으로 대단히 위험한 발상이 될 수도 있다는 것이다.

돌을 빵으로 만들기

대심문관 이야기가 나온 김에 몇 마디 더 해보자. 대심문관은 생전에 무슨 빵하고 원수라도 진 사람처럼 줄기차게 빵을 언급한다. 지상의 빵, 천상의 빵, 이런 빵, 저런 빵 운운해가며……

여기서 지상의 빵은 물론 돈이다. 그가 그리스도를 비난하는 가장 큰 이유는 기회가 있었는데도 '무지몽매한 인간 군상(!)'을 위해 돌을 빵으로 만드는 기적을 거부했기 때문이다. 돌을 빵으로 만든다는 것은 이제 한 개인과 돈의 문제가 아니라 한 국가의, 더 나아가 전 인류의 복지와 관련된다.

국가가 빈곤에서 벗어날 수 있는 유일한 길, 가장 확실한 길은 돌을 빵으로 만드는 일일 것이다. 돌이 변해서 빵이 되기만 한다면 빈부의 차이도 기아도 전쟁도 범죄도 없을 것이다. 『미성년』에서 베르실로프는 말한다. "돌을 빵으로 변하게 한다는 것, 바로 그것이야말로 위대한 사상이 아니겠니?"

성서는 "돈을 사랑하는 것이 모든 악의 뿌리입니다"라고 가르친다(『디모테오에게 보낸 첫째 서간』 6장 10절). 지난 세기 초에 독설가로 유명한 버나드 쇼는 "돈의 부재야말로 모든 악의 근원이다"라고 말하며 성서를 정면으로 꼬집는다. 그의 지적은 많은 점에서 대심문관의 빵 타령과 비슷하다.

돈은 참으로 이 세상에서 가장 중요한 것이다. 모든 건강하고 성공적인 개인의, 그리고 국가의 도덕은 그 근본에 이 사실을 가지고 있어야 한다. 이를 부정하거나 억누르는 교사나 잔소리꾼은 인생의 적이다. 돈은 도덕을 컨트롤한다.[54]

쇼는 계속 말한다.

돈은 세상에서 가장 중요한 것이다. 돈은 그것의 부족이 질병, 허약, 불명예, 야비함, 추함을 뚜렷이 부정할 수 없이 대표하는 것만큼 뚜렷이 부정할 수 없이 건강, 힘, 명예, 관대함, 아름다움을 대표한다. (⋯) 한 국가가 절실히 필요로 하는 것은 더 건전한 도덕이니, 더 저렴한 빵이니, 절제니, 문화니, 자유니, 타락한 형제자매의 구원이니, 은총이니, 사랑이니, 삼위일체의 친교니 하는 것이 아니라 단순히 충분한 돈이다.[55]

모든 도덕과 정신적인 미와 종교적 선보다 돈을 위에 두는, 이 단호하고도 명쾌한 지적은 어떤 면에서 옳고도 또 옳지만, 대체 어디서 충분한 돈을 구한단 말인가. 돈이 충분하지 않으니까 절제니 분배니 자선이니 하는 말이 나오는 것 아니겠는가. 막말로 돌을 빵으로 만들기 전에는 절대적으로 충분한 돈은 과거에도 현재에도 미래에도 확보될 수 없다.

이런 현실적인 측면을 일단 접어두고, '만약 돌을 빵으로 만들 경우 모든 문제가 해결되는가?'라는 문제를 던져보자. 내 강의를 들었던 학생들은 이와 관련하여 매우 재미있는 사례를 예로 든다. 일부 학생들은 국민 복지가 가장 잘되어 있다는 북유럽 국가들에서 자살률이 매우 높다는 사실, 그리고 가장 가난한 나라의 국민 행복 지수가 가장 잘사는 나라의 국민 행복 지수보다 높다는 사실을 지적하면서 '돈이 있어도 모든 문제가 해결되지는 않는다'고 주장했다.

　나는 그들의 주장에 동의한다. 그러면서도 '그렇다면 인간의 고통을 해결해줄 수 있는 것은 과연 무엇이란 말인가?'라는 질문을 떨쳐버릴 수가 없다. 『미성년』에서 아르카디는 돌을 빵으로 만드는 것이 위대한 사상이라는 베르실로프에게 반문한다. "가장 위대한 것입니까? 정말 가장 위대한 길을 말씀하신 것입니까? 그것이 가장 위대한 것입니까?" 그러자 베르실로프는 아리송한 대답을 한다.

　"매우 위대한 것이지. 그래, 대단히 위대한 거야. 그러나 가장 위대한 것은 아니야. 위대한 것이긴 하지만 이차적인 것이며, 바로 이 순간에만 위대하다고 할 수 있겠지. 사람이란 배가 부르게 되면 지난 일은 회상하지 않는다. 회상은커녕 바로 그 자리에서 '자, 이제는 배가 부릅니다. 이번에는 무엇을 해야 하지요?' 하는 법이야. 그러니 문제는 영원히 미해결로 남게 되는 거지."

도스토옙스키의 메시지는 이 문제와 관련하여 궁극적으로 종교적 차원으로 돌아간다. 그의 종교철학은 이 책의 범위를 넘어서는 것이므로 그냥 지나가기로 하자. 다만 한 가지 꼭 지적하고 싶은 것은, 어쩌면 인간이라는 존재 자체가 문제의 해결을 거부하는지도 모른다는 사실이다.

돌을 빵으로 만들기만 하면 된다는 대심문관의 생각은 옳지 않다. 왜냐하면 그것은 인간에 대한 정확한 이해를 외면하고 있기 때문이다. 인간은 너무나 이상하고 복잡하고 변덕스럽고 불가해한 존재다. 또 그렇기 때문에 존중돼야만 한다. 빵만 주면 인간은 군소리가 없을 것이라는 대심문관(혹은 그와 유사한 생각을 가진 사람들)의 믿음이 불쾌하게 들리는 이유는 변화무쌍한 인간을 배고픈 짐승으로 획일화했다는 데, 그리고 그 모든 인간적인 심리를 초보적인 경제학의 자루 속에 무참하게 구겨서 쑤셔 넣었다는 데 기인한다. 대심문관의 빵 이론은 인간에 대한 지독한 모욕을 깔고 있다.

그와 반대편에 서 있는 도스토옙스키 사상의 매력은 그가 인간을 인간답게 읽어냈다는 데 기인한다. 그의 감상적인 경제학, 그의 너무나도 심오한 신학은 모두 인간학에서 출발한다. 그는 인간의 모든 변덕과 인간의 모든 이상한 측면과 인간의 모든 욕구를 파악하려 노력했고, 인간을 생긴 그대로 존중하려 노력했다. 돈의 추구는 이 다양한 욕구들의 한 면만을 구성한다. 돌을 빵으로 만들어 인간 앞에 가져다 바친다 해도 나머지 욕구들은 충족되지 않은 채 남아 있을 것이다.

행복의 조건

행복의 조건이라는 너무나 상투적인 말로 이 책의 마지막을 장식하게 되어 안타깝기 짝이 없다. 좀 더 인상 깊고 산뜻한 제목을 붙이려고 아무리 생각해봐도 결국 행복의 개념으로 돌아와버린다. 그러나 어쩌랴. 돈과 행복은 언제나 함께 가는 것을……

내 강의에 들어왔던 학생들에게 도스토옙스키와 돈에 관한 리포트를 쓰라고 하자 학생들도 대부분 돈을 논하면서 궁극적으로 행복이라는 문제에 초점을 맞추었다. 그러면서 그들은 한결같이 돈은 결코 행복의 전부가 아니라고 입을 모았다. 그들은 돈의 가치를 전혀 부정하지 않았다. 하지만 많은 학생이 돈은 수단이지 목적은 아니라고 확고하게 믿고 있었다. 요즘처럼 돈, 부자, 성공 등등이 가장 중요한 화두가 되고 있는 세상에서 그래도 여전히 돈만으로는 행복할 수 없다고 딱 잘라 말하는 학생들이 참으로 신선하게 느껴졌다.

그렇다. 도스토옙스키가 그렇게 많은 돈에 관한 소설을 쓰면서 우리에게 던지는 궁극적인 질문 역시 '행복'이다.

인간은 왜 사는가? 행복하기 위해서 산다. 행복하려면 어떻게 해야 하는가? 돈을 벌어서 부자가 되어야 한다. 부자가 되면 행복한가? 인류의 역사는 그렇지 않다고 대답한다.

그렇지만 이런 결론은 사실 너무 상투적이다. 돈은 행복의 척도가 아니라고 말한다고 해서 감동할 독자가 어디에 있겠는가. 게다가 돈 때문에 고통당하고 있는 수많은 사람에게 돈이 다가 아니라고 말하면 위로가 되겠는가. 물론 돈이 다라고 말한다고 해서 위로가 되는 것은 더더욱 아니지만.

도스토옙스키는 돈은 행복의 척도가 아니지만 돈의 부재 역시 행복의 척도는 아니라고 말한다. 부자가 다 악당이 아니듯이 가난한 사람이 다 성인군자는 아니다. 또 부자는 다 현명하고 부지런하고 가난한 사람은 다 어리석고 게으르다고 말하지도 않는다.

세상의 가난은 한마디로 설명될 수 없다. 제도 때문에 헐벗고 굶주릴 수도 있고 지도자 때문에 가난할 수도 있다. 열악한 자연환경 때문에 전 국민이 도탄에 빠질 수도 있다. 도스토옙스키처럼 산수에 젬병이어서 경제지표나 통계자료를 아무리 들여다보아도 아무것도 모를 수도 있다. 재테크 공부를 하고자 하는 의지도 있고 열의도 있지만 아무리 노력해도 머릿속에 들어오지 않는 사람도 있다. 또 똑똑하게 잘하지만 이상하게도 운이 나빠 언제나 주식에서 돈을 잃는 사람도 있다. 이런저런 모든 사정을 하나로 싸잡아서 부자는 똑똑하고 가난뱅이는 어리석다고 몰아붙이는 것은 어딘지 아니다.

도스토옙스키는 가난한 사람들에게 무한한 연민을 가지고 있으면서도 그들을 무조건 미화하지는 않았다. 도덕적으로 더 우월하거나 정신적으로 더 고상한 인물로 그리지 않음으로써 오히려 더 큰 연민을 불러일으킬 수 있었다. 그는 부와 빈곤에 대한 도덕적 판단도 가급적 자제했다. 돈에 대해서도 그 무서운 위력은 인정했지만 덮어놓고 돈에다 악의 낙인을 찍지도 않았다. 러시아 속담에 '돈은 냄새가 나지 않는다'라는 말이 있다. 도스토옙스키의 돈에서도 냄새는 나지 않는다. 냄새가 난다면 그것을 거머쥔 인간의 손에서 냄새가 날 뿐이다.

부자에 관한 도스토옙스키의 의견 또한 흥미롭다. 그는 부자가 되려고 노력하는 인물들을 긍정적으로 묘사하기도 하고 부정적으로 묘사하기도 한다. 부자를 사악하게 그리기도 하고 고매하게 그리기도 한다. 그러면서도 명예도, 양심도, 연민도, 인간적인 변덕도 모두 접고 부자가 되기 위해 질주하는 삶에 대해서는 경고한다. 프로하르친 씨의 예는 그의 생각을 가장 극명하게 보여준다. 그는 생의 모든 편리를 다 접어두고 돈을 모았다.

거지처럼 살면서 한 푼 두 푼 모아 부를 이루어가고 있었다. 그가 죽었을 때 사람들은 그가 모아놓은 돈이 100만 루블은 될 것이라고 믿었다. 그러나 다 셈해보니 겨우 2,500루블 정도였다. 그걸 가지고는 부자가 될 수 없다. 고작 2,500루블을 만들기 위해 인간의 모든 것을 희생한단 말인가.

인간의 감정은 너무도 다양하다. 여러 번 자꾸 말하게 되는 것이지만 이것이야말로 도스토옙스키가 가장 주목했던 부분이므로 강조하지 않을 수 없다.

슬픔, 기쁨, 명예심, 자존심, 고통, 희망, 번뇌, 회의, 자책, 양심, 연민, 자부심, 책임감, 평온, 짜증, 증오, 감격, 눈물, 웃음, 사랑, 우정, 살의, 희생정신, 자비, 공명심, 애국심, 모멸감, 불안감, 허무감, 경쟁심, 질투, 공포, 탐욕……

이처럼 수없이 많은 인간의 다양한 감정, 성격, 취향, 그 모든 것을 돈이라는 하나의 명제에 완전히 귀속시킬 수는 없다. 인간의 심리는 돈 자체를 무한히 다양한 존재로 만든다. 문제는 돈이 아니라 언제나 인간인 것이다. 돈이 다인 사람에게는 돈이 전부이고, 돈이 다가 아닌 사람에게는 돈이 전부가 아니다.

돈에 대한 사람의 관계는 필요와 욕구로 나누어 생각해볼 수 있다. 돈을 필요로 하는 사람, 돈을 원하는 사람, 이 두 가지가 꼭 같지는 않다. 누구나 돈을 필요로 하지만, 그 절실한 정도도 다르고 돈에 대한 생각도 다르고 돈을 이해하는 정도도 다르다.

도스토옙스키는 돈을 잘 이해했고, 돈을 읽었고, 절실히 아주 절실히 돈을 필요로 했지만, 돈을 원하지는 않았던 것 같다. 그는 오로지 돈을 필요로만 했지, 원하지도 사랑하지도 아끼지도 않았다. 그러니 돈이 그에게 친절하지 않은 것은 어쩌면 당연한 일인지도 모른다. 사람은 누구나 가장 중요하게 여기는 것이 있기 마련이다. 도스토옙스키에게 가장 중요한 것은 아마『카라마조프가의 형제들』의 드미트리처럼 수난을 거치는 가운데 거의 황홀경에 가까운 구원을 체험하는 것이었는지도 모른다. 그는 구원을 원했고, 또 동시에 돈을 필요로 했다. 그가 필요로 하는 것을 이승에서 한 번도 가지지 못했다는 것을(그가 원했던 것을 천국에서 얻었는지 우리는 모른다) 꼭 비극으로만 해석할 필요는 없다.

　　그는 불행했던가? 아니다. 그의 부인은 불행했던가? 아니다. 죽기 직전까지 소소한 돈 문제로 골머리를 앓았음에도 그는 편안하고 행복하게 죽음을 맞이했다. 부귀영화를 누렸던 톨스토이의 고통에 찬 임종과는 사뭇 대조적이다.

　　그의 가족도 역시 가장이 남겨준 돈은 없었지만 가장과 함께했던 시간들을 언제나 행복하게 회상했다. 안나 부인은 회고록에서 몇 번이고 도스토옙스키와 보낸 나날들이 얼마나 행복했던가를 이야기한다. 물론 독자를 염두에 둔 외교적 발언이라고 치부할 수도 있겠지만, 안나 부인은 언제나 저 가난하고 늙은 남편과의 인생이 자기 생애에서 가장 행복했던 시절이라고 회고한다. 확실히 돈이 가져다주는 행복은 상대적이다. 1,000원어치 소주 한 잔으로 살 수 있는 행복이 1000만 원짜리 명품백의 행복보다 못하다고 단언할 수는 없을 것이다.

살다 보면 돈이 전부냐 아니냐 하는 문제와 마주치게 될 때가 있다. 대답하기 거북한 질문이고 또 대부분의 경우 그럴 가치조차 없는 질문이긴 하지만 완전히 피할 수도 없는 질문이다. 이 문제에 대놓고 대답할 수 있는 사람은 많지 않을 것이다. 돈이 전부라고 말하건, 전부가 아니라고 말하건, 입 밖으로 말하고 나면 어딘지 부족하고 부적절하다는 생각이 든다.

행복과 불행은 어쩌면 여기서 갈라지는지도 모른다. 돈이 다가 아니라고 말할 수 있는 사람은 행복한 사람이다. 돈이 부족해도 행복할 수 있다고 자신하는 사람은 행복한 사람이다. 돈이 부족해도 행복하게 살겠다고 결심한다면, 그리고 실제로 행복하다면, 그 자체가 행복이리라.

- 도스토옙스키의 소설 인용은 열린책들에서 출간한 『도스또예프스끼 전집』(2000)을 토대로 했다.
- 도스토옙스키의 편지 인용은 『도스토예프스키의 유럽 인상기』(이길주 옮김)에 수록된 한국어 번역본과 A. S. 돌리닌이 편집한 서한집을 토대로 했다. 한국어 편지 인용의 경우에만 미주에 출처를 밝혔다.
- 안나 부인의 회고록 인용은 한국어 번역본 『도스또예프스끼와 함께한 나날들』(최호정 옮김)을 토대로 했으며, 직접 인용의 경우 미주에 출처를 밝혔다.
- 전기적 사실들은 E. H. 카의 전기(번역본, 김병익·권영빈 옮김), 콘스탄틴 모출스키의 전기(번역본, 김현택 옮김), 조셉 프랭크의 전 5권짜리 영어본 전기를 토대로 했다. 직접 인용의 경우에만 미주에 출처를 밝혔다.

— 안나 그리고리예브나 도스또예프스까야, 『도스또예프스끼와 함께한 나날들』, 최호정 옮김(서울: 그린비, 2003).
— 표도르 도스토옙스키, 『도스토예프스키의 유럽 인상기』, 이길주 옮김(서울: 푸른숲, 1999).
— 거다 리스, 『도박』, 김영선 옮김(서울: 꿈엔들, 2006).
— 콘스탄틴 모출스키, 『도스토예프스키 1, 2』, 김현택 옮김(서울: 책세상, 2000).
— 따찌야나 미하일로브나 찌모쉬나, 『러시아 경제사』, 이재영 옮김(서울: 한길사, 2006).
— E. H. 카, 『도스토예스키 평전』, 김병익·권영빈 옮김(서울: 홍익사, 1979).
— Louis Berger, *Dostoevsky: The Author as Psychoanalyst*(New York: NYU Press, 1990).

— Jacques Catteau, *Dostoevsky and the Process of Literary Creation* (Cambridge: Cambridge University Press, 1989).

— B. Christa, "Dostoevskii and Money", *The Cambridge Companion to Dostoevskii*(Cambridge: Cambridge U Press, 2002), pp.93~110.

— John Louis DiGaetani, *Money: Lure, Lore, and Literature*(London: Greenwood Press, 1994).

— Fyodor Dostoyevsky, *Pis'ma v 4-kh tomakh, Ed. A. S. Dolinin*(Moscow: Academiia, 1928~1959).

— Aimée Dostoyevsky, *Fyodor Dostoevsky A Study*(New York: Haskell House Publishers, 1972).

— Joseph Frank, *Dostoevsky: The Seeds of Revolt, 1821-1849*(Princeton: Princeton University Press, 1976).

　Dostoevsky: The Years of Ordeal, 1850-1859(1984).

　Dostoevsky: The Stir of Liberation, 1860-1865(1988).

　Dostoevsky: The Miraculous Years, 1865-1871(1996).

　Dostoevsky: The Mentle of the Prophet, 1871-1881(2003).

— Peter Gatrell, *The Tsarist Economy, 1850-1917*(London: Palgrave Macmillan, 1986).

— Jochen Hörisch, *Heads of Tails: The Poetics of Money*(Detroit: Wayne State University, 2000).

— Kevin Jackson, *The Oxford Book of Money*(Oxford: Oxford U. Press, 1995).

— Leslie A. Johnson, *The Experience of Time in Crime and Punishment* (Columbus: Slavica, 1985).

— Kenneth Lantz, *The Dostoevsky Encyclopedia*(London: Greenwood, 2004).

— Peter Sekirin, *The Dostoevsky Archive*(Jefferson: McFarland Publishing, 1997).

— Alexander Tumanov, "Merchant, Entrepreneur and Profit in Russian

Literature: The Russian Artistic Intelligentsia and Money", *Literature and Money*, Ed. A. Purdy(Amsterdam-Atlanta: Rodopi, 1993), pp.15~44

참고문헌

1   Joseph Frank, *Dostoevsky: The Seeds of Revolt, 1821-1849*(1976), p. 85.

2   콘스탄틴 모출스키, 『도스토예프스키 1』(2000), p. 36

3   John Louis DiGaetani, *Money: Lure, Lore, and Literature*(1994), p. 103.

4   Kevin Jackson, *The Oxford Book of Money*(1995), p. 15.

5   표도르 도스토옙스키, 『도스토예프스키의 유럽 인상기』(1999), p. 366.

6   안나 그리고리예브나 도스또예프스까야, 『도스또예프스끼와 함께한
    나날들』(2003), p. 309.

7   Joseph Frank, 앞의 책, p. 218.

8   표도르 도스토옙스키, 앞의 책, p. 108.

9   안나 그리고리예브나 도스또예프스까야, 앞의 책, p. 305.

10 위의 책, p. 305.

11 위의 책, p. 284.

12 거다 리스, 『도박』(2006), p. 163.

13 위의 책, p. 289.

14 표도르 도스토옙스키, 앞의 책, p. 373.

15 위의 책, p. 312, 333, pp. 341~342, pp. 371~384.

16 Jacques Catteau, *Dostoevsky and the Process of Literary Creation*(1989),
    p. 141.

17 표도르 도스토옙스키, 앞의 책, p. 311, pp. 331~333, p. 332, 228.

18 위의 책, p. 332.

19 안나 그리고리예브나 도스또예프스까야, 앞의 책, p. 228.

20 거다 리스, 앞의 책, pp. 302~303.

21 E. H. 카, 『도스토예스키 평전』(1979), p. 194.

22 표도르 도스토옙스키, 앞의 책, p. 275, 281.

23 표도르 도스토옙스키, 앞의 책, pp.288~289.

24 위의 책, p.273.

25 따찌야나 미하일로브나 찌모쉬나, 『러시아 경제사』(2006), pp.155~156.

26 Peter Gatrell, *The Tsarist Economy, 1850-1917*(1986), p.67.

27 B. Christa, *The Cambridge Companion to Dostoevskii*(2002), p.95.

28 Kevin Jackson, *The Oxford Book of Money*(1995), p.5.

29 Jochen Hörisch, *Heads of Tails: The Poetics of Money*(2000), p.127.

30 위의 책, p.131.

31 Leslie A. Johnson, *The Experience of Time in Crime and Punishment*
    (1985), pp.16~34.

32 Jochen Hörisch, 앞의 책, p.139.

33 표도르 도스토옙스키, 앞의 책, p.321.

34 Leslie A. Johnson, 앞의 책, p.18.

35 Joseph Frank, *Dostoevsky: The Miraculous Years, 1865-1871*(1996),
    pp.241~242.

36 Jacques Catteau, 앞의 책, pp.165~166.

37 위의 책, p.166.

38 Jochen Hörisch, 앞의 책, p.139.

39 안나 그리고리예브나 도스또예프스까야, 앞의 책, pp.308~309.

40 위의 책, p.307.

41 Jacques Catteau, 앞의 책, p.149.

42 위의 책, p.149.

43 위의 책, pp.480.

44 위의 책, p.479.

45 안나 그리고리예브나 도스또예프스까야, 앞의 책, pp.389~396.

46 위의 책, pp.543~546.

47 위의 책, pp.544~546.

미주

48 Jochen Hörisch, 앞의 책, pp.91~92.

49 표도르 도스토옙스키, 앞의 책, p.259.

50 B. Christa, 앞의 책, p.100.

51 Jochen Hörisch, 앞의 책, pp.91~116.

52 Kevin Jackson, 앞의 책, p.5.

53 위의 책, p.244.

54 위의 책, p.312.

55 위의 책, p.22.

무엇이 삶을 부유하게 만드는가

초판 1쇄 발행 2008년 3월 28일
개정판 1쇄 발행 2024년 10월 10일

지은이 석영중
펴낸이 최순영

출판1 본부장 한수미
라이프 팀장 곽지희
편집 곽지희
디자인 어나더페이퍼

펴낸곳 ㈜위즈덤하우스 **출판등록** 2000년 5월 23일 제13-1071호
주소 서울특별시 마포구 양화로 19 합정오피스빌딩 17층
전화 02) 2179-5600 **홈페이지** www.wisdomhouse.co.kr

ⓒ 석영중, 2024

ISBN 979-11-7171-288-5 03800